MINGUO TONGSU XIAOSHUO
DIANCANG WENKU

民国通俗小说典藏文库·冯玉奇卷

霄

冯玉奇 ◎ 著

中国文史出版社

自　　序

　　整整地有一年多的日子不曾写小说了，提起笔来，自己也觉得会生疏了许多，《罪》与《孽》的说部，还是前年出版的。那时武林主人黄宝瓮君对我很同情地说，书中主角阿起的结局，认为是最妥当的写法，因为在社会上的一班青年，类似司马起这样的典型，诚是不乏其人。不过人之初，心本善，司马起并非是个犯罪的人，这当然还是为了社会的不良而引诱他步入了罪恶之门。犯罪的人，不是永远有罪恶的，只要他肯自新，他肯勇于改过，当然也还是有作为的青年，那么这也可说是拯救社会上一班堕落青年的一个启示。

　　记得黄宝瓮君曾经对我说，《孽》虽然已告一结束，但还未有个彻底的解决，那么将来自然还有一续的可能，但是我回答他，《罪》的续集是《孽》，而《孽》的续集，命名倒是不易。我们在商讨之下，似乎《霄》比较有一点意思，不过为了种种关系，这《霄》就没继续下去。同时我应了几家戏院的需求，从此奔波在外，对于坊间就觉得隔膜了。

　　上月接读武林书局来函，彼意欲把《霄》嘱仆开始编写就绪，以完成一桩心事。盖外界读者，问讯者日必数起，我因未悉其详，遂趋前询问，不料黄君之灵座赫然呈在眼前，惊问之下，始悉黄君业已骑鲸西归，竟作古人矣。

　　忆宝瓮君在世，为人谦恭而朴实，年未花甲，而白发苍苍，亦显见其平日勤劳过度之故。然仆与君相隔一载,人海茫茫,竟天各一方,叹浮生若梦,为欢几何?睹君之遗影,虽宛若生前,但已隔绝尘世,不禁使仆为之唏嘘久之。

今《霄》已出版问世,而宝雍君未能一睹其结局如何,然《霄》之命名,乃仆与君商讨所得,故兹值付印之前,聊书数行,以志纪念,并慰老友在天之灵耳!

三十四年夏冯玉奇叙于海上先觉楼

目　　录

2

第一回

　　外面的风声呼呼地刮得厉害，好像猛虎出洞的样子，这声音听到耳朵里，心中不自然地会引起一种莫名的恐怖。天气是那么的寒冷，从嘴里、鼻里呼吸出来的一阵阵热气，经过外面酷冷空气混合之下，仿佛一样流质的东西在电气冰箱里立刻会凝结起来，于是他的感觉上，在人中上好像有点儿冰屑染沾了。

　　夜已经深沉了，四周都显得像睡过去了一样沉寂，室中的光线十分暗沉，只有靠窗那张写字台上亮了一盏豆火苗似的油灯。在闪闪烁烁的光芒笼映下面，可以见到一个身穿中山服的青年，握了一支笔，悄悄地埋首疾书。看那青年的年纪大约还只有二十一二岁光景，可是从他黝黧的皮肤上猜想，至少他是一个奔波风尘、久经雨打日晒工作中的人。

　　他在一阵子疾书之后，似乎觉得两手有点儿发僵，于是放下了笔杆，搓了一搓，在口旁呵了一呵取暖，回眸望了望手腕上那只表上的时针，已经是子夜一点半了。在振作精神工作，却会忘记倦意，而且会忘记了时间，及待他看了一下时针之后，才感到时候真的不早了，于是忍不住打了一个呵欠。

　　就在这个时候，室外轻轻推进一个身材高大的男子来。他穿了一件灰色布的棉袄，头上戴了一顶獭皮帽，腰间扎了一根皮带，下面裤子扎着裹脚，雄赳赳的真是英武勃勃，满面显着一阵杀气。可是他见了那个

1

桌旁的少年，却满脸含了笑容，低低地说道：

"阿起，这般时候还在埋着头为我们工作着，你真也太辛苦了，快放下笔，休息一会儿吧。"

他说话的声音虽然是竭力地压低着，不过他生成粗重的语气，还是在室中很响地流动。阿起抬头向前望了一眼，见虎子已站在桌旁边了，于是也说道：

"倒辛苦不了什么，这当然也是习惯成自然的缘故，这两三年来，跟你们奔波吃苦，总算我也锻炼成一个有点儿工作做的人了。"

这一部《霄》是《孽》的续集，而《孽》又是《罪》的续集，看过《罪》《孽》的读者，当然明白这个少年就是曾经一度犯罪的司马起了，而另一个男子也就是林不鸣的第三个儿子虎子了。当时虎子听司马起这样说，笑了一笑，在对面椅子上坐了下来，说道：

"你倒不嫌苦吗？可是这两年来把你的雪白脸蛋却变成一个印度小白脸了。"

他说完了这两句话，忍不住打了一个哈哈，笑起来。

"虎子，你不要取笑我，我以为一个人，尤其是一个青年，应该需要吃苦，不，是应该需要有意义的工作。这两年来我是进步了不少，而且我的身子也健强了不少，从可知这都是苦中得来的甜蜜。"

阿起用了很感谢的目光，向他望了一眼回答。

"可是你也给我们不少的帮助，所以我们心中也非常感激。"

虎子点了点头说。

"用不到说'感谢'两字，因为这原是给我自己工作，而且也是为我们大家工作。"

司马起脸上含了微微的笑，这笑是欣慰的表现。虎子认为他说的话当然很有意思，情不自禁地又点了点头，忽然他想到了一件什么事情，叫司马起把公文收拾了，说我们来谈谈私下的事情。司马起听他这样说，不免感到有点儿奇怪，怔怔地问道：

"虎子，你不要开玩笑了，我们有什么私事可谈呢？"

"为什么没有私事可谈呢？"

虎子有点儿神秘的态度，笑起来说道：

"我和你从上海到这里整整地相聚了两个年头，直到现在我方才知道你过去是一个很风流的情场中老手。"

司马起被他这么一说，倒不禁为之愕然，奇怪道：

"你这话是打从哪里说起的呀？"

虎子笑道：

"你也不用抵赖，我可以说一个凭据给你听听，你在从前大约有两个情人，一个名叫欧阳珠，一个名叫张雪尘，是不是？"

司马起啊呀了一声，却是目瞪口呆地怔住了。虎子笑道：

"你干吗不说话？你承认了，我还拿好东西给你看。"

司马起红了脸，良久，方才说道：

"好东西？你拿什么好东西给我看？"

虎子在袋内取出两封信来，向他扬了一扬，说道：

"这两封信就是你情人写给你的，可是却都落在我的手中，只怕你要着急起来了。"

司马起还有点儿将信将疑的样子，皱皱眉头，两眼只管向他手中拿着信封上面望过去，在他当然是要看清楚信封上面的字是否是欧阳珠、张雪尘的笔迹。不过仔细一想，虎子也许不会和自己开玩笑，况且自己对于欧阳珠和雪尘的事情根本没有和他谈起过，假使不是真的有信到来，他哪会知道我的秘密呢？但是疑问立刻又浮上了脑海，我在这里既没有写信去告诉她们，她们两人又如何知道我在这里呢？司马起在这样思忖之下，觉得事情奇怪得有点儿神秘，遂忙伸手过去笑道：

"虎子，对不起，你先给我看一看好吗？"

"我本来就要给你看，不过你要承认一声，她们可真是你情人吗？"

"这个你给我看了之后，我可以详详细细地告诉你。"

3

"不过你不要赖掉，要一言为定。"

司马起连声说那是当然，虎子这才把两封信递过来交给他。司马起接在手里一看，果然一封是雪尘的亲笔，一封是欧阳珠的亲笔。因为自己在异乡客地孤零零地过了两年生活，今日突然见到了自己过去心爱人的来信，他心中这快乐，真是难以笔述，情不自禁把那信按在胸口上。他微仰了脸，似乎在深深感谢上帝，在这样凄清孤零之余，也居然会给自己这样甜蜜的安慰，他不自然地会笑出声音来。

"阿起，这是什么表情？可不是人儿呢，抱得这么紧干吗？"

虎子见他抱了两封信，似乎在做甜蜜的回忆，这就一面装着他样子，一面噗地笑出声音来说。司马起这才惊觉过来，忙把信封放到桌上去，微红了两颊，望着他说道：

"虎子，我还得问你，你这两封信是怎么样接到的？因为她们两人根本不知道我在这里，如何会写信给我呢？况且……况且，你瞧，信封上根本没有地址呀，这真弄得我有点儿莫名其妙了。"

"我告诉你吧，这两封信是我爸爸来信中附着来的。爸爸说，这两封情书，是两个姑娘托他转寄给你的，所以你应该拿什么来谢谢我好？"

"可是我觉得奇怪，你爸爸和她们又怎么样认识的？"

司马起虽然是明白了一半，不过他心中还有一半不明白。虎子这回摇了摇头，表示他也不知道的意思。因为司马起还在呆然沉思，遂微笑道：

"你管他怎么样认识的，反正他们在上海总有上海的环境，你又何必一定要苦苦地研究？还是快把信拆开来瞧个明白是正经。"

司马起这才被他一语提醒过来，随手拿起一封，那是欧阳珠的来信，他拆开信封，抽出信笺，凑在油灯旁，瞧道：

阿起：

　　有两年没有叫着阿起的名字了，不过今天在信纸上叫着，

4

还是那么顺口和亲热，并不觉得有一点儿生硬的成分。想起我们的认识，为时虽然这样的短促，但我们的情感、我们的一切，确实已像寒暑表似的增加到沸点以上了。在当初，我自然非常庆幸，因为我觉得你是一个不平凡、有勇敢、有作为的青年，在像我这样恶劣环境中能够遇到像你这样一个知心的好友，不，在那时确实我已承认你是我唯一的情人了，那我该是多么的欢喜，所以我自以为觉得今后的生命是可以见到光明前途了。

唉！但是我现在想起来，我真有点儿懊悔和你认识，你瞧到这里，请不要误会我的意思，我所以懊悔，是恨我这样一个害人的姑娘，竟丢送了你一生的光明。你以为我这话奇怪吗？但仔细地想，却是一点儿也不奇怪，假使你不认识我的话，我相信你绝不会时常踏进这万恶的门，倘然你不到这种堕落的地方来，你又如何会慢慢地沉沦到苦海里去呢？我写信到这里，我一颗心在隐隐地作痛，我的眼泪已熬不住从眼眶子里满了下来。

司马起念到这里，他心中是万分的酸楚，全身一阵子热辣辣的感觉，也说不出是惭愧是不安，是感动是悲切，他的眼泪也终于落了下来。虎子在旁边瞧着，心里倒不免暗暗地好笑，说道：

"老大个子，不要学娘儿们的态度，信中写了些什么，怎的好端端的就哭起来了？阿起，能不能告诉我，大家听听嘛。"

"谁在哭？你又喜欢开人家玩笑，等我看完了信，会详细地告诉你。"

司马起慌忙擦了擦眼泪，掩饰了过去。虎子笑了一笑，望着他似乎有所沉思的样子。司马起不管他对自己是否有神秘的感觉，他捧了信笺，继续看下去道：

阿起，在我得到你入狱的消息之后，我心中的惊骇和悲痛，真不是我此刻三言两语所能形容其万一的。我是绝对不相信，我还只道是在做梦，不过你弟弟站在面前亲口告诉我，那总不至于是误传吧。唉！做梦也想不到这是事实，我真的要为你悲痛得昏厥过去。

　　我知道社会上真不知有多少青年，大都是不到黄河心不死，到了黄河悔已迟的过错，我觉得你平日的思想行为都很聪敏贯澈，而且我也常常向你劝告，就是因为我怕我这不良的环境，因此会连累了你。在那时你好像很了解很明白，谁知道你依然逃不过罪的诱惑，这一半固然是你意志的欠缺弱点，一半还是我的力量不够，假使我真的像你所说这样的伟大，至少可以拯救你不会走入这一条罪恶的歧路。啊！我是多么的痛心，我是多么的痛心！

　　读了你这一封信，我是说不出有甜酸苦辣的滋味，我觉得你不愧是我的一个知音，那天到狱中来探望你，我虽不能见到你一面，但我的心确实已经进来了。我的想象中，你是站在铁窗的旁边吧？你见了你的弟弟，你一定会哭出声音来，你一定向你弟弟在忏悔，在流泪。我当时不能再想，我的心已被一枚利箭刺穿了，任它的血点一滴一滴地淌了下来。

　　在这里我是深深地感激着苍天，你到底是脱离了这非人生活的地狱，你到底觉悟了以往的罪恶，你果然像小鸟似的长着翅膀飞到老远老远的地方去呼吸自由的空气了。我为你庆幸，我为你祝福，然而我的心坎上是永远刻画了一个不可磨灭的创伤，直到我临死的时候呼吸停止到最后的一口气。

　　阿起，你说你到死都不会忘记我，然而我到死又何尝会忘记你？因为我同情你，我谅解你，你不是完全一个罪恶的青年，你的前途还有光明的希望，只要你肯改过自新，决心有一番最后的挣扎。

我想不到今天还会有和你通信的日子，真是感到意外的惊喜，虽然不知道这封信是否能够显在你的眼前，不过我似乎吐去了许多积郁，至少在一颗沉闷的心灵内可以得到了无限的轻松和愉慰。最后，我热诚地祝祷你，希望你不再像从前在上海时候一样，应该去做一个勇敢的青年。再会了，我的阿起。

阿珠

写于凄风苦雨的深夜里十一月十日

司马起看完了这封信，他的脑海里又浮上了阿珠倾人的娇靥、淡淡的眉毛、活泼的媚眼、深深的酒窝儿。他呆住了，他木然了，他的神情完全浸入在回忆之中，在他嘴角旁不期然地挂了一丝浅浅的微笑。虎子见他一会儿流泪，一会儿微笑，好像痴然的样子，便忍不住笑道：

"阿起，到底是怎么一回事情？害得你发痴发癫的样子。"

"没有什么，没有什么，让我看完了这一封信，我详细告诉你吧。"

"难道不能让我公开看吗？"

"假使你一定要看的话，只管拿去看，其实根本没有一点儿秘密的事，对于我的犯罪入狱，你本来就早已知道的。"

司马起一面说，一面把雪尘的那封信拆开来，还未展开信笺，里面就掉落一页照片出来。司马起拿过一看，原是雪尘最近拍的小影，后面还有几行字，自己一看，好像还是一首七绝，这就低低念道：

为郎憔悴为郎羞，借酒浇愁愁加愁。

春江一别秋二度，仰天思君泪更流。

司马起念毕，又看照片，只见雪尘芳容清瘦，神情抑郁，楚楚可怜。想起往事，心中不免又酸楚起来，因为怕虎子在旁边见了，又要笑话，遂竭力忍熬住悲哀的发展，他方才看信上的字句道：

起弟：

　　我提起笔来还只写了两个字，我的眼泪在信笺上已沾湿了一大堆。我所以伤心，不是为了我自己，是为了你，我真想不到你这么一个聪敏的青年，果然会堕落到这罪恶的道路去，我真的为你要失声痛哭起来。你信中对我说不愿再向我说这些忏悔的话，可是我在这里也不愿再向你说怨恨的话，因为在从前我已经这么说过，你好像是个才学步的小孩子，一个不留心，就有跌跤的可能，最好有个厉厉害害的人在后面管束你、教导你，可是现在就真的应着我这句话了。因为预先是料到有这一个地步，却不能有挽救的方法来拯救你，所以这是我到死都感觉终身遗憾的。

　　我很惭愧，把我不清白的身子来污辱了你，所以你的堕落，这还是我的罪恶。唉！情的魔力太大了，向来不肯随便的我，那天竟迷醉了，但我曾经叮嘱过你，你难道会完全地忘记吗？不过我确实很同情你、很可怜你，你到底是一个涉世未深的小孩子呀！

　　那天文弟送来你的这一封信，我看了之后，心里是充满了甜酸苦辣各种不同的滋味，我除了深深地感激你之外，我是只有扑簌簌地淌下泪来。唉！我还说什么好呢？虽然我的心里还是那么疼痛，但我多少还有点儿安慰，但愿你青云直上，从此达到了成功的目的。

　　你今天读到了我这一封信，当然是非常惊奇，不过我可以告诉你一个明白，这还是前三天的事情，文弟在路上遇见我，他说林不鸣有个儿子叫虎子，阿起就是跟了虎子走的，现在虎

8

子有信给他父亲，所以知道了他们的地址。那时我要问你地址，阿文却又说林不鸣不肯宣布，我没有办法，只好写了信，托文弟转交林不鸣，有便请他代为附上。事情是这样做了，能不能寄在你的面前，这还是一个问题，但我既然知道你有可通信的地方，总尽着我一份儿心罢了。不过我在这里要说你太残忍一些，为什么两年来的时间却不肯寄一封信给我？难道你今天有了得意的日子，就把我这个不齿的女子忘怀了吧？我想这也许是不会的，大概你很忙，你也有说不出的苦衷吧？

人生的变幻，本来捉摸不定的，尤其是像我这种女子处身在这种环境之中，唉！天天还不是在活地狱里挨苦吗？我想等光明到来的时候，我也许是已经幻灭了吧！那时我若魂而有知的话，当然可以见到你很沉痛地在我墓前默默地凭吊。话说到这里，似乎也没有什么别的可说，最后，我希望你能寄一个字来给我，或者写雪尘两个字来叫我，我就是到死都不会忘记你的恩典，祝你康健！

雪尘

写于十一月九日

司马起看完了这封信，他的眼皮上有点儿润湿起来，觉得雪尘对我之痴，实不亚于欧阳珠，我真是太惭愧，实在不好意思去接受她们俩这样痴心的情爱。从雪尘的信中词句上看来，显然她的环境是十分恶劣，其实她的环境本来就是恶劣的。唉！我辜负了她，我害了她。阿起这样子思忖了一会儿，他忽然眼睛模糊起来，同时信笺上也湿了一大堆。

"阿起，想不到你还有这样一个多情的女朋友，哈哈……"

司马起被虎子粗重的笑声惊醒过原有的知觉来，连忙回头去看，原来虎子也看完了阿珠给自己的一封信，这就红了脸不知所答。虎子见他脸带泪痕，倒又笑起来道：

"这封信又是谁寄来的？好像使你仍旧很伤心的样子，我可以再看看吗？"

"只要你不见笑我，你就只管拿去看。"

司马起擦了擦眼泪，把雪尘的信也递了过去。在虎子看信的时候，他少不得又思忖了一会子。雪尘的信是十一月九日写的，阿珠是十一月十日写的，从这点子猜测，阿文大概先遇雪尘而后遇阿珠，两人都叫阿文转交林不鸣附上给我的，但是这里我感到奇怪的，为什么阿文自己却不写一封信给我呢？照理也该告诉我一点儿家里的消息。不过仔细一想，我自己也太不应该了，上海家里的地址我是知道的，为什么这两年来我自己不想写一封信呢？他正在这样责备自己，听虎子又笑起来，说道：

"阿起，你的女朋友到底有几个？而且个个这样痴心多情，不要说你看了要淌眼泪，就是我铁打心肠的虎子，心里也会感到一阵悲酸起来，这是所谓英雄气短，儿女情长。阿起，我劝你还是快快写回信去安慰安慰她们吧。"

"虎子，说起来真是惭愧，过去我总觉得太荒唐一点儿了。不过这两个姑娘确实是我生命中的知音，她们对我是万分的热诚，而且平日对我更是万分的有益，假使我肯听从她们两人的话，何至于弄到今日这个地步呢？"

"确实，从这两封信看来，她们不但是多情，而且思想也不平凡。"

虎子听他这样说着，低下头，似乎有点儿惶恐的样子，于是也不再拿什么话去取笑他，表示很正经的神气回答。谁知就在这个当儿，忽然听得噼噼啪啪一阵机关枪的声音冲破了这沉寂的空气，这声音当然使两人都吃了一惊，虎子立刻站起身子，很紧张地问道：

"你听，这时哪里的枪声？"

"呀！怎么枪声愈来愈多了？"

阿起也站起身子来，两人急忙走到窗口旁，探头向外一望，只见漆黑的天空，西方角上透露了一层红光，在红光之中还冒着黑烟。这时夜风更紧，犬吠之声不绝于耳，虎子说声不好，正欲返身出外，见室外走近一个弟兄来，向虎子说对方在进袭了。虎子、阿起也不回答什么，大家匆匆都奔到外面去了。

阿起与弟兄们在黑魆魆的道路上像蛇形似的进行，他们机警地在树蓬中一闪一躲，运用他们的射击技能，在每发一声枪响之后，总需要有一点儿代价，绝不浪费一颗子弹。可是今夜的来势比往常凶猛了，弟兄们简直有点儿抵挡不住，可是大家都没有退的意思，虽然前面的黑影都一个一个地倒下来，但后面还是一个一个冲上去，直到身上挂了鲜红的血花，这也是他们尽了最后的责任。

凭了阿起两年训练的经验，他已有英勇的气概、机警的头脑、灵敏的感觉、巧妙的射击，他提了一架精巧的机枪，在土壕树丛的一角，对准了前面无数豺狼似的黑影，他来了一个痛快的表演。可是忽然间一颗流弹穿过了他的手臂，他喔哟了一声，虽然他是感到这样的疼痛，不过他的痛苦已被满腔沸腾的热血麻木了知觉，他一些也没有觉得，虽然眼看着鲜红的血水从他手臂上一点儿一点儿淌下来，但他的感觉上，这仿佛是皮肤上排泄出来的汗液。他咬紧了牙齿，他还紧扶了唯一宝贵的家伙，望着火光飞冒、血肉横飞中每个像烟煤涂过一样的黑影，继续他扫荡的工作，不过他的血已流得差不多了，他再也支撑不住了，终于尽了他最后的责任，在草丛内倒了下来。

夜风是更吹得紧了，天气也突然转变得严寒了，忽然间空中飘飞起鹅毛般的大雪来，雪是愈落愈大，顷刻之间，满荒郊的树林茅屋顶盖上都罩了一层雪白的颜色。这时阿起躺在草堆上，雪水都浸湿了他的衣服，他浑身都感觉异样的不舒服，在这一种熬煎之下，真所谓求生不能求死不得。他心中的痛苦，岂是作者一支秃笔所能形容万一的呢？

死，并不是一件痛苦的事情，只要死得痛快，死得没有一点儿知觉。但不死不活，还有痛痒知觉存在，这当然是比地狱里、比任何一切的毒刑还要难受到十倍，可是阿起这时候就陷入了不死不活的境地下了，所以他心中的希望，是最好死神立刻降临在他的头上。不过这可不是他自己做主的时候，他连自寻死路的能力都够不到了。阿起眼泪像泉水般地涌了上来，他脑海里浮上了两个姑娘的娇靥，忍不住叹道：

"雪尘、欧阳珠，我们今生再也没有见面的日子了。哦！我的妈，你白白养了我这么大，你老人家养育之恩，我是只有待来生报答你了……"

司马起说到这里，他没有气力再往下说，眼睛眨了眨，他终于在白茫茫的雪地里晕了过去。火光慢慢地息了，枪声渐渐地静了，夜依然是十分沉寂，只有发疯似的大雪漫天地飞舞，真不知盖葬了多少无名英雄的尸骨。

第二回

一线曙光，从黑漫漫的长夜里突然破晓了，前村鸡啼洪亮的声音悠长而有韵，在清晨的空气中震碎了四周的寂静。从窗内望到外面，可以见到满屋顶、满树枝条上的白雪，虽然天空是那么灰白而暗沉，但被白雪的反映，那清辉的光线也会从窗片子外透露到室中来。

屋子里是乡村中破旧不堪的一个卧房，里面的陈设是相当简单，可是倒也收拾得十分干净。这时忽听有人笃笃地在敲门的声音，接着还有苍老的口吻在低低叫道：

"梅真，梅真！"

"哎，来了。"

经过了好一会儿，才听有个女子清脆的口吻答应了一声，接着那里面一间套房的门帘一掀，跳跑出一个年约二十左右的姑娘来。她很快地走到门口旁来，伸手开了门，就有一阵尖锐的朔风刺到脸上，她不禁打了一个寒噤，自语了一句真有些冷，忽然瞥见她父亲身怀内扶着一个男子，那男子满身鲜血，神情惨然，简直使人感到有点儿害怕，这就呀了一声，问道：

"爹，这是什么人？"

"你且别问，快冲杯姜汤来。"

她父亲一面说，一面带扶带抱地把那男子扶进屋子。梅真关上了门回过身子的时候，见父亲已把那男子躺到炕上去了，于是很快地去冲了一杯姜汤，端到炕榻的旁边。刚才因为没有瞧清楚他的脸，此刻他仰面躺在炕上，自然看得清楚一点儿，心里这就有了一个感觉，倒是一个挺英俊的青年。不过他此刻的脸色完全惨白，好像已经死过去了样子，手臂上的血水已凝成浓紫的颜色，全身的衣服也都已湿透的了。梅真见了这一种惨状，心头不免有点儿同情之悲哀，微微地叹了一口气，手里捧着那碗姜汤却呆呆地愕住了。

她父亲回头望了她一眼，然后接过姜汤，用羹匙掏了一匙，预备送到他的口里去。可是他牙关咬得很紧，姜汤却不容易送到他口里去。梅真在旁边紧锁了眉尖，低低地道：

"爹，怕已经死了吧？"

"不，你摸他的胸口还有热度，我想总要想个办法，给他灌一灌姜汤才好。"

她父亲回头望着梅真轻轻地说，好像叫梅真来设法的样子。梅真一时被情感激动了恻隐之心，她有点儿情不自禁地喝了一口姜汤，凑下头去，把嘴对准了他的嘴，灌了下去。那少年肚子里有了姜汤一灌之后，只听腹中咽嘟嘟地一阵响，他的神色似乎转和了许多。她父亲含了喜悦的微笑，拍了拍女儿的肩胛，说道：

"好了，他有救了，梅真，你知道他是什么人吗？"

"不知道，我想一定是偶中流弹的小百姓，爹，你瞧他真是怪可怜的。"

梅真很慈祥的表情，一面回答，一面用了怜悯的目光在他英武的脸上脉脉地望。她父亲摇了摇头，伸手到袋内摸出一个小小的徽章来，交到梅真的手里，笑道：

"你瞧吧，他是个什么样的人。"

"哎！他原来是……"

在徽章上有几行小字，写着"编第三十三师……司马起"等字样。

梅真在哎了一声之后，却没有再说下去。她父亲笑了笑，放低了声音，说道：

"我要借他的力量，来完成一桩大功，梅真，你要听从爹的话，我叫你这样做，你就要这样做的，他不是一个无名小卒，他一定知道其中的一切军情。"

"嗯，他……也许是的。"

梅真听了爹的话，方才知道爹所以救他回家，还有这一层利用的意思，遂嗯了一声，点了点头回答。于是他们父女两人又窃窃私语了一阵，把司马起的伤处用清水洗净，拿纱布裹扎舒齐，又给他注射了一枚针药，让他静静地休养在炕上。

是黄昏降临大地的时候，司马起才从昏迷之中悠悠地醒了过来。他睁眼向四周望了一眼，只见自己躺在一间草屋内的炕床上，静悄悄的，没有一个人在室内，连自己呼吸的声音都可以听得出来，一时呆呆地不禁出了一会子神，暗自想道：这到底是什么地方？难道我是在做梦？不过昨夜的情形，此刻想来还在眼前，而且手臂上此刻还有点儿隐隐发痛，显然这完全是事实。但昨夜我分明是倒在荒郊里的，今天怎么又好好躺在屋子里了呢？说起来其中多少有点儿缘故，大概我的性命是被人家所救了。司马起两眼望着草屋的顶儿，暗暗地庆幸着，这次自己的性命可说是死里逃生。谁知就在这个当儿，忽听有人扑哧地一笑，同时还有说话的声音触送到他的耳鼓。

"你醒回来了吗，司马先生？"

"啊！你……你是欧阳珠……"

司马起回眸望去，原来是一个很娇艳的姑娘，一时还以为是欧阳珠，直待他看仔细了的时候，方才把以下的话又缩了回去，望着她的脸儿，倒是怔怔地愣住了一会子。梅真却笑盈盈地在榻旁坐了下来，一撩眼皮，问道：

"司马先生，你饿了没有，要不要我给你弄一点儿稀饭吃？"

15

"好极了，好极了，那么请你快点儿弄给我吃一点儿好吗？"

被梅真这样一提醒，说也奇怪，司马起的腹中顿时叽里咕噜地响起来，自然是求之不得的事情，遂点了点头，很快地回答。梅真见他有些迫不及待的模样，也可知道他腹中是饥饿到这一份样的程度了，遂把秋波向他盈盈地逗了一瞥娇媚的目光，方才离了榻旁，走到院子外面去了。

司马起被她那临去秋波一转，倒不禁有些神往，一时方才暗想：我这人真也太糊涂了，她怎么知道我姓司马？为什么我却没有向她问一问姓什么叫什么呢？难道我昨夜一役之中跌在草地上，是她把我救到家里来的吗？啊呀！这样我不是还要向她谢个救命大恩吗？正在想时，梅真端了一盘子粥菜走过来，她放在一张小桌子上，回头说道：

"你手臂的伤可好一点儿吗？假使还很疼痛的话，你且别坐起来，我服侍你吃些怎么样？"

"承蒙小姐这样热心爱护，真叫我感激不尽了。可是我很冒昧，还不曾请教小姐的贵姓大名，我真糊涂得很，不知小姐把我怎么样救回到家里来的？"

司马起听她对自己这样多情，由不得心里起了一阵感激，遂用了温和的目光向她凝望着，低低地问。梅真很大方地在榻旁坐下了，微微地一笑，说道：

"我姓梅，单名真，爹爹叫梅山文，是今天早晨爹爹把你从外面救回家里来的。那时你的神色惨白，全身稀湿，好像死过去了的样子，我们要把姜汤给你灌下肚子里去，可是你的牙关偏又咬得那么紧，所以当时我们真急得了不得，幸亏后来才算被我想出一个好法子，把你慢慢地救醒过来了……"

"哦，不知道梅小姐用的什么好法子呢？"

司马起见她说到这里，粉脸微微地一红，似乎有点儿羞涩的样子，这就有些不了解地哦了一声，低低地追问。梅真被他一追问，两颊愈加

16

浮上来玫瑰的色彩，秋波逗了他一眼，笑道：

"干什么问得这样详细？你肚子饥饿，还是快吃稀饭吧！"

"可是奇怪，你为什么不肯告诉我？"

梅真这种羞人答答的意态，引起了司马起的稀奇，他微蹙了眉尖，在他心中当然是很需要知道一个详细。梅真被他问急了，只好在小桌子上拿起茶杯，喝了一口，然后用手指点自己的嘴，又指了指他的嘴，赧赧然地笑道：

"你这可明白了吗？"

"哦！哦！梅小姐，我实在太感激你了，你这样不顾一切地救我，我真不知拿什么来报答你救命大恩好呢？"

司马起见她演哑剧似的向自己做手势，起初还有些不明白，仔细一想，方才有了一个恍然。他明白了之后，一颗心灵好像感到了一种甜蜜的滋味，情不自禁地伸过手去，把梅真的手紧紧地握了一阵。因为太用力一点儿，擦痛了他的伤处，慌忙又缩回了手，蹙蹙眉头，表示痛苦的神气。梅真笑道：

"你不要太兴奋了，其实你不用谢我，你只要谢我爹爹好了，因为你的身子原是我爹爹把你救回来的。"

"当然我是应该要谢你的父亲，不过我也得谢谢你呀！梅小姐，你父亲到什么地方去了？难道这屋子里就只有住着你父女两个人吗？"

"是的，只有我父女两个人。司马先生，稀饭怕凉了，我服侍你吃好不好？"

"这可不敢当，还是我坐起来自己吃吧。呀，我倒想起了，你怎么知道我姓司马呀？"

司马起不好意思叫一个年轻的姑娘来服侍自己吃稀饭，于是他挣扎着坐起床来。在坐起身子的时候，忽然想到了自己的姓字她如何知道，遂望了她粉脸，很奇怪地问。梅真故意装作神秘地笑了一笑，支吾了一会儿，方才低低地说道：

"还不是你自己告诉我们的吗？"

"我自己告诉你？梅小姐，你不要开玩笑了，我几时曾告诉过你？"

司马起说到这里，忽然灵机触动了他的敏感，立刻伸手在身上摸了一下，不禁呀了一声，叫起来了。梅真见他慌张的表情，虽然有点儿明白，但是还木然无知的意态，问道：

"为什么惊慌到这个模样？难道掉落了什么东西不成？"

"是的，我身边没有了一件东西，也许是你给我取去的吗？"

"你这人说话太含糊了，到底是什么东西？我可没有给你拿过呀！"

"这件东西，我比生命还要宝贵呢，可是别人拿到了也没有什么用处。梅小姐，你……"

"我倒明白一些了，莫非是你的编号和军徽吗？"

"梅小姐，你……"

司马起急得把手去扪住了她的嘴，回头向四周望了一望，可是把手缩回来的时候，见到手心里印了一个殷红嘴印，他倒又难为情起来了。梅真逗给他一个娇嗔，笑道：

"屋子里没有第三个人，害怕得这一份样做什么？"

"你父亲不在家吗？梅小姐，你快把这些东西还给了我。我以后一定可以拿别的贵重东西来报答你。"

梅真噘了噘嘴，摇了一下头，说道：

"我可没有拿过你这些东西，都是爹爹把你救回来的时候在你身边摸去的。"

"那么这东西在什么地方呢？梅小姐，这可不是玩的事，你快老实告诉我吧！"

"大不了一个死，譬如你没有被我爹爹救回来，说不定你此刻早已冻死在雪堆里了，你此刻倒又这样着急干什么呢？"

梅真见他急得这个样子，却冷冷地回答他。司马起仔细一想，倒也不错，一时反而望着她俏皮的粉颊笑了起来，点了点头，说道：

18

"不错，大不了一个死，我急什么呢？那么我这编号和徽章一定是被你父亲拿去了，不知道你父亲是做什么工作的？"

"我爹爹做小生意的，他此刻又做买卖去了，等会儿回家来了，我叫他还给你好了。"

梅真忍住了笑，向他正经地安慰。司马起这才放宽了心，点了点头，表示感谢的意思。这时梅真把稀饭交到他的手里，司马起也就吃饭了。外面是寒冬的天气，而且又是遍地大雪，司马起吃了滚热的稀饭，肚子里自然舒服了许多，梅真又拧拧手巾，给他擦嘴，并且叫他躺下来休养，好好给他弄上了被。司马起在九死一生中历尽了危难，此刻还有这样一个姑娘在服侍他，在他心中不但感激涕零，而且也是够安慰的了。在有意无意之间，梅真向他低低问道：

"司马先生，你们军队里弟兄们很多吧？这一役中大概死伤了不少，真叫人难过，不知道你们大部分是驻扎在什么地方的？"

"梅小姐，你是一个小姑娘，何必要谈到这个问题上去？对不起得很，我们还是谈点儿别的事情吧。"

司马起摇了摇头，虽然他是拒绝了这些谈话，可是他脸上还堆了温和的笑。梅真有点儿不快乐的样子，噘了小嘴儿，哼了一声，说道：

"司马先生，你这些话未免太看轻了我们女孩儿家，小姑娘难道就不能谈国家大事吗？"

"不是这样说，我知道你是一个勇敢的女孩子，你当然有不平凡的思想。不过我们做军人的，就不喜欢跟人家谈这些事情，而且也不需要有这一种的谈话。"

梅真觉得司马起的人能干，并不是一个胸无城府的青年，一时反而感到暗暗地佩服，遂望着他英气勃勃的脸低低又问道：

"司马先生既然不愿谈这些事情，那么我们就谈旁的吧。我问司马先生是什么地方人？"

"我祖上是广东籍，不过从小生长在上海，上海可说是我第二故乡一样了。"

"可是为什么你又会到这儿来干这一种危险的事情呢？"

"梅小姐，你问得真有趣，叫我回答不出来，不过我们既然生长在这一个时代，当然是应该做一点儿时代的工作，你说对不对？"

司马起含了微微的笑容，向她低声回答。梅真频频地点了一下头，明眸含了温和的目光，在他脸上脉脉地望着说道：

"司马先生，你真是一个时代的青年。"

"唉！梅小姐，你别说这一句话吧，叫我听了，倒感觉惭愧。"

梅真这一句话似乎触动了他的旧创，脸上顿时显现了痛苦的表情，忍不住先叹了一口气，接着向她说出了这一句话。可是听到梅真的耳里，不免感到奇怪起来，蹙了眉尖问道：

"司马先生，我不知道你这一句话是什么意思，像你这样有志气的青年还说惭愧，那么要怎样才算不惭愧呢？"

梅真既然不知道司马起过去荒唐的行为，那么她自然不了解他心头的感触。司马起听了，只有报之以苦笑，却不再作答。梅真若有所悟地笑道：

"你大概是向我闹着谦虚吧？"

"谦虚？这两年来我倒不会谦虚了，梅小姐，你们怎么爱住在这样危险的地方？难道你们不想搬一个安全的地方去生活吗？"

"司马先生，这年头哪一个地方是安全是太平？况且我们也只有这两间破屋子，爹爹说，不管它危险不危险，我们总不愿离开这一个家。"

司马起表示很同情的样子，点了点头，望着她粉脸，却慢慢地把眼皮合了下来。梅真知道他是受了伤的人，多说了几句话，精神不免有点儿疲劳，遂也不再去理他，慢慢地站起身子，走到窗旁，望着外面白漫漫的雪地，正在呆呆地想了一会子心事，忽听嘎吱一声，门外推进一个人来，回头去望，原来是父亲。梅山文见了女儿，便轻轻地走了过来，两眼炯炯地向床上司马起望了一下，方才低低地问道：

"他醒来过没有？你和他谈过什么事情吗?"

"醒来过了，可是谈了一些无关紧要的事。"

"为什么不仔细地问问他？这可全是你的责任呀!"

"我问他，他不肯说，这叫我有什么办法?"

梅真见父亲的眼睛里似乎有一股子火焰冒出来，显然他是有点儿不喜悦的神气，这就鼓着小嘴儿，也显出小女儿撒娇的意态，生气地回答。梅山文见女儿背过身子，好像也生气的样子，这就在脸上反而又堆下一点儿笑容来，伸手在她肩胛上拍了拍，用了温和的口吻，说道:

"好孩子，你不要生气，为父错怪了你，请你原谅，不过我们总不能随便地放过了他，你总要给我想一个完善的办法才好。"

"可是你叫我想什么办法呢?"

梅真回过身子来，秋波脉脉地逗了他一瞥，至少是包含了一点儿怨恨的成分。山文在这样情形之下，他是少不得要放一点儿手腕出来的，于是拉了女儿的手，走到里面一间，用了极温和的口吻，说道:

"办法是有一个的，但不知道你心中肯不肯?"

"只要我能力及得到，为什么不肯给爸爸去效劳呢？但是爸爸先得告诉我是什么办法，也好叫我想想女儿是否有这一个力量。"

山文觉得女儿的话，自然也相当地有理由，遂点了点头，凑过嘴去，在她的耳朵旁边低低地说了一阵。梅真听了父亲的话，也不知为了什么缘故，她全身一阵子燥热，粉脸立刻会娇艳地红晕起来。山文笑了一笑，接着又问她说道:

"这一个办法我想在你也没有什么多大的困难，在我可以尽了为国效劳的责任，不知你心中的意思以为怎么样呢?"

"爸爸的意思虽然很好，不过我也得问你一句话，你等他告诉了一切消息之后，还是把他留着，还是把他杀了呢?"

"这个……倘然他肯给我效力办事，我当然不会去杀他，而且还要重重地用他。假使他不肯替我出力，那么换句话说，他就是我们的对头，我留了他不是养虎在家反被虎伤吗？"

梅真听了，柳眉紧紧一蹙，摇了摇头，却是深深地叹了一口气。山文见女儿这一副表情，还不了解她是什么意思，遂低低又问道：

"咦！为什么不说话？难道你心中的意思不以为然吗？"

"爸爸，我到底还是一个年轻的小姑娘，总希望图一个将来呀，你叫我用美人计去骗他说出消息来，万一他倒是一个意志坚强的少年，那时候你把他杀了，岂不是害了我女儿的终身吗？"

梅真说到这里，又摇了摇头，表示不肯答应的意思。山文沉着脸，显然有点儿不大开心，向梅真狞视了一会儿，方才冷冷地说道：

"梅真，你从小由我抚养长大，你难道忘记了我平日的教训了吗？要知道我们为了国家，不要说这一点儿牺牲，就是牺牲了性命，那又算得了什么？我老实对你说，你若不听为父的话，为父的脾气你难道不知道吗？"

"唉！爸爸，你也不用发脾气，我就答应了你。只不过他肯不肯向我告诉消息，这在我是不能负完全的责任。"

"只要你肯牺牲你的一切，我想一个年轻的男子，能有几个人逃得过美人的手腕之下？我此刻还有工作在身上，说不定明天早晨回来。这件事情交给了你，你要给我办好的，知道了没有？"

山文后面这一句问下去的话，是相当严厉，梅真不敢说半个不字，遂点了点头。她满腹藏了无限的哀怨，一步一步地送着山文走出了大门，外面是白茫茫的一片，此刻又在飘飞鹅毛样的雪花了。山文向她叮嘱了几句，他匆匆地走远了。梅真扶着门框子，两眼望着父亲的身子慢慢地消失了，只留下雪地上印着的一个一个脚印子，显得分外清爽，她全身抖了一抖，当她回身进内的时候，那眼眶子里的泪水扑簌簌地淌了下来。

第三回

　　半支红红的残烛，顶尖上跳着闪闪烁烁的火光，窗缝子里钻进来一阵阵针锋样的冷风，摇曳着烛火的光，她好像是默默地流着眼泪。

　　梅真坐在桌子的旁边，静悄悄地手托了香腮，两眼望着融融的烛火，她的眼角旁也涌上了一颗亮晶晶的泪水。她似乎憧憬着过去的悲哀，她似乎在追忆生命中的恨史，于是她的脑海里浮现了浴血沉痛的一幕。

　　这好像还是十二年前的事情，梅真跟了母亲张丽华，在异乡客地过着流浪飘零的生活。那时候梅真还只有六岁，虽然是髫龄年纪，却也十分聪敏，她看见母亲每天紧锁蛾眉，那种愁闷的情景，心里也明白母亲的胸中至少是有着沉痛的隐情，不过每次问母亲的时候，母亲总是流着眼泪，默默地不肯回答。是一个凄风苦雨的夜里，丽华病在床上，奄奄一息的是只有一口气了。梅真伏在床边，拉了母亲的手，只有抽抽噎噎地哭着，这些悲惨的情形，在她脑海中永远地留了一个不可磨灭的印象。

　　"孩子，苦命的孩子，今日为娘抛弃了你，留你这样一个幼小的女孩子生活在这个世界上，这……这叫我怎么能够放得下呢？唉！我害了自己，我更害了你，我……啊！我的孩子，你为什么要做我的女儿？你为什么要生长在这样残酷毫无情感的世界上来呢？"

"妈！妈！你叫我怎么才好？"

梅真对于母亲这几句沉重的话，虽然还并不十分了解，不过见了母亲泪流满面、痛心疾首的样子，也可知她是感到怎一份的痛心了。她是只肯连声地叫着妈，顿着脚哭泣起来。丽华把着她的身子，两眼茫然地望着窗外被风吹着的落叶，又低低地说道：

"孩子，身为女子的身世太苦了，我怕你会跟为娘一样地遭受孤苦无依的不幸，谁知你偏偏也会这样的孤零，而且比你娘更可怜、更悲惨到十分，我在当初怎么能够想得到？唉！我害苦了你，我到死都不能眼闭的呀！"

"妈，你为什么要说这样的话？我不明白，我为什么除了我们娘儿俩，连一个亲人都没有？难道我没有爸吗？人家都说我没有爸爸的孩子，难道我就真的没有爸爸的吗？"

梅真小心灵中是感到了莫名的奇怪，她忍不住向母亲重复地追问。丽华被女儿这样地一问，更触痛了旧时的创伤，流着无限伤心的眼泪，她抱着梅真的身子，忍不住闷声哭泣起来。

"妈，你说呀，你说呀，我的爸爸呢？我的爸爸呢？"

"孩子，你虽然年纪很小，不过你的人很聪敏，本来我不愿把妈悲惨的遭遇向你告诉，不过今天在我临死之前，我是藏不住在胸中，非向你说一个痛快不可了。说起你妈的身世，真是十分可怜，从小死了父亲，只有一个爱护我的母亲，她把我辛辛苦苦地养成了人。因为是历年操劳，过分地辛苦，使她身子已失了青春的健康，她犯了一种咳嗽病，起初我还不晓得，直到经过医生的检验，才知道她是已经犯了第二期的肺病了。那时候你的娘还只有十八岁，为了生活的逼迫，我是在做舞女了，舞女，这个名字你懂吗？"

丽华说到这里，向她低低地问了一句。梅真定住了乌圆的小眸珠，摇了摇头，确实她还不懂得这"舞女"两字的解释。丽华方才又接下去说道：

"舞女就是供人搂抱跳舞的女子，这也是女子职业在社会上最末的一条路。不，还不算最末的一条路，因为舞女到底不是妓女，虽然环境的恶劣与妓女无异，但到底还有自持的自由。唉！这些话对你说，我觉得全是一篇废话，孩子，你娘是饱尝了世态的炎凉、人情的势利，今日所以得到这样的结局，也是在意料之中的。"

"妈，你不要伤心，那么我的外祖母又怎么样了呢？"

梅真见母亲说到这里，眼泪又像断线珍珠似的滚落下来，她把小手去擦揩妈颊上的泪，一面低低地问，一面也抽抽噎噎地哭泣起来。丽华吻着她的脸，继续地又说道：

"我在舞厅里遇见你的父亲，你父亲姓什么叫什么，我不希望你知道，因为他现在也是不在人世了。他的死是罪有应得，因为一个荒唐的青年，绝不会有好的结果，这是一定的道理。只可怜你娘一个孤苦无知的弱女子，也会受到这样悲惨的遭遇，这难道也是罪有应得吗？抑是前生作孽，所以今生这样的苦吗？唉！老天，老天，你也太残忍了。"

"妈，你快告诉我呀，那么我爸爸又怎样会死的呢？"

"你爸爸是个漂亮的少年，听说家中很有钱，因了家中有钱，拈花惹草，这是免不了的事情。虽然我是一个很平庸的女子，而且还置身在这个灯红酒绿的环境之下，但是还知道'洁身自爱'这四个字，所以对于你爸爸当初的甜言蜜语，我是只有置之一笑。可是我家内的母亲她卧在床上，病体是一天一天地加重起来，当初只不过是咳嗽，后来身上发了热，而且痰中也沾着血丝，医生告诉我，说我母亲的肺病，已到了很严重的阶段了。孩子！你倒替娘心中想一想，可怜我那个时候心中的焦急，还有什么话可以形容的吗？患了肺病最好是住到医院里去疗养，不过值此生活高度之下，连一日三餐都难以维持，哪里还有什么多余的钱来替娘亲医病呢？可是我只有这么一个疼爱我的娘亲。在当初我若没有娘亲，我哪里有今天的生长的日子，所以我是一定要设法来救我的娘亲。那天我到舞厅里去，根本一点儿心思都没有，坐在舞池旁的椅子上，只会扑簌簌地落眼泪，谁知有人来叫我坐台子，我没有办法地走过去，原来就是你的父亲。他见我眼皮红红的，遂很同情地问我有什么不如意的事情，我就老实不隐瞒地告诉他我母亲生肺病的消息，他听了劝我不要伤心，说生肺病虽然是一件可怕的病症，但只要医治得快，肺病也会慢慢地好起来。孩子呀，在我这样举目无亲的境地中，听了他这样的安慰，叫我如何不感激在心上呢？他看破了我的弱点，于是利用他金钱的魔力，向我一步一步地进攻。我不是爱虚荣的姑娘，假使是在平日，我绝不会堕入他的彀中，可是我为了我唯一的娘亲，只好牺牲任何一切而不顾，终于答应了你父亲的要求。在当初的意思，我想把我的清白来拯救娘亲的性命，报答娘亲的养育之恩，可是哪里知道，虽有卢扁之医，难收回春之效，在一钩新月的凄凉之夜，我母亲竟硬着心肠抛弃我走了。"

梅真静悄悄地听她母亲说到这里，她那颗聪敏灵感的芳心，自然也起了无限的情绪，她抱着丽华的脖子，忍不住呜呜咽咽地哭出声音来了，说道：

"妈，你说的情景，到底是你自己，还是我呀？难道我母女两人竟遭到同样惨不忍睹的环境吗？妈，你当初还能尽你做女儿最后的一份孝心，可是你叫我一个六岁的女孩子，拿什么来拯救娘亲你的病症呢？"

"啊！孩子，我想不到你一个才六岁的女孩子，会说出这几句话来，你太聪敏了，可是我又为你太聪敏又感到太伤心了。我虽然命苦，但我那时候到底已经有十八岁了，不过你……唉！孩子，我能忍心抛你走吗？我能眼见你在这黑暗的世界上活受罪吗？"

"是的，老天一定也不忍心。妈，我爸爸……他……他又怎么样了呢？"

梅真把小手去抹丽华脸上的泪水，她停止了呜咽，向丽华又急急地追问。丽华是一口一口地喘着气，她是怀了海样深的悲哀，一颗芳心之上，似乎有什么刀尖在刺那么疼痛，低低地又说道：

"你父亲本来是个有妻子的人，他无非有了几个臭铜钿，在外面任意地糟蹋女人罢了。我和你父亲既然同居之后，我总希望与他过上一辈子，所以我劝他千万不要再到外面去荒唐，自己的父母家里是应该常回去的，要知道你金钱虽不在乎，可是一个人的精力有限。他在我的面前事事都听从，可是一背了身子，他早又把我的话当作了耳边风，唉！在我产下了你第二年，不幸的消息传来了，你父亲他在医院里死了，那时候我真不知如何是好。我抱了你才会牙牙学语的孤女，我的心都碎了，我想把你抱到他的家庭里，请他们把你留下来抚养，可是我又怕他们会把你当作眼中钉看待；我想寻死，但又不忍心丢下了你这小小的生命，因为你是并没有一点儿罪恶，叫你在这个世界上吃苦，这都是为娘之罪呀！孩子，这四年来，为娘是被势力的社会、冷薄的人情磨折得够了，现在为娘是将要脱离苦海，永远地忘记了痛苦，而到别一个世界上去了。只可怜你苦命的孩子，恐怕是要受说不尽的苦楚了吧！我不忍心，我想带你一块儿走，可是我又觉得太残忍，我既不能养你，却要你同走死路，这是我的罪恶，我又觉得不能够。啊！天哪！在这种求生不得、求死不能的环境之下，我还有什么可说？我还有什么可说？"

　　丽华说到这里，内心是沉痛悲愤到了极点，她眼睛向上一翻，不禁昏厥了过去。梅真这时候又害怕又焦急，站在床边，蹬着两足，也忍不住号啕大哭起来。

　　就在这时候，外面走进一个妇人来，妇人三十左右的年纪，原是她们邻居王大嫂。王大嫂生平不曾养过一男半女，平日对于梅真十分欢喜，和丽华说笑之中，要梅真过房给她做女儿，梅真因为王大嫂待自己好，自然也叫她妈妈地很亲热。这时王大嫂一跨进房门，就听梅真在痛哭的声，心中倒大吃了一惊，急忙三脚两步地走到她身边，问道：

　　"梅真，梅真，你娘怎么了？你娘怎么了？"

　　"啊！王家妈妈，我妈死了。"

　　梅真见了王大嫂，扑到她的怀内，悲悲切切地更哭得伤心。王大嫂一面安慰她不要哭，一面伸手在丽华口鼻上一扪，觉得尚有一股游丝似的气息，知道事情没有这样的快，遂在她人中上捏了一把，低低地唤道：

"丽华，丽华。"

"哦，是你，你来得正好。"

丽华被她这样一喊，方才悠悠地醒了回来，睁眼一见王大嫂，便点了点头，似乎心中有了一些安慰的模样，嘴唇掀动了一下，有气无力地说出了这两句话。王大嫂见她神色完全是毫无希望，想起几年街坊，彼此知心着意，也不免悲从中来，喉间仿佛有骨鲠住，还未说话，泪水也夺眶而出。还是丽华慢慢地抬上手去，拉着她的胳臂，凄然地道：

"嫂子，想不到我们今日会要分手了……"

"丽华，你不要说这些话，你的病是会好起来的。"

"好起来，只怕梦想吧。"

丽华虽然是垂死之人，不过她心里是很清楚的，她听王大嫂含了泪水这么地安慰，也知道是一种无可奈何而已，脸上含了一丝苦笑，摇了一下头，说话的口吻至少是包含了一层感叹的成分。接着她又表示精神很好地说下去道：

"人生本来像一个梦，早死迟死，也无非是梦之长短而已，况且佛氏谓不生不灭，换句话说，就是有生有灭，生灭乃是做人的始终，那是一定的过程，所以今日我对于死，倒也并不感到过分的悲伤，况且在这一个环境之下，死也许比生会快乐得多。话虽这么说，不过我死的还得替活着的人设想，我为了这个年幼苦命的孩子，你想，叫我又怎么能够死得下手呢？所以我这一口气不肯断，也就是为了这个缘故。大嫂子，我们自从认识以来，也有整整三个年头了，在这三年中承蒙你热心照顾，把我当作妹妹一样，我心里是没有一刻不在感激你的。这并非是我在临死之前，向你故意讨好的话，这你心中大概也很知道吧？"

"丽华，你再不要说这些使人感到伤心的话了，一个人谁不要生病？

只要好好地休养，自然会起床的。"

"不，大嫂子，在这个时候我不需要空虚的安慰，我需要的是现实。请你可怜我，我要你收留我的孩子做一个女儿，那么我死了之后，一定会暗中保佑你、感激你。"

丽华的两眼瞅住了王大嫂的脸，两手拉着她的胳臂是这一份有力，她是有些迫不及待的表情，要王大嫂有一个使她自己安慰的答复。王大嫂没有办法，虽然她心里不忍说，可是她嘴里只好忍痛向她安慰着：

"你放心，你的话我都能依你，我一切都答应你了。"

王大嫂刚说完了这两句话，忽然间听得窗外一阵噼噼啪啪的枪声，很清爽地从夜风中送了过来。丽华的感觉比任何人更灵敏，她睁大了眼睛道：

"你听，哪里来的枪声？"

"啊！火，火，火……"

梅真回头瞥见窗外一片通红的火光，她情不自禁大声地叫起来。王大嫂回头一看，果然东北角上的天空已经像烧红的一块火炭了，她正在奇怪着这不知是怎么一回事，忽见王大哥很慌张地奔进来，他叫着王大嫂的名字道：

"翠莲，翠莲，不好了，不好了，村里起了大火，真不知有多少土匪来抢村庄了。我们快逃呀，我们快逃呀！"

"啊！你说的什么？土匪抢我们村庄吗？"

"妈！妈！妈……"

王大嫂话未完，只听梅真的哭叫声已震碎了室中的空气，连忙回身去望丽华，谁知她在一急之下竟已气绝身亡了，一时心痛十分，不禁也哭泣起来。那时枪声不绝于耳，还有屋倒之声、哭叫之声，呐喊之声，由远而近，由近而远，令人心惊胆寒。王大哥急得全身发抖，拉了翠莲的手，顿脚急道：

"这还是你哭的时候吗？死的已经死了，你还管得了什么？难道你自己不想逃性命了吗?"

王大哥这两句话是提醒了翠莲,她硬了心肠,拉了梅真的手,意欲向外就走,谁知梅真赖在床边,哪里肯走?她抱着娘亲的尸身,兀是痛哭不停。王大哥急得没有办法,张开两条手臂,抱了梅真身子,向外就奔。翠莲随后急忙跟出,只见满村子里烟雾腾腾,一片红火,烧得村民哭爹喊娘,携老提幼,乱奔乱逃。梅真起初还伤心着娘亲死了,一到外面见了这一个恐怖的情形,把她也吓得呆住了。

王大哥一面抱了梅真,一面拉了翠莲,一面跟着众人向前奔逃,一面打听这到底是哪里来的土匪。听路人说,这次土匪来抢劫村庄,是有大规模的组织,绝不是顺路洗劫,恐怕还要占据村庄。谁知这时半路上蹿出一队土匪来,把众人都冲散了,王大哥拉了翠莲的手,却是不肯放松,可是后面有四五个大汉追上来,向他们大喝不许奔逃,王大哥和翠莲吓得魂不附体,哪里听得清楚,只管向前狂奔。大汉见他们不听从自己的话,还以为他们身上一定有着不少的珍宝。只听砰砰两声,王大哥的身子立刻倒了下来,翠莲一见丈夫中弹倒下,心中又痛又急,连忙蹲下身子来扶,口里叫着你怎么啦,谁知后面就有像蒲扇那么粗毛的手,向王大嫂一把抓住,口里骂着,听不出他是什么话。翠莲回头望去,只见他狞恶的凶脸,几乎要吞吃人的样子,手里拿了一柄亮闪闪的小刀,还染着鲜红的血渍,从可知那柄刀上已流了许多人的血水。翠莲这一吃惊,不禁跪了下来,口里叫着大王饶命。

那大汉在翠莲跪下的时候,从火光之下见到她的脸,虽然是个花信年华的妇人,倒颇有几分姿色,这就兽性勃发,拉了翠莲的身子向旁边草堆上走了。翠莲是个聪敏的女子,她见这一种情形,心中如何还会不知道的理由,这一急真非同小可,把她那颗芳心几乎要从口腔里跳跃出来了。

王大哥虽然是受了伤,不过他还没有失去他的知觉,一见土匪这样禽兽行为,又听自己心爱妻子大声呼救的惨声,他心中的愤怒,真仿佛是江潮样地澎湃着，也不知打哪儿来的一股子勇气，猛可从地上负伤跳了起来，拉住翠莲的身子，向那土匪大声地怒斥道：

"你这不知廉耻的狗东西，你……胆敢如此横行吗？"

"哈哈……哈哈……你这不知死活的狗……去你妈的！"

那大汉见王大哥向自己怒骂，虽然听不懂他骂的是什么话，但心中也知道他是不满自己的表示，一时大笑了一阵，抬起一腿，把王大哥直踢倒地上去。他还拔刀出来，举手向他头上直刺，急得旁边的翠莲和梅真早已把那大汉拉住了，跪在地上，苦苦地哀求。可是那大汉却并无一些人类的同情心，不问三七二十一地把刀尖在王大哥的手臂上猛然地一刺，刺得王大哥惨然地大呼起来。梅真和翠莲心痛如刀割，泪像泉涌，虽然哀哀苦求，但那大汉好像没有听见的样子，走到王大哥的身旁，在他脸部又连戳两三刀，只见王大哥满头满身都是鲜血。梅真想不到人与人之间竟会演出这一幕狠毒的惨剧，她不相信这个大汉还能算是大地上人类的一分子，她闭上了眼睛，她不愿再看他对王大哥更惨毒的行为。可怜的翠莲，她是已经昏厥在地上了，不过虽然她是昏厥了，那大汉还是不放过她，把王大哥宰割得没有一口气之后，他抱了已昏厥不省人事的王大嫂，还是要去实行他摧残她的工作。等梅真找到王大嫂的时候，只见王大嫂已经奄奄一息地躺在大树底下的一堆草地上，梅真忍不住大哭起来，说道：

"王家妈妈你怎么啦？你怎么啦？可怜伯伯被土匪杀了，我们还是快点儿逃走吧！"

"梅真，你也真太苦命了，你妈临死的时候，把你托孤给我，谁知道不到一个钟点之后，村子里马上会发生了这样不幸的惨变。你的伯伯死得这样的悲惨，可怜我又被侮辱到这样的地步，唉！天哪！你为什么要给这一种野蛮的人类存在？你若有灵的话，你就不该任他们在大地上这样地作恶横行，难道我们这一班小百姓该有这一番历劫吗？梅真，我是不中用了，我也快要死了，并非我辜负你娘的托付，可是我已没有能力再可以来照顾你了……"

王大嫂说到这里，她合上了眼皮，已完了她最后的一口气。梅真抱着她的脸，忍不住大声地哭起来，这时候梅真的小心灵里，说不出是悲酸是痛苦，眼看着王家妈妈的尸体，又想着自己母亲的尸体，摸摸自己的脸部，觉得这确实是真的事情，因此她心中又开始感到孤苦起来。

夜是这样的黑暗，四周除了黑魆魆的人影在乱窜乱奔，更有无数的哭声、叫声、杀声在播送。梅真觉得自己像迷了路的羔羊、失了群的孤雁，置身在这个环境内，她几疑已步入了杀牛屠场。她徘徊，她彷徨，她忍不住又呜呜咽咽地哭泣不停。

梅真这一哭不打紧，却惊动了一个正在向前奔跑的男子，他回头见了梅真，便慢慢地挨近了她身子。梅真见他已经四十左右的年纪，身上的衣服有点儿血渍，两眼炯炯地发光，因为他向自己呆呆地打量，使她心中感到有点儿害怕，在呆住了一会子后，她便翻身向后奔逃了。但那男子却把梅真拉住了，声色俱厉地喝问道：

"你这女孩子为什么在这儿哭泣？"

"我……我……"

梅真又急又怕，她回答不出话来，眼泪却又扑簌簌地滚下了两颗。那男子见她害怕得这个样子，因为梅真生得娇小玲珑，十分可爱，一时倒又感觉楚楚可怜，遂又用了温和的态度，脸上浮了一些笑容，说道：

"你不要害怕，我不会来害死你的，你姓什么？名叫什么？"

"我……姓张……名叫……叫……梅真。"

"梅真……梅真？"

那男子连说了两个梅真，他喜欢得把梅真手一把紧握住了。梅真被他握痛了，还以为他要害死自己，这就惨白了脸，竭声地叫起来。那男子方才松了手，笑了一笑道：

"我有一个女儿，她的名字也叫梅真，可惜她已经死了。"

"那么你姓什么呢？"

梅真见他神情不像有残害自己的意思，方才定下心来，大了胆子，向他低低地问。那男子抚摸着她的头发，说道：

"我姓梅，名叫山文，你的名字就是我的女儿名字，你做我女儿好吗？"

梅真听他这样回答，她心中也不知怎么才好，因此低垂了粉脸，却默不作答。梅山文知道她多半是为了害怕的意思，于是伸手抬起她的下巴，说道：

"你的父母呢？"

"被他们杀死了。"

"你今年几岁了？家中还有什么人吗？"

"我六岁了，家中没有什么人了。"

"那么我要你给我做女儿，你心里喜欢吗？"

梅真这回没有说话，她只把头点了一点，眼眶子里的泪水却蛇形似的爬了下来。梅山文伸手到她颊上去抹了泪水，大有爱惜的神气，低低地道：

"你不要伤心，我不会害死你，因为你的名字像我的女儿，我心中很喜欢你。只要你好好地跟随我，我一定给你好好的吃穿，你喜欢不喜欢？"

梅真点点头，她不敢再淌下泪来。这时西边又走上几个大汉来，山文向他们边说边笑地说了一阵，梅真心中有点儿奇怪，因为他这时说的话，却一句都听不清。虽然明明知道他们是匪类，绝不是良善好人，但自己孤苦伶仃，正在无处安身，因此也只好权且认山文做父亲了。

光阴匆匆，梅真在奔波的生命中竟然也长成了。她想着过去的种种，她是怀了海洋深的悲痛，此刻又想到父亲叫她使用美人计去残害一个年轻壮士，她心中怎么能够委决得下呢？因此望着桌子上那融融的烛火，木然无知地在憧憬着她过去惨事。

不料正在这个时候，忽然间那榻上睡着的司马起竟大声地叫喊起来，好像是在叫着杀呀、冲吓的言语。梅真在回忆中惊醒过来，遂急忙奔到榻边去，摇撼了他一下身子，低低地唤道：

"司马先生，司马先生，你做了一个什么梦呀？"

第四回

　　司马起在睡梦中被梅真惊醒了过来，他猛可地拉住了梅真的手，睁开眼睛，似乎正欲向她呼叫的时候，忽然见到床边站着的是梅真，他才意识到自己刚才做了一个梦。在闪闪烁烁烛火光芒跳跃之下，望着梅真的脸，倒是怔怔地愕住了一会子。梅真被他这样一来，明明知道他梦见了一个人，因为醒来换作了自己，所以使他有点儿发呆，这就一撩眼皮，微微地笑道：

　　"司马先生，你在做梦是不是？不知道梦见了什么人？这忽儿醒来觉得好多了吗？"

　　"多谢梅小姐，我好得多了。哎！我确实梦见了一个人，她好像是我的妹妹。"

　　司马起点了点头，他用了感谢的目光，向她脉脉地望了一眼，含笑回答。梅真见他拉住了自己的手，又见他含了微微的笑，觉得"妹妹"这两个字，多少是带有些神秘的作用，这就芳心里面更起了一些感情作用，红晕了两颊，秋波逗给他一个娇嗔，缩回了手，说道：

　　"妹妹？你还有妹妹的吗？哼！你可不要讨我的便宜。"

　　"啊呀！梅小姐，你可不要误会我的意思才好，我确实梦见了我的妹妹，我妹妹名叫司马英。哎！说起来和梅小姐的脸倒还有点儿相像的。"

"啐！你还说不讨我的便宜，司马先生，你不要太兴奋了。此刻时已不早，我已给你热好了稀饭，你要不要吃点儿吗？"

其实司马起在梦中真的看见了阿英，好像阿英和士英已经结了婚，他们夫唱妇随地在医院里为病家造福，好像是非常快乐，不过梅真的心中，当然不会信任司马起的话，她觉得司马起无非是一种掩饰，他对自己至少是有点儿好感的成分。虽然他是一个饱尝风霜雨雪的武夫，不过此刻在梅真的目光下看来，他实在还有那种温柔的态度，于是噘着小嘴，向他啐了一口，表示嗔中带爱的意思。司马起这两年来不曾亲近女人了，今日在梅真柔软的手腕之下，心中也不免荡漾了一下，笑道：

"梅小姐，我真感激你，你给我累忙了吧？"

"倒忙不了什么。"

梅真知道他需要吃一点儿稀饭的表示，遂回答了一句话，站起身子，到房里去端一盘粥菜出来。司马起在榻上靠起身子，望了她一眼，说道：

"梅小姐，你爸爸呢？他还没有回来吗？"

"我爸爸说不定今天晚上不回来了。司马先生，还是我服侍你吃好吗？"

"不，你别客气，我自己吃好了。"

"你手臂还受着伤呢，能拿东西吗？"

"这一点儿伤是不成问题的，刚才我也自己拿了吃，况且此刻又好得多了。"

司马起一面回答，一面拿了碗筷，划着稀饭吃。梅真站在旁边，这就有个感觉，真是一个英武的健男儿，一时想起爸爸叫自己使用美人计去赚他说出一切的消息来，她那颗芳心顿时会像小鹿般地乱撞，红晕了脸，情不自禁深长地叹了一口气。

"梅小姐，干什么好好的叹气了？"

梅真这一声长叹，是相当沉重，在寂静黑夜的空气中自然分外清

36

晰。司马起这就抬起头来，向她望了一眼，奇怪地问。梅真被他问住了，一时回答不出什么话来，秋波在逗给他一瞥哀怨目光之后，却又垂下了粉脸，默不作声。司马起愈加不明白起来，遂情不自禁拉过了她的手，低低地又问道：

"梅小姐，难道你心中有什么不如意的事情吗？假使你有困难的地方，能否说出来给我听听？或许我也可以尽一些义务，来报答报答你一片热诚相救之情。"

"这个……你且先吃完了稀饭，我们慢慢再谈吧。"

梅真被他手一拉，她也不由自主地在榻旁坐了下来，说了这两个字，忽然她又缩住了，支吾了一会儿，接着又回答了这一句话。司马起在未知道详情之前，当然感觉十分纳闷，遂急急地又道：

"梅小姐，你就先说了也不要紧，假使你不告诉我，我这半碗稀饭可再也吃不下去了。"

"你又说傻话了，也没有什么大不了的事情，我看你还是先吃完了再说。"

梅真用了温和的口吻，向他微笑着说。司马起没有办法，只好先吃了稀饭，他这次是吃得特别快，抹了抹嘴，放下碗筷，说道：

"梅小姐，你现在总可以向我告诉了，你到底有什么不如意的事情呢？"

"这件事情很难说，因为和你有些连带关系。"

"啊，和我有些连带关系？这个我可更不明白了，梅小姐，你快告诉我，到底是怎么一回事情，假使我在这儿要连累你的话，那么我马上就可以到外面去的。"

司马起不免急了起来，他涨红了脸，一本正经地追问。梅真摇了摇头，她沉默着还是不肯说下去，经不住司马起再三地催问，她方才望了司马起，低低地道：

"司马先生，我在未告诉你之前，还得先问你，你到底可曾娶过妻子？"

"我还没有娶过妻子，不过我不明白你这句话到底是什么意思？"

"可是你是否知道我爸爸给你救回来是好意还是恶意？"

"啊呀！你这个话我更莫名其妙了，你爸爸把我救回到家里来当然是好意，难道还有什么恶意吗？况且我也不是一个大富翁，他救我性命，我想他完全是一片好心，你说的又是什么意思吗？"

梅真听他这样说，微微地叹了一口气，把手玩弄着那方小小的手帕，却又不说什么了。司马起在她沉默之中自不免微蹙了眉尖，呆呆地想了一会子心事，觉得梅真的话，其中当然还有一层道理，不过他们既然是父女，就是她父亲对我有不良的存心，做女儿的岂肯就这样对人宣布出来呢？两人沉吟了一会儿，还是司马起又问道：

"梅小姐，像我受伤在雪地之上，生命的危险，真仿佛千钧一发，若没有你父亲救我回家，恐怕我此刻早已冻毙在雪地了。所以我对你父亲，心里有万分的感激。不过你说的话中，好像你父亲救我，并非是好意，竟是一片恶意的样子，难道他把我性命救了，再来害我死不成？所以我想来想去，总觉得你这个话我有点儿不大明白。"

"这当然因为还是你人生得忠厚的缘故，我父亲救你，不过是一条性命，然而他的存心，却要使你们都做了枉死之鬼。唉！你难道这一点儿道理都会想不出来吗？"

梅真秋波含了怨恨的目光，向他脉脉地逗了那么一瞥，说到末了，忍不住又微微地叹了一声，脸上是浮现了无限抑郁的神色。司马起听她这样说，倒忍不住啊呀了一声叫了起来，不过想到一死无大事的一句话，他倒又置之泰然了，点了点头说道：

"我明白了，我知道了，原来你爸爸不是真心地救我，却是来利用我，要我做一个罪恶之人。不过人各有志，死有重于泰山、轻于鸿毛之区别，我不是一个糊涂之人，我不是一个贪生怕死专门想升官发财的人，我到底还是有血有肉、有灵魂构造的所谓大地上的人类，我岂肯会受人家的利用呢？所以我是抱了一死了志的决心，任他惨毒的刑具放在我的眼前，我也绝不会动摇我固有的意志了。”

“司马先生，你真是一个不平凡的壮士……”

梅真被他这一篇话感动得心中竟有点儿酸楚起来，她眼角涌上了一颗亮晶晶的泪水，向他望着点了点头，话声是带有点儿颤抖的成分。司马起见她这种楚楚可怜的意态，好像在她心中还有说不出的隐情似的，这就拉了拉她的手，低低地问道：

“梅小姐，你为什么要伤心起来？你难道对于你爸爸的行为也感到不满意吗？还是对于我的遭遇的不幸而感到同情的悲哀吗？”

“司马先生，我觉得我此刻若不把老实的话告诉了你，我心中会感到无限的不安和歉疚，所以我要尽情地倾吐一下方才感到痛快。我爸爸的意思，要我牺牲色相来迷恋你，叫你在中了美人计之后而完全泄露了秘密的消息。不过我到底还是一个年轻的姑娘，我还希望图过将来，我岂能失却自己的人格，而去干这一种卑鄙可耻的事情？所以我再三地考虑，觉得我是不应该做此丧心病狂的事情。刚才听了你这一篇话，使我更感到无限的敬佩和惭愧，你真是一个好男儿。不过明天早晨父亲回来，他若知道事情没有成功，心中当然是十分恼怒，说不定对你有不利的行动，你想怎能不叫我急得流下泪来呢？”

司马起听她说完了话，眼泪又扑簌簌地落下来，一时倒有点儿感动，含了感谢的目光，凝望着她粉颊，反而安慰她说道：

“梅小姐，你的人格真伟大，你的思想真清高，我除了感谢你之外，我又说不出地佩服你，不过你千万不用为我而伤心。我们在这个环境里工作，把生命本来是置之度外的，对于死固然是不足为奇，大家认为多出一些力，是替社会多尽了一份责任。至于死，更不必挂在心上，所以我们对于死也当作归宿一样，所谓死得其时，死得其所，这又有什么可惜呢？故而在我们的心中可说是并没有一个‘怕’字的。这次我若没有你父亲救回来，我本来要死在雪地之上，现在被你父亲再杀死，也只不过仍旧是个死，无非叫我在临死之前，又多认识一个像你这样真善美的姑娘罢了。"

"不，司马先生，请你不要说这样的话，叫我心中更感到一重羞愧和沉痛。你说的话太伟大了，我到此才相信我们的社会是有这一种信用不能失、富贵不能淫的精神。我假使是个木石雕刻成的话，也岂能无动于衷吗？所以我绝不忍心眼瞧着你在残暴的势力下去做无谓的牺牲，我要救你，我要救你！"

梅真说到这两句话的时候，粉脸是涨得红红的，好像有一种强烈的燃料在烧起了她全身的热血，像江潮似的沸腾起来。司马起对于她这一种神态，自然也无限感激，不过他心中又起了一个感觉，忽然摇了摇头，说道：

"梅小姐，你这样地明大义，我当然是万分地感激你，不过我绝不能为了自己，而不替你有个打算。虽然承蒙你热心相救，欲使我脱离这个危险的环境，可是忘记了自己拿什么话去交代你的父亲呢？我不能连累你，我觉得还是给我去得到一个最后的归宿比较痛快。"

"司马先生，你这个话说错了。"

"这怎么说错了呢？"

司马起感到奇怪，他有些迫不及待地问下去。梅真伸手在眼皮上来回揉擦了一下，她沉静着脸色，很严肃地接下去说道：

"司马先生，你应该知道在这一个时代上，对于你们这样的青年，是多一个好一个的。假使多有你这么一个青年，我认为国家多可以增强一份力量，假使少一个像你这样的青年，我认为这至少是国家的一种损失，这真是你所说的，死有重于泰山轻于鸿毛之区别。在你以为死了可以尽了国民最后的责任，然而在事实上，你们这一班青年的死存，足以影响到国家的存亡，所以我得救你，换句话说，也就是为了救大众、救国家。比方拿你我来说，我死了似乎不算怎么一回事，可是你死了，也许会影响到事情的成败，所以你不必顾虑我一个平庸的女子，你应该留着你有用的身体，去创造你未来的前程才好。"

"梅小姐，你……"

梅真这几句话使司马起会激动了从来没有这样浓厚过的一种情感，他几乎要哭起来，不过这个哭绝不是弱者的表示，乃是一种兴奋痛快的哭。他想不到两年后的今天，也会被人把自己视作这样的重要，那么我总算不是社会上一个寄生虫了。他情不自禁猛可地握住了梅真的手，叫了一声"梅小姐，你……"，以后的话却再也说不下去了。梅真见他呆望着自己出神，泪水却从眼角旁扑簌簌地流下来，于是取过一方手帕，给他轻轻地抹了，含了无限欣慰的笑，说道：

"司马先生，你不要傻了，只要你心中有着我这个姑娘的影子，也就是了。"

梅真说到末了，也不知为什么，却又怕起难为情来，红晕了脸，秋波逗给他一瞥娇羞的目光，慢慢地低垂了蛾首。司马起觉得在这种生死之交的友情之下，他不期然激动了一些爱的情波，遂诚恳地道：

"梅小姐，承蒙你如此赤心相待，我如何还会忘记你的影子？除了我呼吸剩下到最后一秒钟，也不会忘记你这一个伟大的姑娘。"

"好，那么你该起身了，这儿是个吃人不见骨的魔窟，你还是快点儿脱离了好，不过……你……的伤势又怎么样？你……能走得动路吗？"

梅真似乎很安慰地微笑了一笑，她有扶司马起起床的意思，但是当她想到司马起身子还受着伤的时候，她颦蹙了双蛾，似乎又感到一些忧愁。司马起一面跳下床来，一面连说不要紧。他在室中移步走了两步，又向四周望了一下，觉得暗沉沉的，有一种说不出的凄凉的意味。回头去望梅真，她却低垂了粉脸，好像在想什么心事的样子，于是他走上前去，握住她的手，低低地问道：

"梅小姐，那么我走了之后，你父亲回来，你拿什么话去交代呢？"

"这个……你不必再来顾虑我，我以为像我们这样的女子，'生死'两字原也不足轻重。"

"梅小姐，你怎么说出这样话来？咦！你怎么又哭起来了？"

司马起见她两颊上沾了丝丝泪痕，一时感觉到事情还有一点儿奇怪，遂握紧她的手，向她追问。梅真被他一追问，不知怎么，心中备觉心酸，背转身子去，益发抽抽噎噎地哭泣起来。司马起扳转她的肩胛，皱了眉毛，望着她海棠着雨般的娇容，急道：

"你到底为什么这样伤心？假使我走了之后，要连累你受苦的话，那么我情愿不走的了。"

"不，不，你别胡猜，就是连累我，我也不怕，因为把我一个没有用的身子去调换你一个有用的人，我认为这也是一件值得的事。"

"可是我怎么能够对得住你呢？梅小姐，我决定还是不走了。"

"司马先生，你以为我的流泪是为了怕死吗？请你不要误会我的意思吧！"

"那么你为了什么呢？我想你爸爸也不是一个丧失心肝的人，凭你这么有思想、有智勇的姑娘，难道你不能劝劝你的父亲，来做一点儿有意思的事情吗？"

司马起忍不住向她怂恿了这几句话。梅真叹了一口气，摇了摇头，她却忍不住又流起眼泪来。司马起心中愈加奇怪了，遂握住她手，温和地道：

"梅小姐，你假使认为我是你的知音，那么请你告诉我，你莫非心中还有无限隐情吗？"

"是的，我就告诉你，因为他……他……不是我的亲生爸爸……"

"不是你亲生的爸爸？那么你……能否把身世详细告诉我一点儿知道吗？"

梅真点了点头，遂把自己生命过程中的事迹向他告诉了一遍。司马起这才有了一个恍然，他在沉吟了一会子后，对梅真说道：

"这就无怪了，梅小姐，本来我原不该向你说这句话，但是既然知道他不是你亲生的爸，那我倒要向你说一句不知轻重的话，我们还是一同离开此地吧！"

"啊！司马先生，你肯带我一同走吗？"

梅真听了司马起这几句话，似乎感到了意外的惊喜，她反握住司马起的手，跳了跳脚，却忍不住破涕笑了起来。司马起对于她这一下子举动，倒是出乎意料之外的，望着她妩媚的娇靥，倒是怔怔地愣住了一会儿。良久，方说道：

"梅小姐，我怎么会骗你？可是我怕你吃不了苦罢了。"

"司马先生，这是你多忧虑的事情，可怜我在他的环境之下度生活，也是为了没有办法。我见了他种种的行为，我是多么心痛。我所以屈服在他的手腕下，也就是为了没有一个人可以帮助我脱离这个恶魔窟。现在司马先生既然不讨厌我，肯带我一同去追求光明，纵然是苦到没有饭吃、没有衣穿，我也甘心情愿的了。"

梅真说这几句话的时候，她脸部的表情是相当优美，好像得到无上安慰的模样。司马起心中自然也十分高兴，握了她的手，说道：

"好吧，要走我们得快些走，梅小姐，你需要拿什么随身东西，你就去整一些吧。"

"可是我怕你身子有伤，不知道能不能走路？"

"不要紧，不要紧，这一些伤原算不了怎么一回事。"

梅真听他这样说，遂匆匆走到里面一间卧房，不多一会儿，她拿了一只小提箱走了出来。谁知就在这个时候，忽听门外笃笃地有人敲了几下，同时又听一个苍老的声音叫道：

"梅真，梅真！"

"呀！怎么我爸爸此刻却回来了？"

梅真一听那熟悉的声音，不由大吃一惊，那颗芳心顿时像小鹿般地乱撞起来，她抖了抖身子，一面急急地说，一面她粉脸已变成了灰白的颜色。司马起连忙伸手在她嘴上按住了，低低地道：

"你别害怕，我躲在你背后，你去开门，我有办法应付他。"

"不，他身上有枪，况且你身子受了伤，你绝不是他的对手。我想，我想你还是仍旧到榻上去装睡吧，爸爸也许忘记带了东西，他说定今夜是要到外面去工作的。"

梅真怕司马起遭了他的毒手，所以觉得以武力解决总是一件危险的事情。她乌圆眸珠转了一转，一面推着他的身子，一面她便想出一个办法来。司马起也觉得这样比较安全得多，他只好又跳到床上去装睡着了。

梅真在司马起睡好了之后，她拿了皮箱，匆匆地又奔回到房里去，只听外面敲门的声音更加急促了一点儿，于是她在房里先应了一声"爸爸，我来啦！"随了她话声，身子已到门口，伸手把门开了。只见梅山文很忧郁的神色走进室内来，他低低地说道：

"梅真，你在什么地方？干吗这许多时候才来开门？"

"我在里面卧房中呀。"

梅真故意装出天真孩子气的神情，笑嘻嘻地回答。可是出乎她意料之外的，他爸爸的后面又走进四个身穿军服的男子来。梅真也不知为什么缘故，她脸上的笑容立刻收住了，还只有刚刚安定不到一分钟后的芳心此刻开始又忐忑地跳跃起来，眼见山文和他们在那张小方桌坐了下来，于是悄悄地关上了门，站在山文的旁边，几乎身子有些瑟瑟地发抖。

"梅真，他直到此刻还没有醒回来吗？"

"嗯，一直没有醒过来。爸爸你不是说今夜不回家来吗？怎么一忽儿又回来了？"

梅真见父亲两眼向榻上望了一会儿，然后回过头来，又向自己严肃地问。因为自己心中有点儿虚的缘故，她简直有点儿说不上话来，不过她竭力镇静了态度，一面回答，一面向他反问。山文沉吟了一会儿，说道：

"你不知道，外面消息很不好，我们预备离开此地，现在也不必和他多缠了，还是叫他回去吧。"

"啊！爸爸！你……"

山文说完了这两句话，他拔出一支手枪来，似乎要想对准榻上开放的意思。这一来把梅真急慌了，她不顾一切地站在父亲的面前去，叫了一声爸爸，那粉脸会涨得玫瑰花一般的通红。

这时候司马起虽然在榻上装睡着，不过他的感觉是相当灵敏，听了梅真有种慌张的语气，知道她父亲对自己至少有不良的举动，几次想从床上跳跃起来，预备和他们搏斗一下，可是理智告诉他，你千万不可以鲁莽，假使你要不忍耐的话，恐怕是自寻死路，所在他始终是装睡着。山文见女儿这样情景，不由向她狞笑了一笑，说道：

"梅真，你把情绪镇静一下，你把头脑冷静一下，你怎么可以做出这一种举动来？"

梅真被山文说得无话可答，因此通红了粉脸，却低垂了头默不作声。谁知就在这时候，忽听外面一阵噼噼啪啪的枪声，震碎了黑夜沉寂的空气，把桌旁四个穿军服的男子惊得站起来，和山文不知说了些什么话，身子都向外面奔出去了。山文一手拉了梅真，一手取了手枪，边走边问，砰砰地对准了榻上两声，拉了梅真身子早已蹿到门外去了。

这两枪放射了出去，齐巧中在司马起的腿部上，他倒并不感觉疼痛，因为他此刻的耳中，只注意到梅真被他拉出去惨呼的声音。司马起到底还有这一股子雄心，他竟欲跳起身子，向外追了出去。可是事实上那是不可能的事，他不是跳起来，却是滚下到地上的。在滚到地上的时候，他才跌出一点儿疼痛的知觉来，虽然经他一番竭力的挣扎，可是有什么用呢？耳听窗外的枪炮之声，仿佛是天崩地裂，震动得整个屋子都会要动起来，忽然间哗啦啦的一阵子响亮，右首那座墙壁竟向屋子里倒了下来，接着有一团浓黑的烟雾跟着滚冒进屋子里来，弥漫得一切东西都分辨不出了。司马起的鼻子内闻到一阵浓烈的火药气，显然这是一个炮弹落下附近的效果。他想慢慢地爬着到门外去，可是爬不了几步路，却再也爬不动了。他心里是想着梅真不知怎样了，也许因庇护我而遭到他们的毒手吗？炮声是轰轰地狂响，枪声更似连珠般地没有间断。司马起觉得自己的生命又陷入最危险的关头了，他心中才感到了一点儿悲哀，忍不住涌上了两点眼泪，长叹了一声，说道：

"这次恐怕我的性命是要死在这里了。"

他在静躺了一会儿之后，觉得与其是葬身火窟，倒不如死在外面去比较减少痛苦，于是费尽了他吃奶的气力，好容易挣扎着爬到门外来。外面是黑漆漆的，因为地上是白茫茫的一片大雪，所以映得四周也是很清晰，显然西北角上的炮火是相当厉害。司马起可说是躺在雪堆上，雪碰着他的身体，融化成水液，渗到他的内衣里去，觉得这一种痛苦的滋味，是再也难以形容其万一的了。

真是天可怜的，忽然在东南角上那一条沙泥路上驶来一辆插着红十字旗帜的救护车。司马起见到了这辆车子之后，真好像发现了新大陆一样的欢喜，他觉得自己的生命在绝望之余，或者还有一线逃生的希望，于是用足了他的嗓子，大喊救命、救命。

救护车中的人们，似乎也听到了这呼救的声音，于是他们很灵敏地循声驶了过来。在相差二十几步路之外停下车来，里面跳下两个身穿白色制服的救护员，扛了一张帆布床，寻到司马起的身旁。当那救护员来抱司马起的时候，司马起才看清楚那是一位女救护员，再仔细一望，他不禁啊呀地一声叫起来，原来不是别人，却是自己的妹妹阿英。他不禁叫道：

"阿英，阿英！你怎么会到此地来？我是你的大哥阿起呀！我难道和你在梦中相逢吗？"

第五回

　　今天是正月十二，刚立春，虽然已经是到了春的季节，可是天气相当寒冷，寒暑表的度数不肯升上去，老是徘徊在三十华氏度左右之处，因此人们的棉衣也还是穿着在身上。上海的天气，比不了北方，冬天里有时候不见落雪，时常过了立春之后，倒落起雪了。今年也是这个样子，立春那一天，偏偏落了满天的大雪，说也凑巧，而且又是兄嫂慈善医院落成的日子，同时又是士杰和司马琴、小兰在院中下葬的日子，所以司马英、司马文和韩士英等冒着大雪也都十分忙碌起来。

　　用水门汀筑成的一个墓地，四周围植了几株松柏，墓前矗立着一块纪念碑，碑顶上用石头雕刻成一个慈爱之神。墓前面有一个小小的池塘，池塘中心筑了一个石膏美人的像身，她手里拿了一只花瓶，从花瓶里喷出来莲蓬似的雨点儿，洒落在池塘四面，水面上的几尾金鱼也显得分外活跃，可是此刻的雪花好像鹅毛似的飘飞得正大，满树枝满池塘都是一片雪白，墓前正中放了一个很大的花圈，左右都是一排花篮。这时见雪地上站着七八个人，前面两对青年男女，一个是司马文，一个是韩士英，一个是司马英，还有一个是丁智仙，他们垂了头，默默地在凭吊致哀。后面站着的是韩老爷夫妇和狄飞霞，旁边还侍候了一个小梅，他们三个年老之人，脸上是浮了悲哀的神色，两眼呆呆地望着那一座新墓，脸颊上都沾满了丝丝的泪痕。

"雪下得很大，爸爸，妈，你们还是早点儿回去吧。"

一切都舒齐之后，韩士英向韩老爷低低地说，两老夫妇没有回答，点了点头，却是深深地叹了一口气。司马文走到飞霞身旁来，用了温和的口吻，也低声地道：

"妈，你也不要伤心了，事到如此，你还是自己身子保重一些要紧，我叫三妹伴你回家去休息休息。"

"二哥的话不错，事情已到这个地步，伤心还有什么用呢？妈，你这几天来的脸真是清瘦不少，千万要保重才好。"

司马英也挨近身子来，明眸望了她娘一瞥，柔声安慰。飞霞叹了一口气，把手帕拭了一下眼泪，感喟地说道：

"我想起你父亲临终的时候，他把四个孩子是这样郑重地托付于我，谁知到今日，还给阿琴、阿起只落得如此悲惨的结局，这是我没有尽了做娘的责任，叫我怎么能够对得住你已死的父亲，又叫我怎么能够对得住社会国家呢？"

阿文、阿英听母亲说出这几句话来，一时两人的心里好像有万支乱箭在刺一样的疼痛和惭愧，做子女的不上进，在外面荒唐、堕落，甚至到幻灭，可是做娘亲的却没有一点儿怨恨，反而怪自己没有尽做娘的责任。假使我们做子女的再不努力替娘亲争一口气，那么叫我们还有什么脸来对得住已死的父亲和社会国家呢？他们两人在这样感觉之下，大家眼眶里泪水也忍不住又夺眶而出了。阿文说道：

"妈，你快不要说这样的话，这叫我们做子女的听了，岂不是更要增加无限的罪孽吗？大姊已经死了，这是不必再说，起哥虽然荒唐入狱，不过他已经脱离苦海了，在他信上不是写得很清楚吗？他是觉悟，他是改过自新了，从今以后，他到大自然的境界内去追求光明的大道，我相信不久的将来，起哥与妈重相逢的时候，一定会给妈得到十二分的安慰。"

"虽然我也有这样的期望，只怕我等不及见到他有这样的日子了。"

飞霞说完了这两句话，喉间有点儿哽咽住了，大有凄然泪下的神气，可是听到阿文、阿英与智仙的耳中，他们都低头暗泣起来。士英送他父母回家后，见阿文母子四人还站在一堆伤心，遂也走了过来，安慰道：

"妈，你千万保重身子，雪下得这样大，风又刮得厉害，还是回家去吧。阿文、阿英，你们不劝劝妈，为什么倒反而陪着妈伤心呢？"

阿文等听士英这样说，方才收束了泪痕。飞霞向他点了点头，表示接受他劝告的意思，说道：

"我也不再伤心了，我觉得徒然为死者伤心，倒不如趁活着的时候多替社会国家尽一份责任，最后我希望你们这几个人能够不随俗浮沉，应该做些青年应该做的事情，那么我曾经一度空虚的心灵，说不定还可以补充了一点现实的安慰。"

"妈，你老人家只管放心，我们总不会再使你感到有所失望的地方。"

大家含了眼泪，低低地回答。飞霞一步一步地向院门口走，众人随在后面一步步一地送，到了院门口的时候，飞霞回过身子来，说道：

"你们进去吧，我此刻不预备回家，还要到儿童教养院里去一次。智仙，你要在这里玩一会儿也好，否则，就一个人先回家去吧。"

"妈，我想跟你一同去，等会儿可以伴妈回家，一则我也去望望我的弟弟。"

"也好，那么你就跟我一同到儿童教养院里去。"

飞霞点了点头，一面说，一面叫了一辆三轮车，和智仙跳了上去。士英在飞霞跳上车子的时候，给她先付了车资，望着三轮车在雪地上消失了后，这里三个人方才回进医院里面去。智仙在教养院里见到了弟弟福根，因为好久不见了，此刻姊弟相逢，自然是悲喜交集。福根偎在智仙的怀内，喜欢得眼泪都流了下来，智仙抱着福根的身子，摸着他的脸，也涌上了一点眼泪，良久，方说得一句道：

"弟弟，你长得多了，也胖得多了。"

"姊姊，你也胖了，不知道我爸爸也胖得多了吗?"

"爸爸在昆山也很好，衣食住一些都不用忧愁，而且他们都有工作做。"

"这都是狄家妈妈恩赐给我们的幸福，真叫我们心中不知怎么样地感激才好。姊姊，我们千万不要忘记他们。"

福根虽然还是一个十岁的孩子，不过他说出话来已很懂人事，因为他知道爸爸所以能够到昆山养老院里去，这也是狄家妈妈的力量，所以他望着姊姊的粉脸，很诚恳地叮嘱。智仙点了点头，说了一句那是当然，接着她又含笑告诉道：

"弟弟，你还应该亲亲热热地叫狄家妈妈一声妈，因为我已给她做寄女了，你大概还不知道吧?"

"姊姊，啊！你这话可是真的吗? 她会要我们这一种儿女吗?"

福根听了她的话，似乎还有些不相信的意思，他定住了乌圆的小眸珠，表示意外的惊喜。智仙也觉得自己这次的遭遇确实是可遇而不可求的，她忍不住微微地笑起来说道：

"可是狄家妈妈还很欢喜我们，就是你上次拾到钞票归还她们的事，她老人家也非常看得起你，所以无论一件什么事情，总要诚实为主，那么将来才有光明的一天。"

"这个当然啰！姊姊，你想我们苦到这种地步，总算老天可怜，遇到了这样救星，假使再不努力来做一个人，那我们还能算是一个有心肝的人了吗? 况且我们也对不住这位狄家妈妈呀。"

"弟弟，想不到几个月没有见到你，你竟会进步到这样程度，真叫我做姊姊的感到欢喜极了。"

"姊姊，你不知道，这都是狄家妈妈每日教导我们的力量。可怜她近来身子瘦弱了许多，还时常咳嗽，听说她有一个女儿死了，还有一个儿子犯了罪，我真弄不清楚，到底是不是这个司马文哥哥?"

"不是他，是司马文的哥哥，叫司马起。弟弟，这些事情是谁告诉给你们听的？"

"因为狄家妈妈有几天请了假，没有来教我们书本，是院长自己来代课的。我们大家问狄家妈妈为什么不来教书，是不是身体不舒服，院长告诉我们，说她家里发生了事情，遂把这两件事情约略说了一遍。后来狄家妈妈自己来教书，我们都向她问起这件事，她表示非常沉痛，并且发挥了许多的话，说得我们都牢记在心里，绝不敢长大起来做一个社会上的寄生虫。姊姊，你想，狄家妈妈才可称是教师中的模范，她真是我们的救星。"

智仙听弟弟絮絮不断地说出了这一篇话来，方才明白弟弟的进步确实不是没有一个原因的，遂点了点头，又向他勉励了几句。正在这时，上课钟声当当地敲了，福根才离开了姊姊的身怀，说道：

"姊姊，我上课去了，你等一会儿，下课我们再谈好吗？"

"我不等你了，因为家里没有人，我得先回家去照顾家里，你好好地上课去，千万要用功才好。"

"我知道，那么姊姊路上走好，我不送你了。"

福根向她招了招手，便匆匆地奔到教室中去了。这里智仙慢慢地踱出了院子，在院子门口遇见飞霞挟了教科书走进来，遂叫了一声妈说道：

"我已见过了弟弟，弟弟倒很懂事情，说他心中非常感激妈。"

"福根这孩子将来很有希望，你母亲有这样一个好儿子，我想她在九泉之下一定也很安慰的了。"

飞霞听她这样说，点了点头，脸上含了一丝欣慰的微笑，不过在一丝微笑之后，她心中不知又有个什么感觉，却又微微地叹了一口气。智仙是个聪敏的姑娘，她明白她叹气的原因，是触动了她心中的创伤，因为我妈有这样一个好儿子，她自己却会有起哥这样一个荒唐的孩子。智仙既然明白她叹气的原因，遂竭力把话题扯开去，微笑道：

"我弟弟说，他若将来有光明的日子，这全是妈的恩赐，他说一生一世都忘不了妈的栽培大德。"

"有这两句话也就是了，我倒不希望他来报答我，只希望他们都做一个良好的国民，那么我总算对得起社会了。"

飞霞听了这两句话，倒忍不住又嗨的一声笑出声音来了，她点了点头，这一种说话的表情，处处可以看出她是一个极肯负责任的女性。智仙似乎没有什么适当的话可以回答她，她心中只有深深地感到她的伟大。飞霞这时又接下去说道：

"智仙，你还是早点儿回家去吧，反正在这里也没有什么事情。"

"我知道，妈，那么我走了。"

智仙点头应了一声，遂匆匆向院子外走，谁知走不了两步，只听飞霞又把她叫住了。智仙回头问妈还有什么吩咐，飞霞道：

"你身边车钿有吗？我这里拿五十元钱去。"

"妈，反正没有要紧事情，我走着回家好了。"

"外面的雪下得大，你不要为了太节省而累出病来，听娘的话，快拿去吧，我要上课去了。"

飞霞把钞票塞到她的手里，便很快地到教室去了，这里智仙拿了钞票，眼望着飞霞的身子在眼帘下消失了。她一步一步地在大雪纷飞中踱出了儿童教养院的大门，心中也不知是感动还是在重温着好久不曾接受了伟大的母亲的慈爱的滋味，她眼角旁涌上了一颗说不出所以然的热泪来。

智仙到了家里，陈妈来开了门，她见只有一个人回家，表示很奇怪的样子，问道：

"三小姐，太太和二少爷、二小姐她们没有一同回来吗？她们到什么地方去了？"

"二哥和二姊他们在医院里，大概还有什么事情要办理，妈到儿童教养院里教书去了。"

陈妈关上了大门，智仙走进了会客室，陈妈跟了进来，一面给她脱大衣，一面挂到衣钩上去，回身过来的时候，又很赞叹样子似的说道：

"太太做事情真也太认真了，自己这几天身子又不好，还要不肯请一天假，唉！这样的办事精神，男人家真也及不来她万一呢！"

"可不是嘛，妈实在可说是个伟大的女性。"

智仙一面说，一面便走到房中去，陈妈跟进来给她倒了一杯茶，问她有没有肚子饿，智仙摇头说没有饿，她坐在沙发上，拿起绒线活计来，便编结绒线了，陈妈也自到厨房里做事情去。这里智仙虽然干着活计，可是心中却在暗暗地思忖，在当初自己被阿文相助，原以为他是有爱上自己的意思，谁知他却早已另外有了爱人，这真是使自己感到一件万分失望而且痛苦的事情，难道智仙生成是个薄命的女子，所以才没有福气做司马文的妻房吗？想到这里，由不得暗暗地淌了一会儿眼泪。一时又想，我这个人真也太不知足了，今日我有这样的环境，已经可说是一步登天了，难道还要有非分的妄想吗？当初阿文救我，也许他是真的激动了人类应有互助义务的感觉，所以才送我到医院，又把我父亲送到安老院，那么我岂可以得寸进尺地竟去涉及儿女情爱方面去呢？唉！我……不是太不应该了吗？不过话又得说回来，阿文在外面有个张雪鸿女朋友，这在当初他的家里恐怕也全都不知道的，因为阿英当初见了我，曾经向我说过打趣的俏皮话，同时祖母老人家在未死之前，她也对我有个明显的表示，在她心目中好像认为我终是她未来的孙媳妇了，可是她老人家在天之灵，哪里猜想得到你的孙媳妇早有其人了呢？智仙这样一阵一阵地思忖，自然是备觉辛酸，忍熬不住又暗暗地啜泣了一会儿。

智仙正在伤心的当儿，在静悄悄的空气中忽然听到了一阵皮鞋的脚步声响了进来，这就慌忙收束了泪痕，装作没有在哭泣的样子，低了头，一本正经地干着活计，直等那脚步声已跨进了房门的时候，她方才抬头向外望了一眼。原来正是阿文，她心中倒是别别地一跳，不过她还竭力镇静了态度，含了微微笑容，放下活计，站起身来，说道：

"我道是谁，原来是二哥回来了，刚从医院里回家吗？二姊怎么不回来？"

"英妹要实行夫唱妇随，所以对于医学很感兴趣，说不定她要跟着士英哥在院中实习，可我却完全是门外汉，一些经验都没有，所以我就回来了，你是什么时候回来的？"

阿文一面微微地笑，一面在沙发上坐下来，拿起她在编结的绒线活计瞧看。智仙倒了一杯玫瑰茶，送到他的面前，说道：

"我本来结得不好，可是你又偏偏要我来结，明天穿在身上，别人家问起来，可不要说是我结的，知道吗？"

"你又要客气做什么？我看这花样就编结得好看，大概再过几天我可以穿了？"

阿文抬头望了她一眼，见她那种如嗔非嗔的意态，至少是包含了一些妩媚的成分，这就伸手拉过她身子，叫她在旁边坐下了，一面接过茶杯，喝了一口，笑嘻嘻地问。智仙在他手里拿过活计，一面编结，一面低下头，说道：

"本来是老早可以好了，为了前天受了一些风寒，我又搁下了几天，你心中一定在想，编结一件背心要这么许多日子，那似乎生得太呆笨一些了吧！"

"这又是你一个人在自说自话，我何尝有这个意思？"

阿文说了这两句话，见智仙却是并不作答，依然低头工作，于是放下茶杯，凑过一些身子上去，问道：

"三妹，你干吗不回答我？难道你心中恨我说错话吗？"

"二哥，你这是什么话？我怎么会恨你说错话呢？况且你本来没有说错什么话，就是说错了，我也绝不会恨你的，假使我心中要恨你的话，那我还能算是一个人吗？"

智仙被他这样一说，心中急了起来，方才抬起粉脸，秋波脉脉地逗了他一瞥哀怨的目光，低低地说。司马文从她脸部上表情看起来，觉得她内心至少是含了一层无限抑郁的成分，而且她眼角旁好像还沾着丝丝的泪痕，一时心里不免又难受起来，轻轻地叹了一口气，说道：

"既然你没有恨我，那么你如何淌起眼泪来呢？"

"这可是二哥自说自话了，我好好儿干吗要淌眼泪？"

智仙慌忙抬上手去，在眼皮上来回揉擦了一下，兀是含了一丝勉强的微笑。司马文伸手要去抹她眼角旁的泪痕，智仙却仰开身子去，低低地又道：

"二哥，你……"

"我什么？智仙，你说呀！"

"不要动手……被人家看见了，倒说我不稳重，知道你外面有了对象，以为是我故意来勾引你……"

"你这是什么话？"

司马文听她这样说，沉着脸，有些不悦的样子，坐正了身子，低下头去呆呆地发怔。智仙所以说这两句话的意思，就是你既然爱上了雪鸿，就不该再来和我亲热，当然她一个女孩儿家的心中多少是带有点儿哀怨的成分，可是她没有想到司马文听了却会生起气来，一时又深悔自己不该说这一种太以过分的话。小女孩儿的芳心是经不住一急的，因此她忍不住哭了起来，说道：

"二哥，你不要生气，是我说错了话，请你原谅我这一遭吧！"

"并不是我生你的气，因为我们既然正大光明地认作了兄妹，还有谁来敢说我们的丑话呢？我觉得你所以这么说，一定是曾经听见什么人在说过你的，你明白地告诉了我，我回头和她说了，好叫妈向那个人开导开导。"

"不，我没有听见什么人在说我，是我自己说错了话，二哥，你就原谅我吧！"

智仙被阿文这样地一说，心中更加焦急，而且还十分羞惭，通红了粉脸，说完了这两句话，她站起身子，扑到床上去呜呜咽咽地哭了起来。司马文到底不是一个泥塑木雕的人，他见了智仙这种说不出痛苦的表情，如何还有个不明白的道理？觉得自己此刻太以一本正经的态度、一些不了解的神情，这是无怪她要怨恨的，虽然在当初的救助她们一家三口，确实是为了激动人类的同情心，不过男女间的援助，在此刻想起来，倒真也不是一件容易的事情。不过智仙的痴心，到底使自己感觉有点儿可怜，因此一阵子酸楚，望着她伏在床上一耸一耸的身子，倒是呆若木鸡般地出了一会子神。良久，方走了上去，向她低低地叫道：

"智仙，你为什么要这样地伤心呢？倒叫我看了心中难受。"

"二哥，你不要难受，我倒没有伤心，我只恨自己的命太苦。"

智仙抽噎了一会儿，觉得老是这样哭泣着，那也不是一件事，万一被陈妈看见了，传到了妈的耳里，还以为我在向二哥撒娇，于是坐起身子，揩了揩眼泪，秋波向他逗了一瞥又羞涩又哀怨的目光。她说了这两句话，不觉又垂下粉脸来。司马文和她在床边一同坐下，拉过她的手，说道：

"智仙，你现在做了我的妹妹，而且我妈又这样欢喜你，你怎么还要说命苦？我觉得你将来一定还有好日子过。"

"好日子？只怕等待来生吧。"

智仙听他这样一安慰，心中更加酸楚，眼泪益发滚落下来。司马文给她拭了拭泪痕，望着她白净的粉脸，由不得呆呆地想了一会子心事，忽然他用了温和的口吻说道：

"智仙，你是应该原谅我的苦衷才好，假使你要郁郁在心而闷出病来，这不是我没有帮助你得到幸福，反而害了你吗？"

"二哥，你这是什么话？你救了我的腿伤，你更救了我们一家，你是我家的恩人，我的一切幸福都是二哥所赐，如何你反说你会害了我呢？"

智仙听他这样说，可见他心中是很明白我所以哀怨的意思，不过他向我声明有苦衷，又对我说这些近乎抱歉的话，一时又羞惭又感动，觉得文哥实在还是一个诚实的青年，他不肯爱我，也就是表示他并非是个浮华的少年。智仙在这样感觉之下，她倒又不忍心起来，这就也温和地向他低低地回答。司马文笑了起来，接着他又一本正经地说道：

"既然你认为我是你家恩人一样，那么你应该听从我的话，我叫你不要愁闷，你是不能老显出忧煎的样子。三妹，我觉得我似乎应该向你有个彻底的解释，在我未认识你之前，我确实和雪鸿已有了深厚的交情，所以我之帮助你，绝没有存了其他非分的野心。因为你家本来也是书香门第，绝非低三下四之人家，不过为了战事，都遭到这样悲惨的境遇，我心中是感到一万分的同情，故而竭力要帮助你们。可是在你的心中，好像受恩于人，必欲施报，这当然也是你女孩儿家一片痴心，照你的才貌而说，我应该可以爱上了你，只不过我觉得一个青年，是绝不能滥用其情，倘然我忘了雪鸿而来爱上你的话，那我还有什么人格可说了吗？但话又得说回来，爱是最伟大、最神圣的，你看我竭力来帮助你们一家三口，这也就是为了爱你的缘故。千万不要把儿女私情之事就认作了爱，其实这种爱并不如何可贵，说句彻底的话，夫妻的爱也无非多着一层肉欲罢了，所以我虽然不能和你有夫妻之爱，但兄妹之爱是永远可以存在的。三妹，我向你已经赤裸裸地说了这许多话，你现在总可以谅解我了吧？"

智仙想不到他会一些不隐瞒地对自己老实地来谈这一个切身问题，一时绯红了两颊，瞟了他一眼，却是垂下了粉脸，默不作答。司马文咽了一口唾沫，又说下去道：

"记得那一天我们两人曾经谈起过哥哥的恋爱问题，他先爱上了张雪尘，又爱上了欧阳珠，同时又会和陈丽华去做不正当的恋爱，结果是堕落到苦海，毁灭了自己的前途，终于被罪孽锁住了。你想，我大哥就是一个很好的榜样，所以我有冷静的理智来克服情感，绝不肯同时去爱上了两个姑娘，以致造成悲惨的结局。三妹，你是胸中雪亮的姑娘，我知道你一定会原谅我的苦楚。"

"二哥，我明白了，我知道了，你放心，我绝不会来怨你无情，我觉得像你这样一个青年，才能算是世界上第一有情人。"

智仙点了点头，向他真心真意地赞美，司马文偎过身子去，却是温情蜜意地给她拭泪。谁知就在这时，忽见陈妈走来告诉，外面有个张二小姐来找少爷。司马文一听雪鸿来了，也不知道什么缘故，那颗心会忐忑地乱跳起来了。

第六回

随了陈妈的话声之后，只听一阵叽咯的皮鞋声，见雪鸿在后面已经跟进房来。司马文立刻站起身子，可是已经来不及，他和智仙并肩相偎的情形，早已瞧到雪鸿的眼睛里了。她本来是满面含了笑容，自从一见司马文与智仙那种亲热的神情，她脸上的笑容就平静下来。司马文虽然感到有点儿受窘，但他不得不装出毫不介意的样子，走了上去，握住她手，含笑问道：

"雪鸿，今天你怎么有空到我家来？"

"哎，这也真是一个巧，你觉得奇怪吗？可是我也不知怎么想着就来了。"

雪鸿哎了一声，说到一个"巧"字的时候，她把俏眼斜飞了他一眼，显然是包含了俏皮的成分。陈妈倒上了一杯茶，便悄悄地出去，智仙和雪鸿自从见面以来，因为两人心中各含妒忌，所以从来也没有好好儿招呼过。雪鸿此刻见了智仙，也只装没有看见，她心中有这样一个感觉，我真犯不着先去跟她说话。这时智仙的心中，虽然也有和雪鸿同样的感觉，不过我到底是这里的主人之一，我若不先去招呼她，在人情上说来，这总是我的理由欠缺，况且文哥已经向我一再地解释，我若把气恨的表情还显现在面上，就是文哥的心中恐怕也要见怪我了。智仙既然在这样思忖之下，她便装作很亲热大方的样子，走了过去，说道：

59

"张小姐，外面的雪落得很大吧？真难得你请过来，快脱了大衣吧。"

"哦，丁小姐，谢谢你，我就要走的。"

雪鸿觉得她这句难得请过来的话，至少是有点儿讽讥的意思，她虽然含了笑容，低低地回答，不过她的芳心中实在有些不受用。司马文听她就要走的，便奇怪地望了她一眼，说道：

"怎么就要走的？怪冷的天气，来来去去有什么好玩？快脱了大衣坐一会儿，我叫陈妈去弄些点心来吃吧。"

"不，你别客气，假使你有空的话，我们到外面去走走。"

司马文听她这样说，便笑道：

"你看窗外好大的雪，到外面去走走不是很冷吗？你既然到了我家，就先坐一会儿再说。"

"你舍不得离开这里，我也不勉强你，那么我走了，再见。"

雪鸿鼓着红红的脸腮子，秋波逗了他一瞥怨恨的目光，回身要走的神气。司马文连忙把她拉住了，脸上含了一丝苦笑，说道：

"看你又要闹着孩子脾气了，我自己的家里，还有什么舍得舍不得吗？就是陪你到外面去走，那么既然到了我家，你不是也应该宽坐一会儿吗？"

"因为我有要紧事情跟你商量呢！"

雪鸿听他这么说，乌圆眸珠一转，显然她是急中生计的办法。这时，智仙站在旁边，见了雪鸿那种撒痴撒娇的神情，芳心里真有说不出的难堪和妒恨，因为雪鸿说的有句"你舍不得离开这里"的话，分明又拉扯到自己的头上来，想我已经是个情场失意的女子，你还要这样尖酸地来欺侮我，那你的良心未免也太狠毒了。可怜智仙这时心中已没有好胜的感觉，她只觉得无限的悲伤，垂下粉脸，慢慢地退到窗口旁去。当然，她是不愿意再目睹他们亲热的表情，可是她的耳边还听到司马文温和地说道：

"既然你有事情跟我相商，那么你老早好对我说了，你不要生气，我就陪你出去吧。"

司马文说到这里，回过头去，对智仙叮嘱道：

"三妹，我和雪鸿到外面去一次，妈回来了，你给我代为告诉一声。"

"我知道了，你早些回来吧。"

智仙回过身子，竭力镇压住心中悲酸的发展，她望着司马文轻柔地回答。司马文见她眼皮有些润湿的样子，明知她是感伤的表示，一时倒又左右为难不忍起来。但雪鸿的心中，因了智仙末后的一句话，她更有些生气的感觉，拉了阿文的手臂，也不知在和谁说了一句再见，就匆匆地走出房外去了。

智仙眼望着阿文被雪鸿拉着在门框子内消失了影子，她长叹了一声，望着窗外纷纷的大雪，她只觉心头上有块铅质样的东西镇压着，因此她倒在床上又呜呜咽咽地哭了一场。

阿文被雪鸿拉到了外面，两人在雪地里走了一会儿路，阿文急急地问道：

"鸿妹，你要跟我商量什么事情？这样大雪，我们难道真的在街上散步不成？"

其实雪鸿说有事商量，无非是她掉的枪花，因为她不愿意见到智仙这个人，所以她急于要约阿文到外面来，此刻被他这样一问，因此倒愕住了一会儿，因为自己确实没有什么可以和他商量，但她乌圆眸珠一转，便有了一个主意，故作娇嗔的表情，冷笑道：

"你也不必这样勉强地跟我到外面来，原本是我太不识相，一个郎情如水，一个妾意若绵，正在恩恩爱爱的当儿，偏叫我这个不识相的人来撞破了。"

"啊呀！鸿妹，你这几句话说得太胡闹了，我可要打你的嘴，在过去我已经向你一再地声明，你难道还不信任我吗？"

司马文有点儿假生气的成分。

"哼！胡闹？只怕说到你的心眼儿上去吧！"

雪鸿噘了噘嘴，表情是那么怨恨。

"唉！你要这样地冤枉我，那真是天晓得的事情，我和她已经成了兄妹，难道兄妹就不可以坐在一起谈话的吗？"

"兄妹？只怕白天里做兄妹，夜里是夫妻吧！"

"雪鸿，你千万不能红口白舌地冤枉人。"

"就说我言之过甚了，但刚才我看见的情形可没有造的谣言，人家兄妹也有这样肉麻的举动吗？我问你，她为什么要你给她去揩眼泪水？倒给我说出一个道理来。"

雪鸿被他正了脸色一埋怨，因为自己到底是个女孩儿家，觉得这两句话未免失了检点，一时红了两颊，倒是窘住了一会儿，不过她终不肯以为自己的确是冤枉好人的，所以立刻又要他说出一个道理来。阿文觉得有些碍口，顿了一顿，方才徐徐地说道：

"雪鸿，我老实地告诉你，智仙的伤心，还不是为了情场失意吗？凭良心说，她真有爱上我的意思，不过我到底没有像哥哥那么糊涂，我有理智来克服情感，我会认清爱的方针，所以我始终如一地爱上了你。那么反过来说，智仙当然要伤心，这也是一定的道理。雪鸿，你已经是胜利了，所以你应该把器量要放宽，同时我们站在第三者的立场上说，我们对于智仙的身世和遭遇，应该有同情的怜悯之心，你说是不是？"

"当然啰！这样一个又漂亮、又温文、又大方的好姑娘，谁不要去可怜她呢？所以我的意思，你还是和她去结婚，免得使你心中留下了一个终身的遗恨。"

要知道世界上唯有爱情是最小气、最自私的东西，所以雪鸿平日虽然是个很温柔而待人慈爱的姑娘，但她对于司马文今天这几句话，却并不激动了一些同情心，而且反增加了一些妒忌心。照理，"妒忌"这两个字很不好，不过也要以环境与事实而言的，像雪鸿的妒忌，这倒应该要原谅她。常言道：女子好妒便是德。那么她的妒，至少还是为了忠于司马文的意思。司马文见她噘了噘嘴，还逗给自己一个娇嗔，在她这几句话中实足地包含了酸素的成分，这就望着她薄怒含恨的芳容，倒反而笑了起来，说道：

"已经到这种地步，你又何苦拿这些话来气我？我所以说应该要可怜她的身世，也无非在第三者的立场而言，谁知你偏又吃起醋来了。"

"哼！这就根本是藕断丝勿断，你要对她存了一份可怜的同情心，那么你们这一层关系将来还是分不开的。"

"你既然这样不信任我，我纵然有一百张口也是难以分辩，那么日久见人心，你就往后看着吧。"

"有什么好看的？左不过你们将来还是一对罢了！"

雪鸿说完了这两句话，粉脸上呈现了哀怨的神色，在她语气之中大有凄婉的成分。司马文把她手轻轻地拍了一下，说道：

"雪鸿，你也不要太以多心了，我不是早已对你说过吗？假使我要负了你的话，我一定也会像哥哥入狱那样的下场。"

"好，你又何苦说这种气话来恨我？其实我原可以来玉成你们的。"

雪鸿逗了他一瞥哀怨的目光，她忍不住流起泪来。我们要分析雪鸿流泪的原因，还是为了肉疼阿文的发咒，同时怨恨自己不该逗得他太过分，假使我不逼他，他自然不会说出这种话来。女孩儿家的心肠到底很软，她的流泪自然还有些懊悔的表示。阿文见她哭了，这就急起来，说道：

"雪鸿，你还要说这句话，我情愿死在你的面前。"

"你还要说死说活吗？我知道你不会死，你哥哥已步入了幻灭的道理，我希望你永远地活下去，要死还是让我来死。"

司马文见她急得粉脸也红得像一朵玫瑰花儿了，可见她心中还是为了爱惜我的缘故，心里倒是荡漾了一下，握着她的手，笑道：

"我不会死，你也不会死，大家都不会死，永远地活下去，我们来做一对白头到老的夫妻。"

"谁和你涎脸？"

雪鸿绷住了粉脸，白了他一眼，她挂着眼泪几乎要笑出来。司马文取了手帕，要去给她拭泪，雪鸿却把脸仰开了，一面自己把手背擦了擦，一面俏皮地道：

"留着吧！给你亲爱的妹妹去揩擦揩擦要紧。"

"雪鸿，你约我到外面来不是说有事商量吗？原来还是存心和我吵嘴来的。"

"你是上了我的当，假使你心中有点儿懊悔的话，那么你只管还可以回去，陪伴陪伴她，我绝不敢来拉住你。"

雪鸿十句话中倒有九句是尖酸的，司马文倒弄得无话可答，因此望着她只有嘻嘻地痴笑的成分。可是雪鸿见了，还装他痴笑的样子，说道：

"何必贼秃嘻嘻地笑？有话尽管说好了。"

"还有什么话好说呢？雪鸿，开玩笑只管开玩笑，我们正经的还是谈正经，你今天到我家来，究属有何事故？我们还是找一个地方谈谈好吗？"

"今天既然是你姊姊和姊夫下葬的日子，那么在事先，你照理也应该来告诉我一声，为什么不声不响？若不是我翻开报纸来看，我实在还一点儿不知道，可是我赶到医院，你们早已舒齐走了，还是你妹妹对我说你回家去了，所以我来你家探望。原来你所以回家，还是因为家中放不下有这一个宝贝，所以一颗心总是留恋在家中的了，是不是？"

司马文听她说到后面，噘了噘小嘴儿，好像又有些神秘起来，这就把她手摇撼了一阵，带了央求的口吻，说道：

"雪鸿，我的好妹妹，请你就不要再挖苦我了吧！"

"谁是你的好妹妹？你不要看错人了。"

"哦，哦！对了，你不是我的妹妹，你该是我的爱妻呀！"

雪鸿虽然是一味地表示薄怒含嗔，很不高兴的样子，可是经不住阿文一味地嬉皮笑脸地厚皮，女子本来就欢喜假惺惺作态，要如你和她一本正经地解释，事情倒反而有弄僵的可能。阿文虽不是情场中老手，可是他也摸着了雪鸿的脾气，果然，雪鸿在听到了"爱妻"这两字之后，她把绷住了粉脸再也忍熬不住地露出一丝笑容来，恨恨地在他手背上拧了一把，秋波白了他一眼，虽说是恨的动作，只不过到底还是内心爱的表示。阿文笑笑，雪鸿于是也羞人答答地笑起来。两人在街上慢步地踱着，心里好像是特别安闲，其实天下的雪花可飞得大，把两人身上的大衣都堆上了雪花。在静默了一会儿之后，阿文急道：

　　"雪鸿，我们找个地方坐坐好吗？你到底有什么事情跟我商量呢？"

　　"我老实跟你说，我没有什么事情跟你商量。"

　　"那么……"

　　"那么你快回去伴你的好妹妹吧！"

　　"不要尽管酸溜溜的，你要吃醋的话，我们且到大三元吃春卷去好不好？"

　　司马文忍不住又好笑起来，雪鸿红晕了两颊，恨恨地逗了他一个娇嗔，却不作答，好一会儿才说道：

　　"点心不要吃了，你还是到我家里去坐一会儿，我姊姊这几天有点儿不舒服，你不是也该去望望她吗？"

　　"望当然应该去望，不过望病人得在早晨，此刻去望，你姊姊心中会不会忌讳的？"

　　"亏你还是一个高中生，偏有那些陈旧的迷信思想，我们可不讲究这些的，况且姊姊也不是生什么大病，你就只管去好了。"

　　司马文听雪鸿这样说，遂坐了一辆三轮车，两人一同坐到静安别墅里去。在弄门口停着一辆簇新的自备汽车，这时里面走出一个身衣中服大衣的男子，头戴獭皮帽，手拿司的克，嘴里还含了雪茄烟，他匆匆地跳上汽车开去了。阿文是并不注意这许多，雪鸿当然看得很清楚，这是最近常常来捧姊姊的樊克华。他是马来西亚人，中国话讲得很好，而且已入了中国籍，现在任克华银行总经理之职，当然他的捧姊姊，也是所谓醉翁之意不在酒的。司马文付了车资，和雪鸿到了家里，奶娘抱了小龙，先在会客室内迎了出来，见了雪鸿，便叫二小姐回来了。雪鸿道：

"大小姐好些了吗？"

"医生刚来打过针，说她身体虚弱的缘故，应该要好好地休养。"

雪鸿听奶娘这样说，也不作答，回头见阿文逗着小龙游玩，遂拉了他一下手，叫他一同走到楼上去。在走进雪尘房门口的时候，就听张太太在絮絮地安慰道：

"雪尘，你千万不要愁眉苦脸地不高兴，医生不是说你的病全都是郁闷出来的吗？你一生了病，我是日日夜夜都觉得不安，这几夜我就没有好好儿睡过，你总要自己保重一点儿才好。"

张太太说到这里，忽听有脚步声响进来，遂回头向后望了一眼。雪鸿叫了一声妈，阿文也随着叫一声妈，张太太今天见了阿文，不比往常来得客气，只点头叫了一声司马先生。雪尘听母亲叫司马先生，遂回过身子来，只见床边站着一个少年，果然是阿文，遂向他点了点头，表示招呼的意思。阿文见雪尘的脸色在白净之中带了一些黄色，显然是憔悴了许多，而且在她颊上似乎还沾着丝丝泪痕，大有令人楚楚可怜的神态，这就向她低低地叫道：

"尘姊，你好好儿怎么会生病的？不知有几天了？"

"我本来没有什么大病，外面雪很大，妹妹，你们从什么地方来的？为什么不快给他脱了大衣呢？"

雪尘摇了摇头，一面向雪鸿望了一眼，低低地说。司马文遂自己脱了大衣，交到雪鸿的手里，雪鸿连同自己脱下的大衣都挂到衣橱里去。张太太给司马文倒了一杯茶，她向雪鸿招了招手，两人便到里面一间雪鸿的卧房里去了。

雪鸿和张太太走后，房中就只剩了司马文一个人。雪尘在被内撩出

66

一条雪白的臂膀来，伸手拍了拍床沿，是叫阿文坐下的意思。阿文情不自禁地在床边坐下了，望着她微蹙了双眉的脸，倒是怔怔地愣住了一会儿。雪尘低低地道：

"文弟，你哥哥可曾有信来过吗？"

"没有来过，也不知他到底在什么地方，照理他若有了安身之处，也应该写一封信来告诉告诉，那么也好叫我们大家都可以放宽了心，所以我说哥哥做人的糊涂，也是在这个地方。"

阿文说到后面，至少是带有些埋怨的成分。雪尘没有回答什么，轻轻地叹了一口气，她心中是只觉得无限的酸楚，望着阿文的脸，使她脑海里当然更映上了阿起的脸，她眼角旁自然而然地涌上了一颗亮晶晶的泪珠。阿文见她眼泪像蛇行似的在颊上一直淌至嘴角旁来，遂拿手帕在她颊上拭了拭，温和地安慰道：

"尘姊，你是有病之人，总要保重自己身子才好，哥哥虽然没有来信，我相信他这次回到上海的时候，一定是换了一个人，至少是不会使你再感到失望的地方。"

"虽然我也这样地想，可是昨天晚上我却做了一个噩梦，我怕他在外面不知会不会发生什么意外的事情。"

雪尘点了点头，表示感激他安慰的意思，但她说到末了，显然又非常怀疑和忧愁。阿文摇了摇头，低低地道：

"我想这是因为你思念过切的缘故，梦中之事，原不足为信，所以你千万不用忧愁。假使我知道了哥哥下落的消息，我一定会来告诉你的。"

雪尘点头，却又微微地叹了一口气。司马文拿了茶杯，向她说道：

"你要喝茶吗？这几天胃口还好吗？我说你要撇开一些想法，一个人最要紧的是身体，没有身体，就会没有了一切。"

"唉！我也何尝不是这样地想？只不过我的心中好像有一块铅质样笨重的东西镇压着，每天几乎把我闷得透不过气来，你想，这叫我如何不要生起病来呢?"

阿文知道这是因为她心中已失却了现实的安慰,当然她患的是一种心病,心病是非心药不医的,那么除非我哥哥能够回到上海来,否则,她心中的忧愁自然也不会有消失的一天。想不到雪尘对我起哥倒有这一片痴心,在一个置身于歌榭舞台的女子,确实可说是一件难得的事情。阿文心中这样想着,一时对她更激起了一点儿同情之心,望着她清瘦而抑郁的神色,也忍不住轻轻地叹了一口气。

"阿文,想我们身为女子的真是太苦命了,尤其是像我们在这一个环境里的女子,被人视作玩物一样的女子,当然她的内心是更痛苦一点儿,只不过我做姊姊的已经是凋零了,已经是没有希望了,对于我妹妹的终身幸福,似乎我不得不更关心一些。我知道你们是一个有理智、有情感的青年,绝不会和阿起那么地滥用其情、随俗浮沉去糊涂,所以我今天要坦白地问你,你是不是真心地爱上了我妹妹?阿文,你应该忠实地向我告诉。"

"尘姊,你为什么向我问出这些话来?难道我对鸿妹一片情分还有假的不成吗?"

"本来我原不该向你问这些话,不过因为你家还有一个丁智仙小姐,所以我觉得一个年轻人最危险的时机,就是热情爆发,虽然我是信任得过你,不过有了妹妹上次的出走,我母亲心中就有些不放心。"

雪尘明眸脉脉含情地凝望着阿文的脸,她的言语之中多少还带有些顾虑的意思。司马文放下手中的茶杯,两颊有些焦躁和羞涩的红晕,说道:

"对于丁智仙的事,我是早已和你解释得清清楚楚了,她已给我妈收作干女儿了,我和她是成了兄妹,你想,我怎么还会去爱上她?至于鸿妹上次的出走,也是她自己多心,我假使有三心二意的话,我绝不会有好的结果。"

"哎,真心就真心,何必又念什么咒语?"

68

雪尘见他急得这个样子，皱了眉尖儿，秋波哀怨地逗了他一瞥，表示有些埋怨的神气。阿文这才含了微笑，说道：

"因为我要表示我的心迹，我不这样地说，你们又如何会信任得过我？"

"并非我讨好你的话，我一见了你，我就觉得你比阿起老实忠厚，这大概也是近朱者赤、近墨者黑的缘故。为了你和妹妹的事情，我也真不知受了多少委屈，妹妹总说我庇护你，说你好，其实我也无非说一句公平话而已。"

司马文听她这样说，他有点儿情不自禁地伸手把她手握了握，可是既握住了，立刻又放下了，红了两颊，用了无限感觉的口吻，说道：

"尘姊，我很知道，你确实有爱护我的心，不过我也绝不会辜负你对我这一份儿热诚，假使你说我好，而我所作所为却是相反，那么叫我一颗良心怎么能够对得住呢？"

"是的，我知道你是一个争气的孩子。"

雪尘的芳心里感到无限的安慰，好多天不曾有过笑容的粉脸，她此刻也会展现一丝笑意来。司马文对于她这句孩子的话，他有些脸红，望了她一眼，忍不住赧赧然笑起来。雪尘见他笑的神态和阿起是一式无二，想起那夜缠绵一幕，不由荡漾了一下，她几乎要把阿文当作阿起了。可是她想到阿起已不在上海的时候，才感到自己真有些痴，在叹过了一口气之后，方才低低地又说下去道：

"你们的年纪也不小了，我的意思，假使不预先订一个婚，恐怕夜长梦多，说不定还有什么变化。妹妹这一方面，我做姊姊的可以完全地做主意，至于你的一方面，当然还要去征求你妈的同意，对不对？"

"不过照我的猜想，大致也不成什么问题吧。可是订婚当然有一种仪式，这仪式不知你们意思怎么样？因为我还是在求学时代，家里自从祖母死后，又用去了不少现款，对于聘金方面，什么金六礼、银六礼，我以为最好马虎一些，要不然，我是一点儿都负担不起的。"

司马文红了脸，他老实不客气地说了出来，因为事情既然要办，那当然用不到再有隐瞒充阔的必要。雪尘点了点头，笑道：

"这个你尽管放心，假使我妹妹贪金钱的话，她也绝不会对你这一份儿痴心，况且嫁人，本来就嫁一个人，只要人好，还管得了什么金钱多少吗？就是我妹妹将来嫁奁也没有什么的，你可不要说这样没有那样没有的话。"

"你也放心，我绝不会有这一种意思，娶妻子难道存心还发一笔财不成？不过雪鸿那里，请你给我代为转达一声，只要她不嫌我贫穷，我想这头婚事当然是别无问题的。"

司马文听雪尘这样说，才感到她真是一个不平凡的女子，只可惜她会这样地命薄，遭到这样的不幸。但愿起哥早日回来，给他们能够重圆才好。雪尘点头道：

"你也不要说穷不穷的话，像我们这样女子，能够配上你这样一个少年，说起来总是妹妹的福气，你不要以为有了钱就是福气，这种思想完全是错误的。我问你，你的姊夫身拥千万家产，到结果还是这样悲惨的下场，就是做他的妻妾，她们两个人也死的死了，疯的疯了，这难道也是福气吗？所以，真正的幸福，还在夫妇之间能够互相爱惜体贴，就是吃一口清水，也觉得很快乐的。"

"话虽不错，但能够布衣暖菜饭饱而满足的人，恐怕就很难找了。享乐谁不爱呢？只不过一个环境里的人，他总会嫌恶一个环境里的生活，这和吃小菜一样，吃惯了鱼翅、海参，他吃起咸菜来，也会比鱼翅、海参好吃的，这也是所谓物以稀为贵的一句话。"

"不，我说你这个话也不尽善，倘然说做丈夫的不会赚钱，不过他每天早出晚归地十分辛苦，一点儿不舍得浪费一个金钱，我想这在做妻子的心里，纵在家里只吃到一口薄粥，她一定也是安慰的。只怕的是钱倒不会赚，外头还要去瞎胡闹，因此这一个家庭自然也弄得不太平了。"

"你所说的，那妻子是一种好的典型，可是有一部分做妻子的人，她就根本过不惯清寒的生活，因此一个家庭里，弄得怨声载道。没有孩子倒也罢了，倘若有了几个孩子，大哭小吵，这就恐怕要弄得焦头烂额了。"

雪尘听他这样说，倒忍不住笑了起来，伸手打了他一下，说道：

"看你年纪这么轻，说出话来倒好像七老八十岁的样子，我劝你也不必着急，要吃苦不会吃苦，这也是命里注定的事情，只要不过分的荒唐，我相信有手有足，无论是男是女，总不致会到饿杀的地步。"

"这个当然，也无非生活上舒服和不舒服的问题罢了。"

司马文点了点头回答。两人静静地坐了一会儿，忽然听到雪鸿在里面房中好像在发脾气的样子，同时听到张太太连说好了的话，雪尘不知道她们在说些什么，遂仰起了身子，叫道：

"妹妹，妹妹，你怎么啦？你怎么啦？"

第七回

　　张太太拉了拉雪鸿，向她丢了一个眼色，雪鸿不知道母亲是什么意思，遂悄悄地跟着母亲到了自己的卧房。张太太关上房门，雪鸿见母亲好像很神秘的样子，遂低低地问道：

　　"妈，你有什么事情跟我商量吗？"

　　"雪鸿，你坐下来，我有话要和你好好儿谈一谈。"

　　张太太坐在长沙发上，把手拍了拍，雪鸿微蹙了眉尖，在她母亲身旁坐了下来，雪白的牙齿微咬了两瓣红嘴唇皮子，秋波逗了她一瞥猜疑的目光，低声儿又问道：

　　"妈，你到底有什么话要跟我说？你快说呀，别人家难得到我家来一次，我不去招待人家，不要被他说是我故意冷待他吗？"

　　"他和你姊姊在说话，也不会寂寞的，你别忙呀，我问你，他家里这一个丁智仙小姐，到底是怎么样的一回事？还有你们两人的爱情究竟是不是有真心的？对于你这些事情，本来我是不愿意来过问的，只是为了你那天出走之后，害得我哭笑不得，为了你终身幸福着想，我们当然也得有个郑重的考虑才好。"

　　雪鸿在当初确实很疑心司马文有爱上丁智仙的意思，不过经过阿文再三地解释和声明之后，她自然也信任了阿文，至于她和阿文闹着醋劲儿，也无非是小女儿在爱人面前一种撒痴撒娇的态度，表面上是恨，实际上是爱。这在局外人当然是不能体会他们在闹吵中甜蜜的滋味。可是今天听了母亲的话，好像是非常严重的样子，虽然很想对母亲声明，阿文并没有爱上那个丁智仙，可是自己到底是个姑娘身份，要想开口，却是羞人答答地感到难以启齿，因此红晕了脸，默不作答。张太太见女儿不声不响，遂继续地又道：

"照阿起那种行为看来，觉得兄弟终归有些相像，此刻花言巧语地爱上了你，将来难免就要把你抛弃的，所以我的意思，你应该有所注意才是。"

"可是那也不能肯定地说。常言道：一母生九子，连娘十条心。做哥哥的欢喜外面胡调荒唐，做弟弟的未必就会和他哥哥一个样子。"

雪鸿听母亲这些话，竟然是大不赞成的样子，一时芳心中不觉感到有些怨恨，不过做女儿的，对于这个怨恨的心，岂能够很明显地露到脸上来？所以她摇了摇头，在她这几句话里当然是表示大不以为然的意思。张太太听雪鸿这样说，那也是很明白的，她心中是很专一地爱上了阿文，于是顿了一顿，又说道：

"纵然他是一个很忠实的少年，但你也应该有个打算，假使结婚以后，万一有了什么变化，你是不是想有一个保障吗？"

"妈，我不明白你这句话是什么的意思，那么我们要他拿什么东西来做保障呢？我以为一切一切身外之物，绝对都做不来保障的，只有一个人的人格和良心，那才可以做真正的保障。"

"可是你是否知道他的人格和良心能始终高尚和仁爱吗？"

"这个……我和他几年来的相识，觉得他还不失是个很有志气的青年。"

雪鸿对于母亲这一步紧一步的逼问，她内心是感到十分怨恨，遂鼓足了勇气，红了脸皮，支吾出这两句回答。张太太对于女儿这样地痴心对待阿文，在她心中同样地感到十分怨恨，呆呆地沉思了一会儿之后，方才拉过雪鸿的手，低低地又说道：

"雪鸿，你应该知道做娘辛辛苦苦养了你这么大，也无非老来有个靠傍的意思。假使你是孝顺娘的，你千万要听我的话，我可以好好儿给你配一头亲事。刚才樊克华先生到我家来过，他是克华银行的总经理，在上海相当有声誉，金融界谁不知道他的大名？我晓得他对你姊姊是很有一点儿意思的，他说还有一个弟弟，名叫静华，今年二十四岁，还在圣乔斯大学读书，他的意思，要看中你做弟媳妇。我想这倒是一个绝好的机会，为你前途光明着想，你是应该放弃了司马文，而答应樊经理这一头婚事，不知你心里到底怎样呢？"

张太太没有办法，只好把心中的老实话向她坦白地告诉了出来，她望着女儿，脸上含了微微的笑容，是希望女儿给她一个圆满的答复。雪鸿这才明白母亲所以竭力反对和阿文结婚的原因了，虽然她是一肚子的不快乐，可是她还竭力镇静了态度，向她母亲反问道：

"妈，假使我答应了他这一头亲事，那么你预备叫他给我一些什么来做保障呢？"

"这个……那保障可多哪！"

张太太满脸堆笑地说，似乎开了她心花一样欢喜，接着又兴高采烈地说下去道：

"樊经理刚才早已对我说过，他预备一座小小的洋房给你们做新房，还预备一辆小汽车给你们夫妇出入派用场，并且给你两枚三克拉的钻戒，还有两条金子、三百万的现钞存折。你想，有了这许多名贵的东西做保障，难道还怕吃一生一世的苦吗？"

"可是我不懂，他为什么要待他弟弟这样好，世界上这样的好哥哥，倒真是不可多得。"

雪鸿在鼻子管里笑出了一声哼字，她用了俏皮的口吻，低低地说。张太太认为雪鸿至少是动摇了一些芳心，遂又很起劲地说下去笑道：

"有钱人家，这一些原也算不了什么，况且他祖上遗下的产业也不少，他弟弟当然也有一份子，同时我还明白他有这一层意思，因为他是

74

爱上了雪尘。雪尘这个姑娘偏偏有这一种断命古怪脾气，大概你姊姊对他若即若离，没有明显的表示，所以他要先玉成了你，然后叫你姊姊答应他的婚事。我想两姊妹嫁两个兄弟，那倒也是一件很好的事情呀。"

"嗯，好是很好，只不过我认为这一些东西给我做保障，恐怕还不够一些。"

雪鸿点了点头，故意这么地说了两句，张太太倒是急了起来，说道：

"啊呀！你这个小姑娘真是疯了，这许多名贵的珍宝还说不够，那么我说一句笑话，司马文他要讨你回去，他预备给你一些什么做保障呢？"

"只要我心里爱嫁给他，就是跟他做讨饭，我也情愿，何必要什么汽车、洋房、金条来做保障呢？"

雪鸿说这几句话的表情，她是已经有些愤怒的样子，冷笑了一声，便站起身子来。张太太急忙把她手拉住了，她也有点儿发脾气的态度，说道：

"雪鸿，你要知道，儿女的婚姻是应该由父母做主的，我绝不肯把一个女儿白白地送给了他这一家穷光蛋。他要娶你也可以，只要他也有这许多保障，我就马上可以答应，否则，他就不必再做梦。"

张太太这一种声色俱厉的态度，倒是出乎雪鸿意料之外，暗想：母亲对于我的行动，本来向不过问，谁知她为了财迷，竟不管儿女的终身幸福，要用强迫手段起来，一时怨恨到了极点，心中一急，也顾不得许多的，便顿了顿脚，哇的一声哭起来了。雪鸿这一哭不打紧，把外面一间正在谈话的雪尘和司马文都吃了一惊，雪尘忍不住坐起了身子，仰了脸，急急地叫道：

"雪鸿，雪鸿，你怎么啦？你怎么啦？"

可是里面房中并没有应答的声音，只听雪鸿还是抽抽噎噎地哭得厉害。雪尘是个绝顶聪敏的姑娘，她在乌圆眸珠一转之后，心中这就有了一个恍然，不过在司马文的面前，觉得事情真有些僵局，回头见阿文，果然紧蹙了眉尖，显然十二分猜疑的神气，于是她只好跳下床来，预备到里面去问个详细。谁知她本来已经睡倒床上有两三天的光景，而且也没有好好儿地吃过一顿饭，此刻站在地上，只觉头重脚轻，摇摇欲倒不能支撑的了。司马文听雪鸿好好儿在房中忽然哭泣起来，觉得事情终究有些蹊跷，正在暗暗地奇怪，谁知雪尘穿了一件软缎的睡衣，却要跌倒地下去了，这就抢上一步，连忙伸手把她扶住了。只见雪尘闭了眼睛，把手按按额角，脸色有些灰白。司马文急叫道：

"尘姊，尘姊，你……"

"文弟，我不要紧，你别害怕。"

雪尘把手臂环住了阿文的脖子，她微微地睁开了星眸，向阿文望了一眼，却把头靠到阿文的肩胛上去了。阿文知道她是头晕目眩的表示，遂扶了她身子，仍旧给她床沿边坐下了，低低地说道：

"尘姊，你不要起来了，身子没有好，快躺下来休养要紧。鸿妹这人就有些孩子气，你不要去理她得了。"

"不，你给我靠一会儿就好的。"

雪尘摇了摇头，一手靠在梳妆台上，一手托住了脸颊，她似乎有点儿发火的样子，看她还是从挣扎中使劲地叫出声音来，喊道：

"妈，你们到底怎么啦？在房里走也不走出来，到底在闹些什么呢？"

司马文见她说这两句话的时候，粉脸在灰白色之中又涨得通红，从可知她的肝火是这一份儿旺，遂忍不住又低低地说道：

"你是有病的人，千万不要发脾气，伤了自己的身子，这又何苦来呢？"

"唉！你又怎么知道我们家庭里的事情？"

雪尘秋波在逗给他一瞥哀怨的目光之后，她低下了头，眼皮几乎有些润湿起来。司马文觉得她在这一句话之下，显然是意犹未尽，可是她既没有明显地说出来，自己也不好意思问下去。这时候，里面里面房门开了，张太太笑盈盈地走出来，她似乎对于雪尘的发脾气，心中尚有些害怕，一面走到床边，一面说道：

"真是笑话，这么大的姑娘了，还是那样的孩子气，好好儿忽然肚子痛了，我怕她发了冷痧，给她提了两把痧筋，她却会痛得哭起来，你想有趣不有趣？雪尘，你做什么坐起来，快躺下了休养吧！"

张太太说完了这几句话，一面装作若无其事地笑，一面扶雪尘睡到床上去。雪尘的心中好像还有些不快活，对于妹妹发痧的事情，倒也并不感觉这样的惊怕，她把张太太的手摔脱了，仿佛有些憎恶的成分，恨恨地说道：

"不要来管我，让我坐一会儿好了。"

"司马先生，你瞧瞧我养了这么两个好女儿，脾气都是比娘还了不得，将来要是谁讨了她们，真是霉气。"

张太太被雪尘这么地一来，真弄得有些没有了落场势，因此勉强地笑了一笑，向阿文这样地说。阿文虽然看不出她们母女心中到底有了一些什么芥蒂，不过觉得其中至少是有一点儿缘故，因为说雪鸿发了冷痧，他奇怪地插嘴地问道：

"这样寒冷的天气，如何会发痧呢？不要是患了什么盲肠炎吧！不知她此刻肚子还痛不痛？假使仍旧还痛的话，我想还是送到医院里去给医生诊查诊查。"

"不会生什么盲肠炎的，给她在床上躺一会儿就好了。"

张太太口里虽然是这么地回答，可是她的心里却忍不住几乎要笑起来。雪尘听阿文一味地还信以为真，也觉得阿文真是一个老实的青年，遂望了他一眼，低低地说道：

"你不要着急，妹妹平日又不练习剧烈运动，哪里会生盲肠炎呢？"

"可是大冷的天气，哪里会发痧呢？"

雪尘见阿文还是这么的老实，虽然自己心中还有点儿不愉快，但再也忍熬不住嫣然地笑起来。

司马文想不到自己说了这一句话，竟引逗得雪尘笑了起来，一时倒不免怔怔地愕住了一会儿，因为他觉得雪尘的笑至少是包含了一些神秘的意思。他自己还算是个聪敏的人，忽然有个什么感觉之后，他全身一阵子热燥，两颊顿时通红起来，于是低了头，却是不再说什么话了。

雪尘虽然聪敏，可是她也猜不透司马文心中到底是有了个什么感觉才会脸红起来，不过这也没有加以追究的必要，遂向她母亲说道：

"我此刻倒有点儿饿起来，妈，你给我去弄点儿点心来吃。"

"这两天来我劝你吃，你也不要吃，今天难得你也会饿起来，好好，我马上给你去烧点心。司马先生，你坐一会儿，伴我雪尘谈一会儿吧。"

"不，我也就要走的。"

司马文含笑点了点头，张太太遂匆匆地走到楼下去了。雪尘见他站在桌旁，搓了搓手，好像很受窘的样子，便温和地道：

"文弟，做什么？你请坐呀！"

"那么你也快睡到被窝儿里去，当心冻冷了身子。"

雪尘点了点头，遂把身子钻进那条粉红绣花的软缎被里去，抬上手，拢了拢拖在脑后的云发，回眸见阿文，他又坐在椅上呆呆地出神，于是含笑问道：

"文弟，为什么不说话？难道在想什么心事吗？"

"倒不是想什么心事，因为我觉得时候不早，应该回去的了。"

阿文抬头笑了一笑，他一面说话，一面已是站起身子来。雪尘白了他一眼，故作娇嗔的神气，说道：

"回去回去，到底什么亲人等在家里？真叫人有些稀奇起来。妹妹肚子痛睡在床上，你知道她好了还没有好？难道就硬着心肠这样丢了她回去了吗？无怪妹妹说你没有良心了。"

"我不是说最好送她到医院里去诊查诊查吗？是你们自己说，她睡一会儿就会好的嘛。"

阿文嘴里虽然这么说着，可是他的身子却又在椅子上坐下来。雪尘呆了一会儿，方才又对他说道：

"那么你今天回家去，就和你母亲商量商量，假使你母亲也中意我们妹妹的话，我的意思不妨先来订一个婚，免得悬宕着大家都不放心。"

"好的，那么我过几天来给你回话，不过我还是在求学时代，经济根本不能独立，至于聘礼方面，总要请你姊姊原谅才好。"

阿文点了点头，红了脸，很不好意思的样子说。雪尘白了他一眼，有些嗔怪他的意思，微笑道：

"好了，好了，你也别哭穷了，假使我们要贪金钱的话，老早跟别人家做太太去了。"

"倒不是哭穷，实在因为我家没有赚钱的。"

阿文笑了一笑，说到这里，他又回头向里面一间卧房张望了一下，有点儿自说自话地道：

"雪鸿她肚子痛也不知好了没有？"

"你倒去瞧瞧她，不要叫她老闷在床上，要如好些了，还是叫她到我这里来谈一会儿好。"

雪尘明白他的意思，遂故意这么地催他说，无非是玉成了他。司马文巴不得她有这一句话，这才厚了脸皮，走到雪鸿的卧房里来了。

雪鸿躺在床上，还拥了一条湖色绸的丝绵被，阿文走近她床边的时候，她却没有发觉，两眼望着紫罗纱的帐顶，呆呆地好像在想什么心事的样子。司马文见她眼皮红红的，颊上还沾了丝丝泪痕，一时觉得雪鸿真还像是个小孩子的模样，遂低低地叫道：

"雪鸿，雪鸿，你怎么好好儿的忽然会肚子痛起来？此刻可好一些了吗？"

"嗯……也不知是吃坏了什么东西，唉，此刻倒好一些了。"

雪鸿回头一见阿文，她芳心里别别地跳动了一下，因为自己根本并没有肚子痛，可是事实上偏偏又不得不承认自己确实是肚子痛的，这就嗯了一声，只好向他谎说了一句自己不愿意说的话，秋波逗了他一瞥说不出怨恨的目光，忍不住深长地叹了一口气。阿文见四下无人，遂在床边坐了下来，伸手在她额角上轻轻地一按，觉得并无什么热势，忍不住笑道：

"你也真是太孩子气了，一些肚子痛，怎么就会哭起来？倒叫我吃了一惊，以为是什么事情了。"

"你知道些什么？"

雪鸿满腹的痛苦，真叫她说也说不出来，遂向他这么反问了一句，却别转粉脸去，又微微地叹了一口气。阿文见她这个表情，分明又是怕着难为情的缘故，一时倒肯定自己刚才猜想她所以肚子痛的原因大概不会错了，便低下头去，微笑道：

"你以为我不知道吗？其实我老早晓得了。"

"你晓得什么？这不是奇怪？"

雪鸿听他已经知道了，倒是吓了一跳，连忙回眸向他望了一眼，只见他还含了欢悦的微笑。从他的微笑中猜想，可知他是并没有知道自己哭的缘故，因为他若真的晓得，当然他绝不会这样的高兴，恐怕还要非常愤怒哩！这就也好笑起来，瞅着他低低问。司马文见她笑的意态，不但是还有些神秘，而且还有些羞人答答的样子，一时更肯定了，遂笑了一笑，附下嘴去，在她耳边低低地说了一阵，方才接下去说道：

"可不是为了这个缘故？否则，大冷天气，如何会肚子痛？"

"呸！你别胡说吧！"

雪鸿再也猜不到他会误会到这一个缘故上去，一时她的粉脸真的像玫瑰花朵似的红了起来，秋波恨恨地白了他一眼，却是没有作答。司马文笑道：

"你也不用赖了，尘姊说你不要闷在床上，倘若好一些的话，还是到外面去坐一会儿吧。"

雪鸿不说话，依然躺在床上没有站起来。司马文向她拉了拉，她还是不肯坐起床来。司马文低下头去，距离她殷红润润的小嘴儿大约还有两三寸光景，只觉她吹气如兰，由不得心中荡漾了一下，于是顽皮地道：

"你再不起来，我可要……"

司马文说到这里，撮着嘴儿，掀动了一下，表示要亲吻的意思。雪鸿嗯了一声，却也没有躲避的样子，因为是在闺房里面，司马文有些耐不住，他这就低下头去，吻在她的小嘴儿上，却是温存了好一会儿的时光。良久，良久，雪鸿推开他的身子，娇嗔地道：

"别人家肚子痛得厉害，你还要来欺侮我。"

"也许我这一吻下去，你肚子痛就会好起来了。"

"呸！你这个厚皮！"

雪鸿见他贼秃嘻嘻的，遂噘着小嘴儿啐了他一口，把食指在他额角上恨恨地一戳，她也忍不住嫣然起来。两人温情蜜意地笑了一会儿，雪鸿心头的怨恨才算消失了一些。这时，司马文又说道：

"雪鸿，我还要告诉你一件好消息，你听了不但肚子不痛了，而且马上还会起床了。"

"你说给我听，到底是件什么好消息？"

雪鸿有些将信将疑的样子，不过她的表情上是显现得分外兴奋，明眸睽住了他脸，急促地追问。司马文笑了一笑，方才低低地说道：

"我们两人快要订婚了，这还不是一件天大的喜事吗？"

"你说的，这是谁的意思？"

雪鸿听了这个话，表示无限的惊喜，粉脸上不禁浮现了一丝笑容来。阿文道：

"这是你姊姊的意思，当然也是我们俩心中要说而说不出的意思。"

"啐……那么我姊姊对你怎样说呢？"

雪鸿啐了他一口，她心中好像会落下一块大石那么的轻松。因为姊姊倘然真有这一个意思，不怕母亲对我有什么强迫的手段，她知道姊姊的权力比母亲大，姊姊说的话，母亲不敢过分地反对。所以她知道了这个消息之后，腹内一些悲哀都没有了，拉了司马文的手，很迫切地追问。阿文道：

"你姊姊说我们年纪也不小了，况且今年暑期大家也好毕业了，假使真有爱情的话，倒不妨先来订一个婚，免得夜长梦多，弄得大家都不安心。"

"那么你对姊姊怎样回答呢？"

"我说承蒙姊姊这样抬爱我，那当然是求之不得的事情。"

"省省吧！知道你的爱人多，什么丁小姐，什么王小姐，何必说这种讨好的话？"

雪鸿芳心里虽然感到无限的甜蜜，可是她表面上还是薄怒娇嗔似的假惺惺作态，这也无非是小女儿一种怕羞的烟幕弹。阿文抚摸了她的手，憨憨地傻笑了一会儿，方才又说道：

"不过我对你姊姊曾经说过这几句话，同时请你最好也能原谅我的苦衷，我想假使大家是为了真正的爱情，那么也不会斤斤较量这些身外之物吧？"

"我不懂你这些没头没脑的话，难道我对你还有什么虚伪欺骗的作用在里面吗？"

阿文的话，雪鸿虽然有些明白，不过她还假装含糊地向他追问。司马文顿了一顿，红了红脸，说道：

"社会上的一班青年男女，只晓得糊里糊涂地谈情说爱，可是爱情在成功了之后，一切的困难倒反而会增加起来，我们除了一班不合法而结合的爱情不谈，那么在成功一对夫妻之前，应该先有个订婚的仪式。不管它是新式或旧式，聘礼、聘金、首饰这几项问题，好像是免不了的事情，往往有好好的一头婚姻，为了聘礼上一些小问题，而拆散了双方这一头婚姻，这是很普遍的事实，所以我在事先先和姊姊说。因为我没有在做职业，还是读书时代，经济不能独立，家庭中情况，近来也并不十分宽裕，所以有什么不到地方，要请姊姊原谅。姊姊的思想倒好，她说嫁人原不过是嫁一个人，假使一定要指定多少聘礼、多少聘金、多少首饰的话，那么何必说嫁人，倒不如说嫁首饰好吗？所以，姊姊的意思，我是十二分感激，不过话得说回来，到底不是你姊姊嫁给我，故而我还得问问你的意思，不知道究竟是什么意思？"

"你也不必问我的意思怎么样，我问你，在你的心中，是否认为我是个只贪金钱的女子呢？假使你认为我是个不知道真正爱情的女子的话，那么还是请你和你家中那个干妹妹去结婚的好。"

雪鸿听阿文絮絮地说了这一大套的话，虽然觉得他这些话原也没有说错，不过自己为了阿文，在妈那里已经受了这一份儿的委屈，满想阿文终是我的知音，谁知他还向我问出这些话来，她在一阵子悲酸之后，说了这两句话，她忍不住又滚滚地落下泪来。

阿文觉得，小姑娘的心中总是那么的刁，不过女子的眼泪到底能使每一个男子感到心软的东西，他只好又赔了笑脸，拿了帕儿，给她轻轻地拭泪，说道：

"原是我不好，不应该向你问出这些话来，鸿妹，你就原谅我吧！"

雪鸿并不作答，眼泪更加扑簌簌地滚湿了枕衣。司马文正欲再向她安慰，只听雪尘在外面叫道：

"阿文，你和妹妹一同到外面来吃点心吧。"

"雪鸿，你听见吗？你姊姊叫你出去呢。"

"我不去，你自己出去好了。"

雪鸿摇了摇头，把身子向里面转了一个侧，表示不再理他的意思。司马文没有办法，只好离开了床边，走到雪尘的房中来。张太太在桌上放了三碗西湖藕粉，见了阿文，便说道：

"司马先生，吃些吧。"

司马文含笑点点头。张太太一碗交到雪尘的手里，一碗便拿进到雪鸿的卧房去了。雪尘一面吃，一面望了阿文一眼，问道：

"有得甜吗?"

"已经很甜了。"

"你和妹妹说了些什么话?"

"没有说什么,她说肚子痛已经好得多了,可是还要躺一会子。"

阿文说着,只见张太太仍旧拿了一碗藕粉走出来,似乎有些生气的样子,说道:

"我也没有看见过小姑娘的脾气可以发得这样大的,就是做娘的说错了什么话,难道就和娘生一辈子气不成?"

"妈,做什么啦?妹妹难道和你发脾气吗?"

雪尘听妈这样自言自语地气恨着,遂瞟了她一眼,低低地问。张太太却不作答,一面咕噜着,一面便自管走到房外去了。雪尘心中自然有些明白,不过在阿文的面前,又不便说什么话,因此她也沉默着吃藕粉。阿文心中也在暗暗地思忖,觉得雪鸿除了肚子痛之外,好像还和她母亲有点儿赌气的样子,否则她妈怎么说就是做妈的说错了话,难道与娘生一辈子气不成?一时想起刚才自己再去问她这些话,这就无怪她要伤心得流起眼泪来。两人默默地吃毕藕粉,室中已笼上了一层黄昏的阴影,窗外本来没有太阳,而且还飘着鹅毛样大雪,从窗缝里吹进来一阵一阵尖利的冷风,那绿绸的窗帘布会微微地摇动着。因为室内过分静悄的缘故,司马文的心中会感到一阵说不出的凄凉,于是站起身子来说道:

"时候不早,我得回去了。"

"你没有什么事情的话,就不妨夜饭吃了去。"

"怕母亲在家里还有些事情,夜饭不吃了。"

司马文搓了搓手,低低地回答。雪尘因为阿文走后,自己家中至少还得一场吵闹,所以也不留他了,说道:

"那么就和母亲去商量商量,明天我听你的回音。"

"好的,那么雪鸿那里我不去告别了,请你代我说一声。"

正说时，张太太走上来。司马文又向张太太告辞，张太太也不留他，很随便地敷衍了两句。阿文便匆匆地出了静安别墅，坐车回家去了。

阿文走后，张太太在室中开亮了电灯，大家都不说什么。奶娘抱了小龙走上来，说小少爷今天吃了一百元零食，此刻还要吵着买糖吃。雪尘说拿几块饼干给他吃好了，零食多吃要坏肚子的。张太太趁此便说道：

"这个年头儿的生活可真了不得，百物一样一样地都在飞涨，豆腐吃到肉的价钱，开销一天一天地大起来，可是要赚钱倒真不容易，杜米由五千跳到一万，可是这几天市面还在喊一万或一万三，这样下去，还能做人吗？偏偏阿鸿这个孩子，还是困在太平档里，一些世故人情都不知道，和她说说，又是倔强得像一头野牛，要晓得下学期的学费、书费，起码又是一万朝外。我们这样人家的姑娘，原不想去考女状元，其实读到小学毕业，早可以找一些事情做，也不会养到今日这样千金小姐似的地步。说起来总是阿尘太爱护妹子，一定要她读书，要晓得这一份家庭，要你一个人重重地负担，我做娘的心中也是多么不安，倘然早给她也去学会了跳舞，也不至于使你的身子弄得这样衰弱了。"

雪尘听母亲说了这一大套的话，觉得在她表面上当然是竭力地在为我着想，但按诸实际，她至少还在怨恨我时常躲在家中生病，不肯出外去敷衍客人，当然在娘的意思，最好我们姊妹俩能够不惜任何的牺牲，拿了笑脸去骗人家的钞票。一时由不得冷笑了一声，向她低低地问道：

"妈，妹妹她到底又和你吵了些什么呢？我想你也总要想得明白一些，可怜我已遭到了这样的不幸，似乎把妹妹的终身幸福应该希望她能够光明一些。要知道，一个女子拿青春去赚钞票，这是有时间性的，等到人老珠黄的时候，绝不会再能和年轻时候一样出风头的，所以你千万不能专门为了几张像阴间用一样的花绿纸，而情愿给自己女儿去堕入不幸的苦海。我家在过去也很清白，为了父亲早亡，我迫不得已而操此被人认为下贱的工作，这是生活的鞭策，当然没有办法，不过我绝不肯再让妹妹一个清白的女儿送到这荆棘遍地的社会上去沉沦，我有一份力量，总希望妹妹得到一个很好的归宿。妈，我倒要问你一声，你难道还不满足你现在所享受的生活吗？"

"阿尘，并不是我不满足，我也无非为你而这样打算的，就是因为怕将来人老珠黄不值钱，所以我的意思，趁现在年纪轻，色未衰，人家要你们，你们又何苦搭什么架子呢？"

"那么照你娘的意思，预备叫我们姊妹怎么样你才称心如意呢？是不是牺牲色相去赚人家臭铜钿吗？"

雪鸿在里面听姊姊和母亲争吵起来，遂也起身走到姊姊的房中，坐在沙发上呆呆地出神。张太太见雪尘两颊红红的，分明和自己有些生气的成分，遂忙又解释着道：

"雪尘，你说这些话，不要太挖苦我做娘的，你们到底是我亲生养的，我什么地方叫你们去做只要钞票不顾体面的事情呢？就说刚才的事，我也只不过和阿鸿商量商量，我以为婚姻大事并非儿戏，虽说现在世界不同，做儿女婚姻都要自主，但做娘的辛辛苦苦养大了你们，难道连一些都不能过问吗？要晓得我是完全一片好意，谁知道阿鸿她就哭了起来，那我还要做什么断命娘呢？"

张太太说到这里，一阵子伤心，大有眼泪汪汪的样子。雪鸿听了，这就插嘴冷笑了一声，说道：

"有什么好意恶意，总而言之，你是不问青红皂白，只要汽车、洋房、金条，那就是一头好婚姻的了。但是我不是一样东西，单凭了汽车、洋房、金条，也不能出卖我的身体。"

雪鸿鼓着小嘴儿，说话的语气还是那么愤激。张太太叹了一口气，说道：

"你们小姑娘知道些什么？只凭了情感作用，而不知道实际的生活。常言道，柴米夫妻，有柴有米，那么家庭中才有乐融融的幸福，假使今天愁柴，明天愁米，我试问你，夫妻之间感情无论好到怎样程度，也总不能束紧裤带再谈情说爱吧？你们不要以为有钱人家的儿子总是荒唐的多，其实也不尽然，我想樊克华的弟弟既然在大学读书，还不是一个比阿文更好的青年吗？你们头脑总要清爽一些，良禽择木而栖，忠臣择主而事，我真不知道你们究竟是什么存心。"

雪尘听了，有点儿格格不入耳，遂冷笑了一声，说道：

"妈，我倒要问你，你说的他是个好青年，究竟拿什么来做标准呢？是不是洋房、汽车、金条，那才算代表他是个好青年吗？我劝你自己头脑子放得清爽一点儿，要晓得，富贵荣华，也不过是镜花水月、过眼烟云罢了。尤其是在这个时代之中，富人更算不了怎么一回稀奇事，今天坐汽车住洋房，说不定明天就有困弄堂跳黄浦的可能。韩士杰就是一个很好的榜样，他汽车进汽车出，在生前多少威风，可是结果还是这样凄凉的下场，况且樊克华的弟弟连人影子还没有见过，单凭了他哥哥几句话，你就认为是个好青年了。唉！世界上财迷的人太多了，所以才会造成了世界的末日。"

"就说他果然是个比阿文更好、更有才学的青年，我也绝不再三心二意地转变了爱的方针。"

雪鸿静静地听姊姊说完了话，她最后又斩钉截铁地表示自己此志不移的决心。雪尘对于妹妹的话，感到了十二分的敬佩，点头说道：

"妹妹，你这个话不错，女子的爱更应该专一，就是阿文像他哥哥一样不上进，那也只好怨自己的命运了。你放心，我做姊姊一天不死，总不会给你受一些委屈，刚才我和阿文已经谈起你们的婚姻，阿文说明天来给我一个确实的回音。"

"好了，你们翅膀都长成了，把我娘当作活死人看待了，只不过我做娘的没有一个儿子，在你们出嫁之后，至少要给我一点儿生活保障，否则，我情愿死在你们的面前。"

张太太听她们姊妹两人自说自话谈妥了，把她当作没有这个人一样，心中这就急起来，涨红了两颊，气愤地说。雪尘好笑起来道：

"你何必猴急？既然说我们是你的亲骨血，做女儿不会有这样狠毒的心肠，你不说这种话，女儿心中自己也明白，就说妹妹管不过你，还有我雪尘在着，难道就怕饿死了你不成？"

"话虽这样说，明天你也自说自话地嫁了一个人，跟着丈夫走了，到那时候我还不是只好饿杀吗？像樊先生说的，他在外面买一座小洋房，原是另外组织小家庭的意思，这样就是我一同来住，也不会给他们夫家的人看不起了。"

"那么照妈的意思，妹妹是非嫁樊克华弟弟不可的了，对不对？"

"我也不是这个意思，但阿文要娶雪鸿也可以，只要他给我三百万生活费，我就一切都不管。"

"那么你是预备出卖你的女儿了，是不是？唉！无怪人家都要看轻我们做舞女的人了。"

雪尘叹了一口气，表示十二分沉痛的样子，雪鸿却猛可地站起来，把脚一顿，却又走回自己的卧房里去了。张太太因为心中气愤，也不说什么，雪尘也想不到妹妹会有这一个下策，直待老妈子开上晚饭，到里面去叫雪鸿吃饭的时候，才发觉雪鸿躺在床上，神色灰白，不住地呻吟。老妈子亮开电灯，一见二小姐面色不对，这就大叫"太太不好了，二小姐不知吃了什么，连手都冷的了"。在外面张太太和雪尘听了这个话，这一吃惊，心儿像小鹿般地乱撞，雪尘也不管有病在身，跌跌冲冲地走进房内，挨近床边的时候，闻到一阵烟膏的气味，才知道雪鸿竟吞了鸦片自寻短见了。雪鸿见了姊姊，拉了她的手，流泪说道：

"姊姊，你叫妈向阿文拿三百万的生活费吧！"

雪尘听了这话，才知道妹妹是因为明白阿文拿不出三百万元钱，所以才起了厌世之念。想到妹妹年轻无知，更想到金钱之可恶，一阵子痛心，她忍不住顿脚大哭起来了。

第八回

　　阿文冒着大雪，匆匆地回到家里。母亲也已从儿童教养院里回家了，她坐在写字台旁，又在静静地批学生们的卷子，见了阿文，便低低地问道：

　　"阿文，你和张二小姐在什么地方玩上了一会子？"

　　"哦，因为她今天看报上登着兄嫂慈善医院行开幕典礼，所以也来医院张望。妹妹告诉她，说我已经回家了，她就到我家里来，在外面走了一会儿，又到她家中去坐一会儿，因为她姊姊病在床上也有好多天了，所以我也顺便去望望她。"

　　阿文听母亲这样问，遂把经过情形老老实实地告诉了她。飞霞放下了笔杆，脱下了那副架在鼻子上的老花眼镜，向阿文招手在桌旁坐下了，似乎和他有什么事情要长谈的样子。阿文先含笑问道：

　　"妈，是不是叫我帮着你改卷子吗？"

　　"不，我有许多话要跟你谈谈。"

　　"不知道妈有什么话要跟我谈？"

　　阿文因为是虚心的缘故，觉得今天母亲对自己好像一本正经的样子，心中猜疑着母亲不知和自己要谈些关于哪一类的话。飞霞望了他的脸，微微地一笑，方才温和地说道：

　　"我知道你是个很安分的孩子，所以对于你平日在外面一切行动，我向不过问。自从你把丁智仙带进了门，我见了智仙虽然是个小家碧玉，倒确实是个好人才，我以为你是有爱上她的意思，所以在我的心中倒也很喜欢，因为智仙在老太太身上也尽了许多的力量，而一些没有感到怨恨的意思，这样的姑娘，我认为很适合我们家庭里做媳妇的。不过那天在医院里见到了张二小姐之后，听说是你的同学，看你们情形又好像很亲热的样子，因此我把自己以上的猜测倒又糊涂起来了。论张二小姐的容貌，自然不亚于智仙，可是也未必胜于智仙，各人自有各人的风韵，至于她的性情如何，我却没有知道，不过你的眼光也很准确，当然不会去求外表面的美，而放弃实际的美。我想你的年纪也不算小了，为了你哥哥没有早娶使他荒唐到这个地步而堕入了苦海，这未始不是我做娘的过失，所以我对于你终身大事，倒不得不又关起心来。结婚是青年男女必经之路程，所以根本不用怕难为情，今天我要和你谈话的，就是你要告诉我，你的对象到底是谁？究竟是智仙，还是张二小姐？也好叫我做娘的来给你做一个主意。"

司马文听母亲絮絮不绝地说出这一篇话来，一时两颊倒不由热辣辣地红了起来，支吾了一会儿，却望着飞霞，憨然地痴笑。飞霞也笑道：

"这是正大光明的事情，你何必害羞呢？"

"妈的意思怎么样呢？"

"这个我如何能说？你当然认得很清楚，和谁结为夫妻方才可以得到终身幸福？"

"妈，我在未说话之先，要向你声明的，就是我并没有存了一丝一毫的偏见。当初我的帮助智仙，完全是激动了一些人类有互助的同情心，根本没有想到什么爱不爱的问题。至于我和雪鸿是经过相当时期的友谊，而且彼此也认为将来总有结成终身伴侣的希望，所以我们的相爱，绝不是一朝一日而成功的。我以为一个青年绝不能糊涂地滥用其情，去同时爱上两个姑娘，故而我坦白地对妈说，我的对象，不是智仙，却是雪鸿。"

飞霞听阿文涨红了脸，一本正经地说出这些话来，遂点了点头，沉吟了一会儿，方才慢慢地说道：

"我对于儿女的婚姻，并不过分地专制，但是我既然做了你的母亲，我似乎也应该尽我一些责任，所以我觉得非向你说几句话不可。听说张二小姐就是舞国红星雪尘的妹妹，你姊夫士杰在世的时候，对她万分地倾心，同时你起哥对她也十分地迷恋，因为雪尘既然以伴舞为生，那么撇开了士杰、阿起不谈，当然还有其他许许多多的人在疯狂地爱上了她。我们对于雪尘的人格姑且勿论，不过置身在这一个灯红酒绿的环境下，今日张三，明日李四，应酬客人那是免不了的事情，不是说姊姊做了舞女，妹妹就会有不良的恶习，可是近朱者赤、近墨者黑，那是一定的道理。所以我心里有一个问题，就是张二小姐和你结婚之后，是否能过得惯清苦的生活？是否她和你有合作操劳的能力？这些我劝你必须有个郑重考虑的必要。"

"妈所说的话，当然句句是金玉良言，不过妈所以这样顾虑，当然也是为了没有知道雪尘是个怎样的女子的缘故，并不是我醉心她们而说她们的好，实在因为雪尘的思想人格都是有超人的特点。我猜妈听了我这些话，你心中一定有个反感，一个做舞女的人，还有什么特点可说吗？可是做舞女原是为了生活，她的人格、她的思想当然是不可一概抹杀的。姊夫确实很爱她，一个男子贪得无厌，有了几个臭铜钿，就要千方百计地想娶雪尘做姨太太，可是雪尘并没有受金钱的引诱，她根本轻视着姊夫，而一点儿没有摇动她的意志。我认为一个女子能够不被黄金所引诱，不管她是妓女是舞女，这比闺阁千金而爱虚荣的真要强得多哪！所以我们绝不能以为她是舞女就是社会上害人精，至于哥哥的堕落，也绝不是雪尘的罪恶。这在哥哥那封信中我看得很详细，雪尘苦口婆心地劝哥哥，勉励哥哥，实在她已尽了最大的力量。妈，你想，雪尘为了自己已经做了舞女，所以才给她妹妹去求学。在这样困苦的环境下而奋斗出来的姑娘，她还会不知道做一个贤德的妇女吗？"

飞霞再也想不到阿文也会滔滔不绝地向自己说出这一番宏论来，因为阿文是自己平日所信任的孩子，那么他说的当然不是一片花言巧语，也许张雪尘果然是个风尘中超特的姑娘。古时有梁红玉、李香君之流，现在的时代中自然也不能说它一定会没有，于是含笑点了点头，说道：

"我所说的，大半因为是她做了舞女才有这一种偏见，既然你说得她这样的伟大，我当然也不再来阻拦你的意志，不过她们可曾对你谈起婚姻的事情吗？"

"这还是今天下午的事情，雪尘在病中对我说起我和她妹妹的亲事，叫我和妈来商量商量，假使妈也不以为她们是低贱的话，那么不妨先来订一个婚，因为今年我和雪鸿都可以高中毕业了，下半年……该当找职业，该当进大学……"

司马文说顺了嘴，在他本意，原说下半年该当结婚的意思，等他想到了的时候，方才红着脸把话缩住了，顿了一顿，才转变了说话的锋头，说到找职业上去。飞霞也许有些理会的样子，笑了一笑，说道：

"现在订了婚，下半年便可以结婚，阿起到此生死未卜，我是只有你一个儿子，早些结婚，我想抱一个孙子倒也是一件要紧的事情。那么事情是这样地决定了，不过我们也得找一个现成媒人出来，对于聘礼聘金问题，似乎应该有个讨论的必要。"

"对于这一个问题，我自己已经和雪尘说过了。我说我家里根本没有赚钱的人，上次祖母死下来，又花费了不少的钱，所以对于聘礼问题，是只好委屈了一些。假使真正有爱情的话，自然不会斤斤较量，否则，根本就无从来谈这一头婚事。雪尘说，嫁人就是嫁一个人，只要人好，管他什么聘金聘礼，所以她说是一些不会计较的。"

飞霞听他这样说，觉得雪尘果然不是一个普通的舞女可同日而语，心里倒又欢喜起来，点头说道：

"这就很好，不过我也不肯过分地委屈她，好在我的首饰都藏着没有动过，这些都可以拿过去，其实聘礼多少，这也是自己的面子，用不

92

出力量那是没有办法，否则，谁不要有个面子呢?"

"那么我明天还得去给她一个回话。"

司马文觉得事情是谈得很顺利，心里当然也十分喜欢，正在这个时候，陈妈匆匆地奔进房中来，她急急地说道:

"二少爷，张家有电话来，说她们二小姐忽然得了急病，现在送到广明医院里去，叫你马上过去。"

"啊! 难道她真的患了盲肠炎了吗?"

司马文听了这个消息，仿佛暑天中起了一声霹雳，他只道雪鸿肚子痛，以为真的犯了盲肠炎病，所以失声叫了起来说。飞霞也很着急地说道:

"既然雪鸿生了急病，你就快些去看个仔细，到了医院之后，你打个电话来告诉我。"

"我晓得。"

司马文说了一声我晓得，他回身奔出了室门，便匆匆地坐车到广明医院去了。车到广明医院，天已昏黑，阿文在问讯处探问了雪鸿住的病房，知道是头等四号病房内，于是三脚两步地走到四号门口。只见房门是轻轻地掩上着，里面有阵女子暗暗啜泣哭声。阿文急急推门进内，只见雪鸿躺在床上，床边站着雪尘和张太太，大家都在扑簌簌地落眼泪，这就走近床边去，慌张地问道:

"雪鸿……她……她生了什么急病? 难道肚子痛真的患了盲肠炎了吗?"

"哦，阿文来了。"

雪尘回头这样说了一声，以下的话却再也说不出来。张太太见了阿文，好像更有些惭愧的样子，离开了床边，拭着眼泪避到窗口旁去。阿文心中不免有些奇怪，正欲再问她们，只见一个看护小姐走进房来，她向众人说道:

"你们大家不用着急伤心了，张小姐已脱离危险时期了，现在她的精神很疲倦，你们最好不要去打扰她。唉！轻轻的年纪，为什么要自杀呢？要知道无论什么困难的事情，总也该有个解决的办法，自杀的举动这是世界上最懦弱的表示呢！"

司马文听了看护小姐的话，心中别别地一跳，他惊讶得几乎啊呀一声叫了起来，遂望着雪尘的脸，不明白地问道：

"尘姊，这……到底是怎么的一回事情呢？鸿妹为什么好好儿竟自杀起来了？那不是太奇怪了吗？"

"唉！不要说起了，回头我再详细地告诉你吧！"

雪尘深深地叹了一口气，她内心表示无限痛苦的神气，同时她有病的身体此刻也有些支撑不住了，颓然地倒在沙发椅子上去。张太太对于雪尘是非常顾虑，走了上来，低低地说道：

"雪尘，看护小姐既然说没有什么危险了，那么你还是快回家去休息吧。你是有病的人，千万不要累乏了，倒加重了病体，那叫我不是更难做人了吗？"

"姊姊，你回……去……吧，我……不要……紧的……"

雪鸿虽然在床上啜泣，听了娘亲的话，心中也非常对不住姊姊，因此停住了呜咽，也对雪尘这么地说。雪尘也觉自己全身发热，经过这一场大惊之后，又是一场奔波的忙碌，她觉得此刻真有些头痛脑涨起来，因为自己纵然留在这儿，也是无益，遂站起身子，说道：

"也好，我就先回家去了，那么妈在这里陪伴着妹妹吧。"

"可是你一个人回去，在路上也很不放心，倒不如伯母伴你先回去，我在这里给雪鸿做伴好不好？"

司马文见雪尘那种摇摇欲倒的样子，显然她是病骨支离的缘故，一个人回家去，当然很不方便，若说我伴她回家，这断断没有这个理由，那么还是我在医院陪伴雪鸿，而且也好向雪鸿自己问一个仔细。张太太觉得自己若也在医院里，就有许多的不便，第一，女儿的自杀，是为了自己，回头司马文若向我问起来，叫我拿什么话去回答他才好？所以她听了阿文的话，十分同意，遂扶了雪尘的身子，说道：

"这样也好，我就先陪你回家去吧。这里请司马先生照顾照顾，我等会儿就来。"

"外面还下着大雪，我给你们去讨了三轮车吧。"

司马文见事情已决定了，遂送她们到医院门口，给她们雇了车子，方才匆匆地走回病房里来。这时，看护小姐已不在了，病房里静悄悄的，雪鸿背了身子，一些动静也没有，好像睡着了的神气。阿文不便惊动她，轻轻地自管走到沙发旁坐下，低下了头，由不得暗暗地沉思了一会儿。阿文真有些奇怪，想不到雪鸿的急病却是自杀，这真是做梦也想不到的事情，她为什么要自杀？当然其中还有一个曲折，在没有详细问明她之前，叫我又如何地知道呢？阿文正在不了解地思忖，忽听床上雪鸿叹了一口气之后，却又呜呜咽咽地哭了起来，于是站起身子，走到床边坐下了，伸手拍了拍她的肩胛，低低地唤道：

"雪鸿，雪鸿，你……为什么要自杀？你……难道有什么不能告人之隐痛吗？还是我对你有了不忠实的地方，使你愤不欲生？就是我有错处，你也应该向我说明了，怎么糊里糊涂地自杀起来？万一你真的有了不幸，这岂是儿戏的事情？叫我一个人怎么能够做人？叫我不明不白的，心中的痛苦向什么人去告诉说好呢？唉！雪鸿，你到底太鲁莽了，要知道一个人生长在世上，像我们活到将近二十年了，在这二十年中是曾经花费了多少心血。不说别的，单说父母养我们长大，从小学读书到中学，这已经是多少的困难，岂能一愤之下而轻生呢？不过我也明白你心中必定有无限的痛苦，好在我们是知心，你有痛苦，我来担待一半，那么你应该详详细细地告诉我吧！"

阿文这几句话说得非常恳切，而且也非常动听，雪鸿开始才感到懊悔起来，觉得自杀的举动确实太没有勇气了，不过自己的自杀，也无非为了爱阿文，所以心中一急才出此下策，假使这次我若不救的话，我死的人倒也罢了，这叫阿文活着的人不是太感到痛苦一些了吗？想到这里，一时也说不出什么话，捧着阿文的手，倒忍不住呜呜咽咽地哭了起来。阿文被她哭得心酸，也陪了她淌一会儿眼泪，然后拿手帕给她颊上拭了拭，又低低地问道：

"雪鸿，你到底为了什么不如意才想到这个念头上去的？你快点儿对我说呀！在我的面前不告诉，那么你在谁的面前再告诉呢？"

"阿文，我也没有告诉你的必要，总而言之，是我太没有福气了，这次我若不幸死了，我当然很对你不起，不过你也不用为我难过，因为我是一个没有情义的女子，希望你能再去讨一个美而贤的夫人吧！"

"雪鸿，你这个话，叫我怎么受得了？"

司马文被她这么一说，他几乎要哭出声音来了。雪鸿见他这样痛心的神情，自然也知道阿文对自己确实有真心的爱，她怕自己没有救星，因此眼泪愈加扑簌簌地滚落下来。两人默默地相对流了一会儿眼泪，司马文忍不住又问道：

"雪鸿，你觉得我们的婚姻是很美满的，虽说我们在过去也有了一层误会，但我们不是都涣然冰释了吗？所以我觉得你这次的自杀，真叫我心中有些不明白。假使你认我是知音的话，那么你就告诉我，到底是为了什么不如意？只要我有一份力量，纵然是赴汤蹈火，我也不会叫一声苦，就是我母亲那里，刚才也和她说得好好儿的，她很欢喜，说你们只要不嫌我家贫寒一些，这头婚姻她是没有什么成见的。"

雪鸿听了阿文这末了两句话，她感到更心痛了一些，全身一阵子热燥，一时她就更加难以开口说话了，但经不住阿文再三地追问，这才流着眼泪，说道：

"阿文，我真的太感到惭愧了，我恨我自己为什么要生长在这一个家庭里？我恨一班人对于金钱为什么要这样地重视？阿文，我告诉了你，你千万不要生气，假使你要生气的话，那么我就更没有滋味做人了，倒还不如爽爽快快死了干净吗？"

"雪鸿，你放心，我为了你，我绝不生一些气，你只管告诉我，难道你的妈也是一个贪金钱的人吗?"

司马文听她这样说,心中虽然有些不自然,但为了雪鸿的关系,他只好忍气吞声地装出毫不介意的样子,向她温和地追问。雪鸿叹了一口气,流着泪说道:

"母亲的意思,因为她只有两个女儿,没有一个儿子,怕女儿出了嫁后,自己要在社会上吃苦,所以她希望女儿嫁一个有钱的丈夫,可以满足她需要金钱的欲望。不过我可不能为了母亲需要金钱而误了自己终身的幸福,所以一气之下,我不想再做人了,我要自杀,索性毁灭了我的身子,叫母亲为我一场空忙碌。"

"那么你姊姊心中的意思怎么样呢?"

凭了雪鸿这几句话,司马文心中也已明白张太太并不赞成我们这一头婚姻,其原因当然是为了我们太贫穷的缘故。司马文不免感到有些心痛,不过他还绝对不显形于色,又向她轻声儿问。雪鸿恨恨地道:

"我姊姊是个爱我的人,她还有什么话说?当然和妈吵了起来。也是我一时心急气愤的缘故,我想我死之后,看你还能转金钱的念头吗?所以我才想到自杀了。"

"这你也未免太孩子气了,要知道,一个人没有第二次好死,死了之后是再也不会活转来的。"

"可是在我自杀的时候,根本就不想在这黑暗的社会上做人。"

"不过自杀到底是消极的抵抗,我们要踏到光明的愿望,我们需要积极的反抗,况且你若死了之后,你难道没有想到我会为你而感到终身的痛苦吗?"

"假使我想到了这一层的话,我何至于会走这一条路?"

"那么你现在总可以明白了,我们为什么要死呢?我们的环境愈恶劣,我们更应该奋斗到底,来完成我们如愿以偿。雪鸿,我想你妈现在一定也懊悔了,她当然不会再来阻拦你的自由了吧?"

"是的,这是我的错,我不该去走这一条自杀的路,不管妈懊悔不懊悔，我绝不会改变爱你的方针，只要你心中不恨我就是了。"

雪鸿有些悔意，她逗了阿文一瞥哀怨的目光，泪水在眼角旁又涌了上来。阿文有些情不自禁地伏下身子去，捧着她的粉脸，温和地道：

"雪鸿，你对我这一份儿情义，我感激你还来不及，我如何还会来恨你？"

"那么你至少是痛恨我的妈。"

"不，我也绝不恨你的妈。"

阿文抹了她的眼泪，低低地说。雪鸿嚓了嚓嘴，逗给他一个妩媚的白眼，娇嗔地道：

"你也不必口是心非，我知道你恨我的妈。"

"虽然我心中有些恨，不过因为她是你的妈，所以我就一些不恨了。"

"你这话可真的吗？"

"干吗我要骗你？雪鸿，人生最难得者是知己，我有你这么一个知心人，你情愿为我而死，那我还敢再来恨你及你的亲娘吗？"

"阿文，你真是一个胸中雪亮的青年，我太感激你了。"

雪鸿仰望着阿文的脸，她说完了这一句话，眼泪又落了下来。阿文见她楚楚可怜的神情，心里也有说不出的爱惜，他忘其所以然地低下头去，在她小嘴唇上温柔地吻住了。雪鸿是并不拒绝他的吮吻，只不过羞人答答地更显出了一种娇媚的风韵。正在这时候，一阵子步履声响进来，阿文慌忙起身，抬头去望，原来是个看护小姐，她含笑问道：

"这一位可是司马文先生？"

"是的，有什么事情吗？"

"是你的电话来了。"

司马文哦了一声，便匆匆地走到电话间，拿了听筒，放在耳边接听，只听那边一个女子声音说道：

"你是不是司马先生？"

"是的，你是什么人？"

"我是大小姐叫我打电话给你的，大小姐说，请你来一次。"

"你大小姐是什么人呀？"

司马文听对方打电话的人显然是个外行，也没有说得这样含混的，于是向她追问了一句。那边一个女子笑起来道：

"我是张家的奶娘，我家大小姐就是雪尘姑娘呀，你难道不知道吗？"

"哦，哦，不知道大小姐叫我有什么事情？"

"她有许多话要跟你谈谈，你就马上来吧！"

"可是医院里没有人，你二小姐只有一个人在病房内呀，那可怎么办？"

"你只管来，我太太已经坐车到医院来了。"

司马文听张太太已到医院来了，遂连说两声晓得，放下听筒，一面走到病房内来，心中暗想：雪尘不知和我要说些什么话？张太太既然到医院来，我原也不想和她见面，还是准定去一次吧。遂走到床边。雪鸿先开口问道：

"是谁给你的电话？"

"是你姊姊给我的，她叫我此刻到她那里去一次，回头你妈来伴你。"

"那么你就快去吧。"

雪鸿知道姊姊叫他去，至少又是为了我们婚姻的事，遂点了点头，催他快去的意思。阿文于是匆匆地出了医院，坐车到静安别墅，奶娘来开了门。阿文一直走到雪尘的卧房，只见室内大灯泡没有亮着，只开了一盏床边小玻桌上绿罩的小台灯，所以整个的卧房内显现着柔软而幽美的光芒。雪尘睡在床上，她乌黑的长发披散在雪白软缎的绣花枕上，映得她那个脸蛋儿更显得白净一些，她见了阿文，便在床栏旁靠了起来，满脸显现了无限忧抑的神色，微微地叹了一口气，说道：

"阿文，这一件不幸事的发生，其原因你大概是知道了吧？"

司马文点了点头，呆呆地站在床边，却没有作答。雪尘拍了拍床边，是叫他坐下的意思。阿文因为雪尘对自己原像姊姊一样地爱护，所以他也不避什么嫌疑地坐了下来。雪尘又低低地道：

"既然你已经知道了，那么你心中恨不恨我们呢？"

"不，我倒没有恨你们的意思，只不过我心中自觉惭愧罢了。"

"阿文，你不要说这些惭愧的话，这叫我们心中更感到难受了一些。唉！阿文，你一切总要看在我们姊妹两人的脸上，你就不要生气，只要妹妹对你有真心的爱，我想你也只好原谅一些吧。"

"是的，我一些也没有生气，因为雪鸿险些为我牺牲了性命。说起来这是我的罪恶，因为我没有金钱，假使我有金钱的话，何至于发生今日这样不幸的事情？"

司马文说到后面这几句话，他至少有些不胜愤慨的意思。雪尘听了，更加心痛，她涨红了脸，眼泪忍不住夺眶流了下来。阿文见她流泪，才感到自己说的不免触动了雪尘的心事，遂反而安慰她说道：

"尘姊，你好好儿别难受，还是躺下来休养吧。哟！你手心烫得厉害呢！"

阿文拿帕儿交到她手里的时候，碰着她手心热得厉害，这才又哟的一声叫了起来。雪尘把手和他握了一握，秋波斜也了他一眼，说道：

"我的手烫得厉害吗？不过我倒不觉得什么。"

"我看你热度很盛，明天该请个医生来诊治一下，此刻别坐着，还是睡下来休息。"

司马文站起身子，有扶下她的意思，雪尘枯燥的芳心里，对于阿文这种温和的举动，也会感到一些安慰，于是听从他的话，遂在枕上躺了下来。这时，奶娘端了一盘子饭菜进来，低低地说道：

"大小姐，你饿了没有？我给你晚饭拿上了。"

"我倒没有饿，阿文，你一定还没有吃过晚饭吧？就在这里吃一些好不好？"

司马文奔来奔去地忙碌着，一时倒也忘记了肚子饿，此刻被她一提醒，才感到有些饿起来，遂老实不客气地道：

"好，我就在这里吃一点儿，那么你也多少吃一些。"

"我身上有了热，还是不吃的好，况且也没有饿，饿了我自己会吃的。"

雪尘摇了摇头回答。司马文遂也不和她客气，握了筷子，一粒一粒挑着碗内的饭粒送到嘴里去，他这一种吃饭的态度，显然是有些想心事的样子。雪尘凝眸含颦地也出了一会子神，方才若有所悟地向阿文叮嘱道：

"阿文，你也不要难受，我妹妹大概没有什么生命危险的，那你尽管放心是了。同时我还得向你关照一声，等会儿你回家去的时候，你妈问你雪鸿生了什么急病，你可千万不能将实情告诉她，只说有些头晕病，突然昏过去了，所以大家以为她生了急病，其实没有什么大不了的。因为你妈若知道这个原因，恐怕她老人家心中要不快乐，只要我们小辈的互相谅解，我以为不必给她们留下了一个痕迹。阿文，你说我这个话对不对？"

"你说得很对，我心中也在这样想。"

阿文点了点头，一面匆匆地吃完了饭。雪尘要他再添一碗，阿文说很饱了，这时，钟鸣九点半了，阿文才想到时候不早，遂起身告别，说明天早晨到医院去望雪鸿。雪尘因为外面落着雪，所以也不便久留，阿文匆匆出了静安别墅，外面雪大，三轮车和人力车都没有看见，于是他索性到车站去乘电车。这时车站上先有一个身穿雨衣的女子站着，她也在等电车的样子，当她回身瞧见阿文的时候，便哟了一声，低低地叫道：

"司马先生，你也在这里等电车吗？"

第九回

　　天空是灰暗的，窗外飘着鹅毛样的大雪，虽然是早晨天气，但室中还是死沉沉地笼罩了一层暮霭的气氛，床上躺着一个徐娘半老的妇人，因为她身上有着病的缘故，所以她的脸色十分憔悴，从她两眼深凹那副容颜上看来，也可知她的病不轻的了。她咳嗽了一阵之后，伸手撩到被外来，低低地唤了两声阿珠。这就见站在梳妆台旁正在梳洗的那个欧阳珠姑娘回过身子，挨近床边来，低声问道：

　　"妈，你叫我有什么事情吗?"

　　"我咳得要命，你弄一点儿开水给我喝。"

　　欧阳夫人有气无力地说，阿珠连忙倒了一杯开水，俯了身子，凑到她嘴边去给她喝了两口。欧阳夫人摇了摇头，又倒了下来。阿珠见妈的病已经是到了危险的阶段，吃药好像吃水一样，没有一些起色，只有一天一天地加重起来，心中自然十分悲伤，泪珠儿在她眼角旁涌冒了上来。欧阳夫人似乎也觉察到女儿在淌眼泪，她颤抖地抬上手来，拉住了阿珠的手，低低地道：

　　"阿珠，这个年头儿做人，真好像是活地狱受罪，自从赌场封了门，可怜你一直失业到现在，全靠平日一点儿积蓄，总算还能维持到那么久，好容易你如今找到了个职业，偏偏我又会生起病来。现在穷人是不能生病的，你想一日三餐都要发生问题的穷人，如何还能受得了病魔的

102

侵袭呢？唉！老天真也太残忍的了。"

"妈，你不要胡思乱想地难过，千万要静静地休养才好，老妈子她已到张忠良大夫那儿去挂了号，大概下午一点光景来给你诊治病情，我想张大夫的医道很好，给他来开一张方子，一定有十分的效验。"

阿珠忍熬住满眶子的热泪，脸上还现了一丝微笑，向她轻声儿安慰。欧阳夫人叹了一口气，摇了摇头，两眼向她逗了一瞥埋怨的目光，说道：

"昨天我就关照你，你不要再做无谓的花费了，谁知你不听我的话，偏偏又去请什么张大夫、王大夫，老实说，大夫只会骗钱，根本就不会医病，我就再也不愿看什么断命大夫了。常言道：有命的总会好起来，没有命的，任你吃什么仙丹妙药，也是不中用的了。"

"妈，你这话也不对的，一个人就好像是一部机器，机器坏了，总要经过一番修理之后才会好起来，那么一个人生病又何尝不是这个样子呢？不过有病的人总是十分性急，巴不得马上好起来，可是做病容易收病难，最要紧还是放开了胸怀，静静地休养，那么病体慢慢地自然会减轻起来。"

阿珠是只有用了种种的话去安慰她，欧阳夫人此刻又用了怜悯的目光向女儿望了一眼，她枯柴般的手去抚摸着阿珠的纤手，叹道：

"自从司马起入狱之后，你的脸也瘦得不成样子，不过我总劝你也要想明白一些，像阿起这种少年，到底是社会上一个寄生虫，他对你的爱情根本并不专一，假使他是个有作为的青年，我以为他绝不会在外面七搭八搭地胡调，所以这种社会的败类，是不值得你去为他而伤心的。你到现在没有上他的当，我认为这还是你的幸福。阿珠，从可见做人的难，实在是难以形容，偶一不慎，就有失足的可能。"

"妈，过去这些事情，你也不必再提起了，我只把它当作一个梦。"

欧阳夫人这些话是触痛了阿珠的旧创，她一颗芳心是隐隐地作痛，虽然她口里是这样回答，但她的眼泪却像断线珍珠般地滚落下来。欧阳夫人知道女儿的心中是曾经受过一度刺激的，这刺激在她心灵上刻画了一个不可磨灭的遗恨，因此她也为女儿伤心得流下眼泪来，接着又说道：

"阿珠，在这样高度生活之下，我觉得真是亏你维持的，我在床上病了这许多日子，外面一切情形都不大仔细，昨天听到外面喊卖杜米要十万元一担的时候，我才感到有些心惊肉跳。唉！米珠薪桂，这句话真不错呀！在如此境况之下，我觉得我这个病是不该生的，所以我暗暗地在祈祷，假使会好的，你就爽爽快快地好起来，假使不会好了，还是爽爽快快地死。这样死不死活不活地吊性命，不但苦了我自己，同时更苦了你的负担，所以我的意思，倒还是死了比较快乐，因为在这种时代下过生活，就是给你做人，又有什么滋味呢？"

"不，妈，你别那么说，我以为穷人和富人都是大地上的人类，而且都是十月怀胎而生下来的，为什么穷人就会没有资格做人呢？我以为我们的环境虽然恶劣，但我们也得起来奋斗不可。"

素性好强的阿珠，她无论如何不肯屈服在恶劣环境下而馁了气，她鼓着小嘴儿，还是愤愤不平地说。欧阳夫人没有回答什么，她摇了摇头，眼泪又在她颊上爬了下来。这时，老妈子回家了，她向欧阳珠告诉，已经在张大夫那儿挂了号，下午一点钟来诊治。欧阳珠点头答应，因为时候已经九点，离开办公时间已近，遂叮嘱了老妈子几句，匆匆到大昌股票公司去。

欧阳珠进大昌股票公司还只有两个月，这还是上次大昌股票公司职员因为薪水微薄，要求加薪不遂，实行罢工的时候，经理一光火，就登报招聘女职员。因为女职员大多数没有家庭负担，就是薪水少一些，她们也不会有罢工等风潮，这也是资本家的一种绝子绝孙的手段。不过女子办事能力，究竟及不上男子，所以经理假意又叫人出来调解，可怜这班职员们，家中都有妻子儿女，所以罢工也无非为了收入不够开销，假使真的实行停顿起来，这当然是更加不能维持的事，资本家就是看准了

104

这班职员们的弱点，所以存心一硬一软，叫他们这班职员们甩不出纱帽来。结果又是中了资本家的圈套，只好服服帖帖地给他们做牛马。在资本家的心中，多用一个女职员多出一笔薪水，这倒是无所谓的事情，假使要把女职员的薪水分加到一班职员们的头上去，这好像有些不大情愿。在当初欧阳珠是考入司账员，后来罢工风潮停息之后，司账本有其人，于是经理另眼相待，把她任为秘书之职，而且不用欧阳珠开口，就加她薪水百分之一百。欧阳珠虽然感到经理先生对自己这样地宠待，未免是另有作用，但社会上瘟生铜钿，当然是却之不恭、受之无愧了。

今天为了请医生挂号的事情，欧阳珠到写字间比较迟一些，当她推进经理窗门的时候，只见那位年轻的经理樊静华已经坐在那张写字台旁边了，因为自己是个秘书的地位，却比经理先生迟到，这似乎有些不好意思，不免红晕了两颊，向他低低叫了一声樊先生，便自管坐到另一张写字台旁边去。樊静华嘴里含了香烟，看他神情好像特别高兴，原来今天开盘，股票大涨，他昨天吃进的好几种股票，这一下涨风，起码又是几千万，所以今天他来得很早，满面春风的，真是十二分的得意。此刻他向欧阳珠望了一眼，谁知欧阳珠坐在写字台旁的神情和自己却大不相同，低了头，好像有无限心事的样子，这就微笑着搭讪道：

"欧阳小姐，我看你今天好像闷闷不乐的样子，难道心中有什么不如意事情吗？"

"嗯！因为我妈在家里已经病了将近一个月的日子了，看她的病势有增无减，樊先生，你想，这不是一件叫人心中烦闷的事情吗？"

欧阳珠抬起头来，秋波脉脉含情逗给他一个哀怨的媚眼，低低地告诉。静华呀了一声，脸色顿时寂静下来，表示非常同情的样子，说道：

"不知道令堂生的什么病？我却没有听见你说起过呀！"

"我妈起初不过一些伤风咳嗽，只道过几天就会好的，谁知病势越来越凶，这几天骨瘦如柴，虽然给她看过了好多个大夫，可是喝药像喝水一样，却也一些不见奏效，所以我的心中真着急呢！唉！这个年头儿

105

还要生病，穷人真也太苦的了。"

欧阳珠说到末了，微微地叹了一口气，她在计算这一个月的支出，已经达二十万元之多，把她平日一些私蓄也都已用完了，可是她母亲的病还不见一些起色，所以她是十分地忧愁，紧蹙了双眉，在担心往后的日子，不知将怎么的才好。静华听她这样说，觉得这是一个绝好的机会，遂温和地说道：

"我劝你也不必伤心，但愿吉人天相，老太太的病体慢慢地会好起来，我想中医不见什么效验，何不请一个西医给她诊治诊治？说不定打几枚针，倒会慢慢地复原了。"

"可是……"

欧阳珠的心中自然也有这个意思，不过请西医谈何容易，最要紧的就是钱呢，所以她说了"可是"两个字，却再也说不下去了。静华似乎明白她的意思，遂提起笔来，在便条上开了十万元现钞，揿了电铃，茶房走进来，毕恭毕敬地问樊先生有什么吩咐，静华把便条交给他说道：

"你到会计科李先生那儿去拿十万现钞来，暂记在我的名下好了。"

茶房答应，遂匆匆地出去，不多一会儿，送进来十叠一千元的大票，便退了出去。静华亲自把现钞拿到欧阳珠的桌上去，欧阳珠抬头一见，不由惊呆得站起身子来，望着静华怔怔愕住了一会子。樊静华见她呆然的神情，心中明白她至少是在惊奇之中包含了一些感激的成分，这就微微地一笑，用了温和的口吻，低低地说道：

"欧阳小姐，我听了你刚才这一番话，我的心里表示十二分的同情，这十万元钱，你先拿去给你母亲做医药费，倘然不够的话，我还可以帮你的忙，所以你不用难受，自己身子千万也保重一点儿。"

"樊先生，承蒙你这样慷慨仗义，叫我真是感激万分，不过无功不受禄，我怎么好意思糊里糊涂拿你的钱呢？所以我心中这样想，樊先生这十万元钱算是借给我的，将来只管在薪水上扣除好了。"

106

欧阳珠这几天里对于钱实在非常拮据，而环境方面，为了娘亲的病体，却又非常需要，所以对于静华十万元钱的接济，真好比是雪地送炭，心眼儿里自有说不出的感激。自己在这孤零的上海，除了娘儿俩，可说是举目无亲，自从遇见司马起之后，满以为是得到了一个知心，哪晓得司马起偏偏又遭到这样结局，虽说是环境的不良，但到底是阿起没有主张，所交非人，以致有此堕落，那么换句话说，我也错认了人。这在欧阳珠心中，本来认为生命中最得意、最甜蜜的事，谁知道却成为一件终身的遗恨。她进大昌股票公司之后，对于静华那种另眼相待的情形，心里也明白有钱之人，也无非醉翁之意不在酒的作用，所以她处处地方显出凛然不可侵犯的态度，以致使静华弄得没有殷勤可献，今天才算给他找到一个好机会，果然欧阳珠的态度会温和了许多。静华听欧阳珠这么说，便点了点头，很正经地道：

"我和你虽然短短地相聚了两个月的日子，不过对于你的脾气，我已经知道了很详细，我觉得你是个很有志气的女子，思想又是这么的清高，所以我是非常钦佩你。对于这一笔款子，我无非是激动了一些人类互助的同情心，就是不相识的人，我们尚且要帮助人家，何况你是我们公司的职员，这当然更应该帮助你了。不过欧阳小姐既然算问我借的，那也很好，明儿你有的时候，再归还我是了。"

"好，那么我就收下了，樊先生，多谢你。"

欧阳珠觉得静华说的，完全是给自己面子的意思，对于这一点，当然表示很感动，于是她向静华行了一个四十五度的鞠躬礼，算为谢谢。静华总算在欧阳珠身上尽了一些力量，他全身感到特别轻松，脸上始终浮现了欣慰的微笑。

吃中饭的时候，股票行情竟然涨得停板，静华是分外高兴，特地添了几样小菜，是犒赏同事们的意思。但欧阳珠心中却乱得十分，她是一心记挂着家中的母亲，最后她决定向静华请假，说道：

"樊先生，我此刻想回家去一次，因为早晨去张大夫那儿挂了号，说不定医生就要来了，我心中放不了，怕没有人照顾，请你答应我回去一次好不好？"

"那是很紧要的事情，我如何会不答应呢？欧阳小姐，那么你还是早些去吧，倘然下午分不开身的话，你就不用来了。"

静华在这一个机会下，他是特别地卖交情，平静了脸色，表示一本正经的样子回答。欧阳珠当然是很领情，遂道了一声谢，匆匆地坐车回家去了。

到了第二天，雪依然没有停止，还像鹅毛似的狂飘，静华坐在经理室中，口里衔了雪茄烟，两眼望着从口里喷出来的一圆圈一圆圈烟雾，心中是只管转念头。他转的念头，不外乎"财色"两个字，第一，就是股票大涨之后，必定要小回，所以我应该先脱手，然后看情形再买进，这样一进一出，自然又可以大赚钞票了；至于第二，就是色的问题了，自己所碰见过的女子也不少，可是像欧阳小姐那样美丽的女子，实在还未见过，她不但容貌美、身段婀娜，平日只要见了她一举一动一颦一笑，也会感到可爱，不过这位姑娘的脾气倒不是随便肯爱上一个人的，所以我是应该多用一些功夫上去，非把她弄到了手不可。静华一个人正在大动其脑筋，忽然经理室门一开，只见欧阳珠走了进来。静华先开口问道：

"欧阳小姐，你妈今天的病势可好一些吗？"

"昨天吃了张大夫的药后，今天神色倒好得多了。樊先生，这几天我真的很不好意思，老是比你来得还要晚。"

欧阳珠在自己那张案桌旁坐下了，放下了手中的皮包，含了倾人的笑容，很妩媚地回答。静华连忙说道：

"你家里有特殊的情形，我怎么能怪你？照理你应该请几天假。"

"请假可更不好意思，好在我妈有老妈子服侍，所以我也不用常在床边侍候她。"

"我觉得你这两个月来，脸好像也清瘦了许多，这大概是你忧愁所致，我劝你'忧愁'两字大可不必，一个人做到哪里是哪里，一切困难总也有个解决的办法。所以我希望你放宽一些，今天下办公室，我请你到外面吃晚饭去，也可以散散心，不知道欧阳小姐肯不肯赏光？"

欧阳珠因为已经受恩于人，觉得要拒绝人家，在情面上似乎说不过去，况且他又说得这样客气，在他请我吃饭解闷，多少总是一番好意，这就微微地一笑，支吾了一会儿说道：

"现在外面吃饭，开销实在太大，捐钱小账一项，要占到百分之四十，所以很不合算，我的意思，过几天还是到我家内烧几样菜，请你到舍间来吃饭，这样又经济又实惠，不知樊先生的意思以为好吗？"

"哈哈……想不到欧阳小姐真是一位做人家的好姑娘，你的意思真是好极了。"

静华听她这样说，觉得欧阳珠会叫自己到她家里去，至少是表示有些亲热的意思，心里不免荡漾了一下，好像吃了一块糖样的甜蜜，这就很得意地笑了起来，点了点头回答。欧阳珠被他这么一称赞，两颊由不得红晕起来，赧赧然地道：

"樊先生，你别说这些俏皮话，我觉得自己说话太寒酸一些，在你心中一定在笑我吧？"

"哪里，哪里，你不要冤枉我吧！我觉得在现时代这一种都会里的小姐，会顾虑到'经济实惠'四个字，这实在是不可多得的事情，所以我非常敬佩你，也不知道谁有这样的好福气，将来娶得着像你这样一位贤内助。"

静华说到末了，故意装出一本正经的样子，望着欧阳珠粉脸，表示十二分羡慕的神气。欧阳珠觉得他后面这句话至少包含了一些取笑的成分，因为自己是个年轻的姑娘，这就粉脸愈加像玫瑰花朵似的娇艳起来，向他嗯了一声，秋波逗给他一个妩媚的娇嗔。静华见她那一种薄怒含恨的神态，这是更增加她美的风韵，因此不免笑出声音来了。欧阳珠被他笑得更加不好意思起来，背转了身子，却默不作声。一个姑娘对自己有这一种态度，换句话说，对自己总有一份好感。静华觉得眼前会展现了一丝甜蜜的希望，静默了一会儿后，静华才正经地说道：

"欧阳小姐，你要叫我到府上去吃饭，这个我当然是十分欢喜，不过总也得等你母亲病体痊愈的时候，我才可以来打扰。至于今天我请你吃晚饭，这也是一件难得的事情，因为我这两天运算不错，股票方面，倒稍会赚了一些，我想逢场作戏，到外面去吃一顿饭，就是花费一些，也是很欢喜的，所以欧阳小姐不必为我打算，请你就答应了我好不好？"

欧阳珠听他说到后面这一句，好像带了一些央求的成分，一时倒也不好意思过分拒绝人家了，遂回过身子，望着他嫣然地一笑，低低地说道：

"既然樊先生这么说，常言道，恭敬不如从命，我是只好破钞你了。"

"'破钞'两字太客气，你肯赏光，我的面子已经不算小了。"

静华扬着眉毛，笑嘻嘻地说，在他这一种喜悦的表情上看来，也可知道他内心是兴奋得这一种程度的了。

下午五点钟光景，静华披上了皮领头元色直贡呢狐嵌大衣，他对欧阳珠笑了一笑，说道：

"欧阳小姐，你的公事完毕了没有？我们该走的了，倘若没有完毕，反正明天也可以做的，今天你已辛苦了一下午，也该休息休息的了。"

"樊先生，时候还早哪，我还有几行字，写完了就舒齐，今日事今日毕，不是现在新生活运动吗？"

欧阳珠抬起头来，秋波斜乜了他一眼，忍不住笑起来说。静华点了点头，这就无话可答，一面只好又在桌旁坐下来，一面说道：

"不错，不错，我就等你写完了走吧。"

正在这时，经理室门开处，只见走进一个记账的小职员汪明生来，他见了静华之后，弯了弯腰，脸上含了说不出凄凉的苦笑，显出万分恭敬的态度，低低地叫道：

"樊先生……"

"你有什么事情吗？"

静华对待男性的职员们，他的态度会变换另一种像魔鬼一样的狰狞，不管职员们是为什么事情而来，他脸上总是冷冰冰的，好像一有了笑意之后，就会失掉了他尊严的样子。汪明生被他这样一问，同时见了他这一副像棺材板闷过了的脸蛋，他心中会忐忑地乱跳起来，连自己到来要说的话也吓得忘记了，涨红了脸，嗫嚅了一会儿，说道：

"我想……我想……"

"你想什么？你快说呀，有事情老早好来了，为什么直到这时候才来呢？"

静华板起了面孔，简直有些愤怒的样子，讨厌地说。汪明生愈是被他催逼，他心中要说的话也愈加说不上来，况且他本来犯了一些口吃毛病，所以吃吃地只管唾沫横飞，话还是一句听不明白。欧阳珠见了这一种情形，她心里就感到万分的不自然，至少对于汪明生表示同情的可怜。好容易他才说出两句话来，说道：

"因……为……我的女人生了病……要请医生没有钱，所以想问你暂支一个月薪水，不知道樊先生能不能发发慈悲心吗？"

"什么？前三天还只有刚发过薪水，怎么你又要暂支薪水了吗？没有钱请医生，就是在家里好好地休养，自然也会慢慢地好起来，借了钱看毛病，这……分明是在说谎。我听人家说，你最近在外面行动不大好，时常玩什么舞场旅馆，我想你一定在荒唐，所以才会弄得不够开销呀。"

汪明生想不到钱没有借到手，倒反而被他像煞有介事地教训了一顿，在父母那里也许还敢回几句嘴，可是在这种蛮不讲理和禽兽无异的人面前，他只有忍耐了一肚皮的气，低了头，连声说道：

"这是冤枉的，这是冤枉的，你……听了谁人说的话呀？"

"若要人不知，除非己莫为，你……难道把我当作死人看待吗？"

汪明生他知道资本家的心肝是没有的，就是有的话，也是生在屁股眼里的，他不再想说什么要求人家怜悯的话，他很快地回转身子，奔出了经理室的门，心里叹息着说：欲加以罪，何患无辞？这是什么世界？这是穷人末路的世界。静华见汪明生走后，却若无其事般地笑了一笑，望着欧阳珠的粉脸，说道：

"这种刁滑之徒最是可恶，不求上进，只向堕落的地方去沉沦，你想，那还会弄得好吗？"

欧阳珠没有回答什么，她只有微微地报之以苦笑，匆匆地收拾了公务文件，站起身来的时候，静华已给她取了那件皮大衣，提了衣领子，含笑预备给她穿上的意思。欧阳珠说声不敢当，伸手去接过了，自行穿上，两人开了经理室的门。经过外面同人办公室的时候，当同人们的眼睛全部集中到欧阳珠脸部上的时候，她全身一阵热辣辣的不自然，两颊会像喝过了酒一样绯红起来。

证券大楼旁人行道边停着一辆簇新的自备汽车，司机见了主人出来，遂开了车厢。静华一摆手，欧阳珠含笑点头，两人一前一后地跳上车厢，汽车便向前开驶了。在车厢里，静华征求阿珠的意思，低低地问道：

"欧阳小姐，此刻还只有五点钟，吃晚饭太早一点儿，我想还是先到四姊妹咖啡馆去坐一会儿好不好？"

"也好。"

欧阳珠两眼凝视着车窗外的雪片，只回答了两个字，好像有所沉思的样子。车到四姊妹咖啡馆门口停下，两人入内，由侍者招待入座，那时候茶座正在上市，所以游客甚为拥挤，而且音乐也吹奏得特别兴奋。静华问她吃什么，欧阳珠说咖啡就是，静华遂吩咐拿一中壶咖啡、一盘西点，侍者答应下去，不多一会儿，匆匆拿上。静华给她夹了四块方糖，冲和了牛奶，忽然耳朵旁听得一阵清脆悦耳的歌声播送了过来，接着拍手的声音便震天价响起来。两人回头去看，原来正是四姊妹主人大姊在播唱了，这四姊妹咖啡馆本是电影明星四个结拜姊妹合办的，而大姊又是唱歌最著名的，老板兼歌手，自然是特别卖力。上海人都爱新鲜玩意儿，专门喜欢新噱头，所以每天营业之佳，诚可谓门庭若市。静华喝了一口咖啡，向欧阳珠笑道：

"记得过去，大家的心中以为电影明星真是了不得的人才，尤其是女明星，更加奇货可居，不过到现在也就不同了，公司当局，开销大，原料贵，而产量却少，各戏院放映的片子卖座的成绩又不见甚好，因此节省开销。第一流的明星薪水照旧，第二、三流的明星一个一个地淘汰。不过生活程度一天一天地高起来，像第一流的大明星，平时吃惯用惯，单拿了公司里一点儿薪水，够什么开支？所以有的到外埠去淘金，有的跟人家做姨太太去，有的做官去，有的异想天开，开什么音乐歌唱大会，甚至开咖啡馆。还有一个女明星，只仗了几支小曲成名的，居然也到舞台上去做话剧了，类如种种，不胜枚举。从前女明星到外面来，不管冬冬夏夏，在鼻子上总是架了一副黑眼镜，在她们自以为尊贵，不肯让外人看见庐山真面目的意思，但现在到底公开展览了，从这一点看来，可想明星是从前值钱，现在不值钱了。"

"你也不要谩骂人家，为了生活，人家也是没有办法，我想你所以这样地说，在过去说不定曾经吃过女明星的亏。"

欧阳珠秋波斜了他一眼，忍不住微微地笑。静华很爽快地说道：

"欧阳小姐，你这就真是一个聪敏人，说起来真是气人，那时候我还在中学读书，为了爱好电影，就成了一个明星迷，而且常常在影讯刊物里捧捧人。既然要写捧人的稿子，少不得要到明星家里去活动活动，什么访问啦，什么会谈啦，他妈的，简直把她们当作一个大人物看待。可是事实上还比大人物架子更大，你到她家去访问，明明她在楼上，偏偏叫人回答不在家，总要让你跑上了三四次，才给你见到了一次。你想，这是什么臭架子？现在可不对了，假使能够脱掉裤子到舞台上去表现一次可以赚大钱的话，恐怕她们也会不顾一切牺牲而实行起来呢！"

113

"好了好了，不要尽管挖苦人吧！"

欧阳珠一面含笑说，一面把咖啡杯子凑在嘴边微微地喝。静华见她喝咖啡那种姿态，真是有说不出的美妙，遂笑道：

"我倒没有挖苦人家，其实完全是实实在在的事情，并不是说句笑话，这许多女明星的本来面目，就没有一个是拣得出真正美丽的，像欧阳小姐这样人才，恐怕就要胜她们万倍以上的了。"

"樊先生，你不要给我戴炭篓子，我是社会上最庸俗的女子，根本谈不上和女明星去相提并论的。"

"这当然因为你自己客气的表示，欧阳小姐，我们虽然做了两个多月的同事，但你家里有几个人，我却还没有明白，你能告诉我听听吗？"

"我家里没有什么旁人，除了一个老妈子，就只有我们娘儿俩。"

欧阳珠一撩眼皮，低低地回答。静华在袋内摸出一只夹金的烟盒子来，打开盒盖，向她点了点头，是问她抽烟不的意思。欧阳珠摇了摇头，因为适合于环境中的工作，她是不得不具有交际的手腕，遂在烟盘子上划了火柴，给他去点火。静华对于她这一下子举动，不免有些受宠若惊，连忙凑过头去，说道：

"对不起，对不起。"

"不要客气吧。"

欧阳珠说了一句不要客气吧，不禁微微地一笑，把自来火梗子摇熄了丢到烟盘子里去。静华吸了一口烟卷，态度显出很优游的样子，含笑问道：

"欧阳小姐，你会跳舞吗？"

"我不会跳舞，从来也没有学过。"

"我可不相信，现在都会里的姑娘，尤其像欧阳小姐这样好人才，难道会没有学过跳舞吗？"

"所以我说自己是个社会上庸俗的女子，连这一项跳舞的普通交际都不会，那真是一个落伍的女子了。"

欧阳珠眸珠转了一转，斜乜了他一眼，微笑着说。静华才感到她说的话带有些俏皮的成分，红了红脸，忙道：

"不，这也许正是显得欧阳小姐超特的地方，所以我说你不愧是个时代的女性。"

"夸奖夸奖，被你这样一说，倒叫我有些难为情起来了。"

两人正在说着，只见那边走来一个西服男子，年约三十五六光景，口里含了一支雪茄，好像和这里认识的样子。欧阳珠心中正在感到奇怪，却见静华站起身子来，和他含笑招呼了。那男子眼睛向欧阳珠瞟过来，和静华低低问道：

"这位小姐是……"

"哦，我来给你们介绍，这是我的家兄克华，他现在克华银行任总经理之职，这位是我公司里的欧阳珠小姐。"

欧阳珠被他这样一介绍，不得不站起身子来，表示招呼的意思。克华见欧阳珠容貌，真个是倾国倾城，我见犹怜，一面含笑招呼，一面不免暗暗地羡慕，心中暗想：雪尘姊妹虽然美艳，谁知还有一个欧阳珠比她们更要胜上一倍。刚才我在雪尘家里，原想把雪鸿嫁与我弟弟的意思，一面设法把雪尘也可以投入我的怀抱，现在既然知道弟弟已经有了这样美丽的女朋友，我也不必多此一举了。这时，静华问道：

"哥哥和谁一同来的？要不在我们这里坐一会儿？"

"不，我那边还有几个朋友，欧阳小姐，别客气，你们请坐吧。"

克华向他们摆了摆手，他便自管走了开去。这里静华和欧阳珠也在桌边坐了下来，回头见克华那张座桌旁却还坐了三个花枝招展的女人，看她们的服饰就可以知道不是家庭中的女子，不是舞女，定是妓女之流。看他们谈笑风生，十分快乐，欧阳珠心内不免暗想：他哥哥已经是个中年的男子，尚且带了三五女人在外寻欢，固然是有钱人的气派，但到底是个玩弄女性的恶魔。于是故意向静华问道：

"这三个女人是你哥哥什么人？你也认识她们吗？"

静华见欧阳珠的神情至少是含有了一些作用在里面，这就故意表示很不满的样子，说道：

　　"谁知道她们是什么人？我哥哥就是这一样不好，在外面常喜欢交际这一种女人。"

　　"逢场作戏，那也算不了一件什么事情，我想你嫂嫂的脾气倒很好，对于你哥哥在外面行动，大概是不大过问的吧？"

　　静华摇了摇头，微微地一笑，说道：

　　"还不是五日一大吵，三日一小吵嘛。可是我哥哥的脾气也不好，家中越吵，他在外面越玩得厉害。其实一个男子，要靠女人来管，那无论如何管不好的，想得明白一些，还是不要吵，应该用别一种方法来笼络丈夫，那么做丈夫的人自然而然不会到外面去胡调了。"

　　"我想你的夫人大概具有这一种御夫术吧？"

　　欧阳珠秋波逗给他一个媚眼，倒忍不住扑哧一声笑起来了。静华听她这样说，这就涨红了脸，急道：

　　"欧阳小姐，你可不要开玩笑，我就根本还没有结过婚。"

　　"屁！谁相信你？"

　　欧阳珠小嘴儿一噘，向他屁了一声，可是既把这句话说出了口，她立刻又感到难为情起来，因为自己是个未婚的姑娘，对于人家结婚不结婚，根本不需要自己相信不相信，所以她连忙把以下的话缩住了，红晕了娇靥，却借故别转身子去看舞池内正在欢舞的伴侣。静华见她说了这句话，又见她显出这样娇羞不胜的神情，一时还以为她至少也有一些爱的成分，心里一荡漾，全身细胞都感到兴奋起来，接着又道：

　　"欧阳小姐，你若不相信我，你尽管可以到我家里去游玩，若有我妻子来招待你，那我就任凭你怎样处罚好不好？"

　　"我和你说着玩，你当什么认真？其实这些根本就不关我的事。"

　　欧阳珠竭力镇静了态度，一本正经地回答。静华对于她末了这句话，心中又冷了一半，似乎感到有些失望，平静了他兴奋的神情，忍不住微微地叹了一口气。欧阳珠奇怪地问道：

"为什么好好儿叹气了？"

"欧阳小姐，你不知道，和你谈了这些话，倒又提起了我的心事。"

"提起了你的心事？我不相信像你樊先生这样一个称心如意的人，也会有什么心事吗？"

"唉！你以为有钱的人就没有心事了吗？可是我的心事比什么人都重得很。"

静华听她这么追问下去，于是他说话的问题也慢慢地接近起来。欧阳珠笑道：

"想不到你有这样重的心事，能不能说出来给我听听吗？"

"欧阳小姐，你不知道，我今年已经是二十六岁的人了，可是连一个妻子还没有讨，这还不是一件重大的心事吗？"

静华方才厚了面皮老实地说了出来。欧阳珠扑地一笑，倒叫她回答不出什么话来，顿了一顿，秋波斜乜了他一眼，笑道：

"那么你尽管可以讨呀，对你妈去说，我要讨家主婆了。"

"可是我妈早已死了。"

"你妈死了，爸总归有的，也好和你爸去说的呀。"

"我爸是个糊涂人，只知道讨姨太太，真不会来管儿子的事情。"

"不过话得说回来，像你这样儿子，做父亲的就根本不用来管你。"

"为什么？"

"因为你的本领比父亲大，要找一个老婆，真是舍一粒芝麻那么容易。"

"可是庸俗的女子太多，我觉得一个不是我理想中的对象。"

"这是你的眼界太高，这样也许你一生一世讨不着老婆。"

"但现在我倒找到了一个，不过却不知道对方肯不肯和我结成一对美满的良缘。"

两人空虚地谈话到了这里，欧阳珠这就再也回答不出什么话来了，红了两颊，怔住了一会子后，她用了第三者立场的口吻，说道：

"这是要看你和对方那个女子的交谊深浅如何，我问你，你和对方认识有了多少时间的朋友？"

"认识的时间原不算多，也只不过两个月多一些日子，不过我对她完全有一片真心的爱，我想对方那个姑娘当然也不会无动于衷吧！"

静华倒不能说他呆笨，居然也会当着人家姑娘面前老实表示倾心相爱的意思。欧阳珠笑了一笑，索性显出大方的态度，当作谈论别人事情一样的模样，说道：

"我说两个月的日子到底太短促一些，对方那个姑娘，也许未必信任你有真心地相爱，所以我劝你不能太以性急，欲速则不达，那是一定的道理。"

"欧阳小姐的话真是一些也不错，我就听从你的话，只要我有赤心相待的诚意，那么她一定也会信任我的，所谓路遥知马力，日久见人心了。"

静华点了点头，他很温存地回答。两人说的问题，在这里已经是有了一个结论，在静华心中当然是很安慰，因为欧阳珠虽没有表示答应，但也并没有表示拒绝，无非是时间问题的长短罢了。这时已经七点光景，静华付了账单，说道：

"时候差不多了，我们还是到外面吃饭去吧。"

欧阳珠点头说好，两人由侍者穿上了大衣，一同坐车到梅龙镇酒家。梅龙镇生意真不错，食客因迟到而甚至排队立等的许多许多，人皆以为梅龙镇生意所以这样好，必定是价廉物美，合着大众化的脾胃，所以竟有排队立等的观象。其实不是这个缘故，说到梅龙镇的小菜，其价之贵，有甚于老虎肉，然而为什么生意这样好？这大概上海人穷人虽多，而会赚钞票的人也不在少数，所以只要装潢富丽堂皇，家生考究精致，一只咸菜豆腐定价一万八千大家也不会嫌贵，还说便宜便宜，这因为上海人大都喜欢吃气派，而不爱吃小菜的缘故。

静华在梅龙镇是老主顾，上至经理，下到侍者，没有一个不认识他，所以他有不用立等的优先权。侍者一问只有两个人，立刻一招手，在里面给他们设法纳出一个空座桌来，静华遂点了四菜一汤，一面问欧阳珠吃什么酒。欧阳珠道：

　　"我不会吃酒，樊先生自己爱吃什么就什么是了。"

　　"我想还是拿两瓶啤酒来，你不会吃，可以拿汽水来冲和，那就不会吃醉了。"

　　静华说着，向侍者吩咐了，侍者把菜单就拿了下去。静华见欧阳珠向四周打量着，便说道：

　　"欧阳小姐，你看这里地方很不错吧？就是来吃的食客，也都是上海第一流人物，所以不三不四的人是不会来的。"

　　欧阳珠微微地一笑，却并不回答什么。她在看壁上有这样一副对联倒是挺有意思的："天下无难事亦无易事，人间有苦时才有乐时。"她觉得很不错，上联第一句是鼓励的意思，而下句又是警惕的意思，至于下联更对了，所谓吃得苦中苦，方为人上人，那么我虽然在这样恶劣环境下过活，将来总也有做人上人的日子吧。欧阳珠只管自己安慰着自己，静华却拉了拉她的手，说道：

　　"你在看什么？我们喝啤酒吧，这一杯给你冲和了不少的汽水，保险你喝了不会醉的。"

　　欧阳珠回头来看，原来侍者早已把酒菜端上，遂向静华点头含笑，说了一声多谢，两人便低斟浅酌地吃喝起来。欧阳珠在喝过了酒后，她的心中、脑中都会浮现起过去的事情来，过去一幕一幕甜蜜的回忆，剩下的是更辛酸悲哀的余痕，因此她沉默了态度，大有凄然泪下的神气，觉得自己和阿起的交谊到底不是普通可比，我不能为了金钱，而忘记阿起和静华亲热，于是她眼前好像展现了阿起那封长长的信笺，一字一字很明显地映现在眼前。

……话是说得很多了，不过却说不完，我相信即使给我写上十天十夜的话，那笔尖儿上的字还会写了下来，但事实上怎么可能呢？因为朋友等着我要开步走了，走到什么地方去我自己还不知道，不过在我的想象之中，大概是一个很美丽的世界，那边有自由，那边有正义，那边有新的空气。最后，我劝你不要多愁善感地效那古典美人似的个性，你要积极起来奋斗一下，虽然社会始终是黑暗的，不过我们可以开辟它一条光明的大道。再会吧，阿珠！

你的阿起写于昆山

欧阳珠一面暗暗地想，一面眼泪扑簌簌地滚落下来。静华见了她这样情形，自然是万分稀奇，这就温和地问道：

"欧阳小姐，你怎么啦？难道你有什么不舒服吗？"

欧阳珠这才意识到自己的态度不对，遂连忙拭了拭眼泪，勉强笑道：

"没有什么，因为我想着家里的母亲，可怜她不知病得怎么样了，所以我觉得伤心。"

"吉人自有天相，你也不必伤心，既然你心中放不下，那么我们还是吃饭吧，吃了饭，可以早点儿回家。"

静华自然很相信她的话，遂点了点头，表示十分同情地回答，一面吩咐侍者拿上饭来，侍者答应拿上。静华把杯子举了一举，向欧阳珠说道：

"那么我们把面前这一杯就喝干了好不好？"

"樊先生，你只顾喝酒，不要为了我，扫了你喝酒的兴趣。"

"不，你心里难受，我也会同样地感到难受，所以我也不要喝了，还是大家吃饭吧。"

静华是很能体贴女孩儿家的心理，他这几句话在欧阳珠耳朵里听起来，当然少不得也有点儿感动，因为静华对待自己确实是很多情，所以反而使自己更加难受了一会子。

吃好了饭，时候已经九点三刻光景。静华在账单上签了一个字，只赏了五千元小账。侍者连声道谢地给他披上了大衣，两人遂走出了梅龙镇的大门。静华向右边那辆汽车内叫了一声阿根，司机阿根听了，遂把汽车开到阶级旁，拉开车厢，给两人跳上，便开了出去。静华问道：

"阿根，你可曾吃过了饭？"

"我在小馆子里吃一客客饭，花费三千元钱。"

"回头问我拿好了。"

静华说着，回头又向欧阳珠望了一眼，低低问道：

"欧阳小姐，我送你回家去，还是再到别处去散一会儿心？"

"我想回家了，你假使还有别的事情，你可以不用送我，只送我到电车站好了。"

静华被她这么一提，忽然想起今夜九点半，小玉梅、老七还在迷高美舞厅等着我，这个我倒不能失她约的，于是很为难地说道：

"事情倒有一点儿，因为一个朋友为了生意上的接洽，还在国际饭店等我回音，所以我不能送你回家，还是我跳下车子，另坐三轮车到国际饭店，阿根送你回家好不好？"

"不，这个你不必太客气的，叫我可太不好意思了。"

欧阳珠很感激他，但是她却婉言谢绝了。静华因为今夜要在小玉梅那里去得一点儿甜蜜，所以他也顾不得欧阳珠，送她到电车站，方才分手别开。

第十回

欧阳珠站在电车站上，因为喝过了一点儿酒，所以两颊热辣辣的，吹了寒冷的西北风，那雪花一片一片地扑飞到脸上，全身抖了一抖，会感到一阵无限的悲哀。就在这个时候，忽然见那边走来一个西服少年，慢步地也走到电车站来。在暗淡的路灯光芒笼映之下，欧阳珠觉得这个少年面熟得很，不过她的眼力还算尖锐，这就忍不住呀的一声叫了起来，走上一步说道：

"咦，司马先生，你也在这里等电车吗？"

司马文听一个女子声音来招呼自己，心里倒有些惊奇，连忙回头去看，这就也咦了一声，含了微微的笑容，说道：

"我道是什么人，原来是欧阳小姐，我们好久不见了，真巧得很，你到什么地方去呀？"

"我回家里去，司马先生，你妈老人家好吗？我常想来拜望你，可是也不知道忙什么，老是抽不出空。"

"我妈身体还好，只是为了姊姊和哥哥的事情，近来她身子就清瘦了许多。"

"当然，在她老人家的心中，多少是感觉得有些遗恨。"

欧阳珠听他这样说，她情不自禁地会微微地叹了一口气，话声包含了一些凄婉的成分。司马文望着她哀怨的芳容，也不由轻轻地叹了一声，接着方低低地道：

"好在我起哥他已达上了光明的大道，我想他这次离开上海，至少他对于现实有一番最后的挣扎。"

"这个在他信中我已知道他确实有这一番重新做人的决心，不过这许多日子来，他也应该写封信来告诉我们一些近况知道，现在杳无讯息，你想叫我们急不急？"

欧阳珠说到末了，似乎有些不好意思，微红了粉脸，秋波逗了他一瞥羞意的目光，大有报报然的神气。阿文很表同情地说道：

"可不是？他在家里也没有寄一个字回来，弄得大家都不放心。欧阳小姐，假使有什么消息的话，我会到你府上来告诉的，你府上大概仍旧在老地方吧？"

"是的，仍旧在马浪路西成里，这个年头儿，生活程度一天一天地高起来，还迁得了什么家？除非纷纷地都搬回到乡下去，可是像我们这样人在乡下也没有什么地田房屋，倘然上海维持不下去，简直可说是无家可归的了。"

司马文听她很坦白地说出了这一些话，从可知她近来被生活也逼迫得有些透不过气，所以才感到十分怨恨起来，于是向她问道：

"听说欧阳小姐不是在一家百货公司里办事吗？不知道待遇还好吗？"

"从前原在一家百货公司办事，最近我在大昌股票公司做职员，待遇还可以过去，只是最近我妈生了病，病势一天一天地沉重起来，延医服药一项，已经花费近二十万元，你想，这个年头还能生病吗？"

欧阳珠听他这样问，知道这是自己在从前说的谎，现在既然已经调整了职业，于是就老实地向他告诉出来。阿文才知道她母亲病在家里，不由点了点头，很敬佩的神气说道：

"在这样生活程度之下，欧阳小姐以一个娇弱的女子，居然能够在这社会上挣扎着生存，而且还要担养了一个老娘，这真是一件不容易的事情。所以我想到自己是个男子，现在还靠着母亲生活，只晓得读书，而不知道赚钱，今日和欧阳小姐相形见绌，才觉得真是惭愧。"

"司马先生，你说哪里话来？像你们将来毕业之后，真所谓鹏程万里，前途真不可限量，如何能和我们这种庸俗的女子相提并论？倒反而叫我更感到不好意思。"

欧阳珠说完了这几句话，陡然想起身世茫茫，知音何觅，不由辛酸触鼻，几乎淌下泪来。司马文要想安慰她几句，可是喉间仿佛有骨相刺，却再也说不出什么话来。正在这时，电车已来，两人跳上车厢，因为天下大雪，而且又时在黑夜，所以乘客颇为稀少。两人坐下，欧阳珠先开了皮匣，买了两张车票，待阿文抢付车资，已是来不及，这就很不好意思道：

"欧阳小姐，还叫你买车票，那真对不起。"

"这一些小数目，你还说得上对不起，那你也真太会客气了。"

欧阳珠回眸斜乜了他一眼，微笑着回答。司马文觉得她那种大方洒脱的态度，自有一股子妩媚的风韵，令人感到她的可爱，这就想到起哥真是糊涂得可怜，有了这样一个聪敏美丽的姑娘做爱人，谁知道还要到外面去瞎七搭八地滥用其情，这不但对不住欧阳小姐，而且也对不住自己的良心问题，因此倒不免代为欧阳珠表示失望，觉得欧阳小姐心中的痛苦，真所谓刺激良深的了。一面想，一面又低低地说道：

"欧阳小姐，那么你妈既然生了病，不知道可曾瞧过医生吗？"

"医生已经瞧了好多次，可是吃药也不见什么效验，昨天吃了一剂药后，才觉好一些。"

"我想只要静静地休养，总会慢慢地好起来，不过欧阳小姐又要照顾母亲，又要出外办事，觉得未免太辛苦一些罢了。"

"辛苦倒算不了什么，只不过有时候精神上感到有些痛苦。唉！但是又有什么办法呢？"

欧阳珠似乎勾引起了芳心中的旧恨新愁，含了一眶子无限哀怨的泪水，在说完了这两句话之后，忍不住深深地叹了一口气。司马文觉得她说的话好像有点儿矛盾，但自己是很明白她伤心的原因，心里激起了同情的悲哀，虽然有许多话要向她说，可是一时里又说不出口。两人默默地坐了一会儿，车子已到了阿文要下车的站头，于是只好站起身子，说道：

"欧阳小姐，我在这里下车了，星期日我来拜望你妈的病。"

"谢谢你，司马先生，你走好。"

"我们再见。"

司马文见电车已停了下来，遂说声再见，匆匆地跳下车站去了。回到家里，陈妈告诉他，说太太在房中还没有睡，等着少爷回来听消息呢。阿文听了这话，三脚两步地走到上房里来，只见飞霞坐在台灯下批改学生们的作文，似乎有些倦意，而且还感到有些寒冷，两手搓了搓，在口里呵了呵气。阿文轻轻地叫了一声妈，说道：

"怎么你还没有睡吗，妈？"

"阿文，你这孩子真也太糊涂了，我不是关照你到了医院里就先来一个电话吗？为什么却忘记了？倒叫我担心了大半天。事情到底怎么样？她生了什么急病？你倒快详细地告诉我吧。"

飞霞见了阿文，脸上含了焦急的神情，一面急急地问，一面至少还带了些埋怨的成分。阿文因为雪尘已经向自己叮嘱过了，这就眸珠一转，不得不说一句谎道：

"她也不是生什么急病，因为这几天她身体本来有些不适意，刚才站在椅子上，向橱顶上拿东西，一不小心，便头晕目眩地跌倒地上昏厥过去。她妈还以为得了什么急症，所以把她送到医院里去，经医生打了一枚针，现在神志已清楚了，大致没有什么关系，妈只管放心好了。"

"我见雪鸿这姑娘瘦怯怯的，平日身体一定很虚弱，所以应该好好地调养才好。倒是智仙这姑娘强壮得多，前次你祖母病倒的时候，全靠她服侍陪夜，真也亏她熬得住的。"

125

阿文听母亲这样说，却是默不作答。飞霞于是不再说什么，因为她不是一个自私的母亲，她明白小辈的心理，在他至少也有他的缘故，遂又转变话锋说道：

"时候也不早了，你去睡吧。对于你和雪鸿订婚的事情，我的意思，最好还要请一个现成媒人，这样事情比较容易办一些。"

"也不一定要媒人，我想和她姊姊直接说话更好一些，有了媒人传话之后，往往容易引起误会，反而不好。"

"也好，你怎么办就怎么办吧。我也睡了，你去睡吧。"

飞霞说着话，打了一个呵欠，显然大有睡意。阿文于是道了晚安出来，心中不免暗暗地细想：照母亲说话的意思中猜想，显然是喜欢智仙给她做媳妇，可是我心中的苦楚她哪里知道呢？幸喜母亲不是一个固执的人，要不然这件事情真叫我又要为难死了。一面想，一面走，不知不觉走到妹妹的房门口，只见房门是半掩着，虽然垂了紫红呢的门帘，可是里面的灯光依然透露了出来，从可知里面还没有睡觉。于是偷偷地蹑足站在门口，果然听里面还有说话的声音，大概是智仙先开口说道：

"二姊，你既然要到医院里去做护士长，那么我能不能跟在你身旁做一个护士呢？"

"你对于医学知识恐怕还一无头绪，所以做看护也绝不是一件随随便便的事情，况且我家里还有许多家务，都需要你来照顾，我以为你还是在家里工作吧，这也是一样的重要。"

"话虽这么地说，不过我以为天下无难事，只怕有心人，假使一个人肯悉心地研究，无论什么困难的事情，总也有成功的日子。至于家务，我想这里根本没有繁忙的工作，反正有陈妈在着，一切劳苦事情又不需要我去做，就是出出主意的地方。好在二哥就要娶二嫂了，到那时候有二嫂子来当家，我想什么事情也都可以解决的了。"

阿文听到这里的时候，才算明白了智仙所以要到医院里去做看护的原因，当然她是有着一番苦心，因为她预料雪鸿和她感情是绝不会融洽的，那么雪鸿进了门之后，她们在家里一定会发生许多口角，所以她要到外面去工作，就是避免姑嫂间发生龃龉的意思。阿文有了这样一个感觉之后，不免感到智仙的可怜，就在这时，忽听妹妹阿英叹了一口气，低低地说道：

"说起来真是一件叫人奇怪的事情，当初文哥救了你的一家，我和妈妈的心中都以为文哥对你有爱的成分，就是我祖母未死之前，她老人家心中恐怕也有这个感觉。不过万万也想不到文哥的爱人却是雪尘的妹妹雪鸿。刚才我从医院回家，妈告诉我，说阿文有意思和雪鸿先订一个婚，但妈心中有些不大赞成，并不是说雪鸿这个姑娘才貌丑恶，因为妈的心中以为放着眼前这一头现成的亲事不谈，倒去谈远的婚姻，所以有些勉强，况且雪鸿是雪尘的妹妹，一切生活都是奢华惯的，性情究竟如何，也没有十分详细。妈对我说，对于这头亲事，她老人家真有些担心，可是妈的脾气又不欢喜太专制，因婚姻大事，到底有关于本身的一生幸福，做父母的强迫，倘然将来有什么不如意，倒给子女留下了终身遗恨，所以她只好任凭文哥去自己做主。对于你们的事情，我和文哥倒也讨论过好一会儿时候，文哥的意思，一个人对于爱情必须专一，不能三心二意，见一个就爱一个，这样滥用其情，将来绝没有好的果子。他说的话当然也是一番大道理，不过我要问你一句，当初二哥对你是否有爱的表示呢？"

"二姊，你千万不要误会，二哥当初救我，确实是为了激起了人类应有互助的同情心，绝没有涉及一些儿女的私爱，就是我也绝没有什么痴心妄想，所以二姊还是别谈起这个问题……"

司马文听智仙说话的语气已经有了一点儿颤抖的成分，他明白智仙的心中多少有些悲哀的感觉，一时心中也有点儿酸楚，可是听阿英还这样说道：

"咦！三妹，你干吗流起眼泪来？"

"哪里？二姊，你这个人最不好，又和我开玩笑了，明儿二嫂子进了门，你千万别再这么地说，否则，我可住不下去了。”

司马文听智仙勉强笑出一些声音来，这一种笑至少还是她痛苦的表示，于是他再也站不下去，很快地回到自己卧房里去安睡了，不过这一晚阿文再也睡不着，胡思乱想，直到钟鸣子夜两点，才蒙眬地入梦乡去。

第二天起来，时候已经中午相近了，好在阿文学校里还未开课，所以本也没有什么事情，他匆匆地洗漱完毕。陈妈拿了一盘子饭菜进来，说道：

“二少爷，已经吃午饭时候了，晨点心省了吧。”

“陈妈，怎么拿到我的房中来呀？”

“太太到儿童教养院去了，二小姐、三小姐都到医院去了。家里只剩了二少爷一个人，会客室里冷冰冰的，我想还是拿到少爷房中来吃好。”

陈妈一面说，一面把饭已盛了出来。阿文也不回答，很快地吃完了饭，心中暗想：我此刻也应该到医院去望望雪鸿，不知她究竟如何了？正欲披上大衣出去的时候，忽然来了电话，阿文马上去接听，原来是雪尘打来电话，说妹妹身体没有什么伤元气，今天早晨已经出院回家，你有空的话，此刻到我家去一次，阿文答应说好，我立刻就来。他放下听筒，便匆匆坐车到静安别墅去了。

阿文到了雪尘家里，匆匆先到雪尘卧房，只见雪尘倚靠在床栏旁，抱了小龙游玩。从这一点看来，显然雪尘的身子也好得多了，于是含笑叫道：

“尘姊，你身体好些了吗？”

“阿文，你早晨为什么不来？”

雪尘见了阿文，便把小龙交给奶娘抱出房外去，用了极轻微的口吻向他低低地问。阿文从她哀怨的目光看来，似乎还带了些埋怨的成分，于是也低低地说道：

"我昨天晚上睡迟了一些，今天早晨醒来已经正午了，我原想吃好午饭到医院去望雪鸿，谁知你的电话就来了。"

"你昨晚从这儿走出十点钟还不到，难道又到什么地方去过了吗?"

雪尘听他这样说，便很猜疑地回答。阿文摇了摇头，笑道:

"这样大雪，还到什么地方去呢?"

"那么就算你十一点钟睡觉，也不能算迟呀，如何直到今天正午才醒来，我倒有些不相信。"

"因为我回家之后，母亲还没有睡，她和我又谈上许多话，直到子夜一点钟才睡的。"

"你妈和你又谈了些什么话? 能告诉我听听吗?"

"说的话原很多，都是些琐琐碎碎的事情，边说边忘记，叫我也记不得许多，只有一点，我可以告诉你。妈的意思，要请一个现成媒人出来办事情，我说这个用不到的，有了媒人，反而有许多误会，倒不如我和你直接谈谈比较妥当，因为尘姊是个明亮人，就是我有什么不到的地方，一切自然也会原谅我的。"

阿文说到后面这一句话，望着雪尘，脸上含了微微的笑。雪尘秋波白了他一眼，如嗔非嗔地说道:

"谁像你说话聪敏? 我想你这么一个多情的少年，也绝不会对我妹妹有不到的地方，这个我倒很放心你的。"

"我不是说这个不到地方，因为我还有能力所不及的，这当然是要委屈了雪鸿一点儿。"

雪尘听他这样说，明眸脉脉含情地逗了他一瞥怨恨的目光，说道:

"像我们这样家庭中的女儿，能够嫁到你这样一个少年，这已经是我妹妹的终身幸福了，还用再说其他的话吗? 阿文，你假使认为我们是只认金钱不认人的话，那么这次我可以做主，不要你什么首饰聘礼，只要你在报上登一则订婚启事就算了，我以为不求过事铺张和考究，只求隆重和庄严，已经心满意足了。"

"姊姊既然这样地顾虑我，叫我真是感激不尽了。"

阿文说到这里，他情不自禁地伸手去和她握住了，表示内心万分感激的意思。雪尘被他握住了手，在她苦闷的芳心里也会感到一阵安慰，望着阿文，似乎有无限温情的样子。阿文和她握手，也无非是一时之情感激动，一会儿后，他又觉得不好意思起来，忙缩回了手，眸珠一转，说道：

"尘姊，你热度倒退去了，昨天被你妹妹一急之后，热度很盛，我倒担了一夜心事。"

"可不是？我心中一急，热度就高起来，幸亏出了一身大汗，今天早晨身体就爽快了许多。"

"这样说来，那班大夫都是饭桶，还是你妹妹手段高明呢！"

雪尘扑哧地一笑，逗给他一个妩媚的娇嗔，忽然，她指了指里面房内，努了努嘴，低低地说道：

"你说话可留神一些，当心她听见了生气，还是快到里面去坐一会儿吧，妹妹在里面等急了呢！妹妹，阿文来了。"

雪尘说到这里，故意提高了喉咙，向里面叫了一声"妹妹，阿文来了"，在她是可以叫雪鸿知道的意思。阿文笑了一笑，这才走到雪鸿的房中，只见她面朝床里地躺着，自己走到床边的时候，她也没有什么动静。阿文以为她睡熟着，所以不敢惊醒她，站在床边倒是愕住了一会子，忽然见她肩胛掀动了一下，阿文才知道她是醒着，于是在床边坐了下来，低低地叫道：

"鸿妹，你今天好一些了吗？"

雪鸿听了，并不作答。阿文心中奇怪，难道她真的生了气不成？于是把她身子推了推，俯了身子，低低去望她的脸，谁知她却扑簌簌地落眼泪。阿文也不知道她到底为了什么伤心，遂温和地说道：

"好好儿为什么又难受起来？刚才我听你姊姊说，你已完全好了，我心里好像放下了一块大石似的。啊！真是谢谢上帝！"

"我想你等我死了再来吊祭也不迟。"

雪鸿听他这样说，掩着脸，愤愤地表示十分的怨恨，接着眼泪更像断线珍珠般地滚落下来。阿文被她冲撞得有些莫名其妙，怔怔地呆住了一会儿，方才又低声儿说道：

"雪鸿，你这是什么话？叫我听了不是摸不着头脑吗？"

"哼！有什么摸得着摸不着头脑？我知道你恨不得我就死了，你好去另外讨别的女人。"

"哎，鸿妹，你何必说这种话来挖苦我？那叫我不是太难过了一些吗？"

阿文一面说，一面扳转她的身子，蹙了眉尖儿，表示很难受的样子，雪鸿没有回答什么，只管滚滚地落眼泪。阿文拿手帕在她颊上拭了拭，红了眼皮，说道：

"雪鸿，你到底为了什么呢？你再要哭下去，我的心也被你哭碎了。为了你，我昨夜就一夜没有好好儿地睡，可怜我也为你流过眼泪，你难道还恨我对你有什么不真心的地方吗？"

"你既然关心着我的身子，你也不会直到这时候才来，我想要不是姊姊打电话给你，恐怕你还未必会来呢！"

雪鸿被阿文这样一说，虽然心有些软了下来，不过她还含了哀怨的神情，白了他一眼，低低地说。司马文才明白她是恨我早晨没有来，于是忙柔声儿解释道：

"你不要这样地冤枉我，我还不是为了你晚上失了眠，所以早晨才贪了睡。我起来的时候已经十二点了，匆匆吃毕饭，正要到医院里来望你，谁知你姊姊的电话就来了。雪鸿，你千万不要胡思乱想，我对你绝没有一些假心假意，你自己总要身子保重，想你为了我情愿牺牲自己的生命，我若再有不真心地爱你，那我还能算是一个有心肝的人了吗？"

"我希望你永远记着这几句话，不要背转身子就把它忘怀了才好。"

雪鸿这会子把手柔软地去拉阿文的手，含了泪水的明眸，脉脉地望着他脸，频频地点了一下头，话声是特别温存。阿文才感到欣慰，笑了一笑，情不自禁在她手背上吻了一下。雪鸿缩回了手，逗给他一个娇嗔，两颊飞上了一朵桃红，静默了一会儿，方才低低地问道：

"你昨晚回家，你妈可曾问起这一回事情吗？"

"我没有老实地告诉她，她真以为你生了急病，所以为你很忧煎，说小姑娘身体太孱弱，应该要好好儿休养复原了才好。"

雪鸿听了，却深深地叹了一口气，她又流下泪来。阿文不解其意，一面给她拭泪，一面说道：

"劝你不要伤心，你如何偏要伤心起来呢？"

"我觉得很对不起你，因为我有了这样一个势利的妈，不过我到底是妈亲生养的，所以你千万要看在我的面上，假使没有我的妈，我当然也不会有这个人，那么你和我当然也无从结识的了。"

"我不是昨天就对你这么说过吗？我为了你，我一些也不记恨，你不要多心，我一切都原谅你。"

阿文知道雪鸿是个好姑娘，他点了点头，和颜悦色的态度向她低低地安慰。雪鸿听了，自然也非常安慰，紧紧地握了他的手，表示她心中无限感激的意思。

光阴匆匆，又是一年，寒风中赶走了残秋，大地上又要飘雪花了。在这一年之中，物价涨得厉害，黄金已到一千万，米价也近百万左右，一班投机商都发足了财，然而一班小市民都在束紧了裤带饿肚皮，有钱的更有钱，没有钱的更没有钱。市面上一元、五元、十元钞票都消灭了，一百元的钞票只买一包五香豆，每包只有十粒，计十元钱一粒，而从前十元钱一担米，这样一看，世界真有些变了，变得无论谁都不相信起来了。

阿文和雪鸿已经订了婚，未婚的小夫妻，爱情有增无减，卿卿我我，当然格外亲热。雪尘还是在舞海中浮沉，为了生活的鞭策，她是含了痛苦的笑脸，在饱尝着这冷酷社会残忍的滋味。樊克华对于雪尘的野心还是很浓厚，不时地到她家中去献殷勤。照张太太的意思，劝雪尘还是早些寻一个归宿，虽然克华有妻子的人，但只要手里有钱，另租小公馆，也不是等于一夫一妇一样的吗？为了这件事，母女两人总要吵了一场，雪尘的意思，我的终身大事，我自己会做主意，用不到母亲来费心的，说你不必着急，我总不会叫你饿一顿就是了。可怜雪尘所以不肯嫁人，也无非等待阿起有回来的日子，因为阿起给她一封信中是写得太深刻了，尤其是这两句话：

……我知道你一定会等着我，因为我们已有和普通不同的情义了，虽然十年二十年之后，我也总不会忘记你而再去另娶别一个女子，就是你也不会和别的姑娘一样，再去另嫁别一个男子。

雪尘姊姊，我知道你一定很怨恨我，不过我相信你怨恨我的成分少，而可怜我的成分多，现在我告诉你一个好消息，你的阿起已从苦海而步入新生的大道，不久的将来，我们也许还有重相见的一天……

雪尘在每念这几句话的时候，她会如醉如痴地哭了一场。在她是天天等着阿起的讯息，可是事实上杳如黄鹤，连一个字儿都没有寄回来。张太太有时候还对她这样说：你不要太痴心了，阿起这种男子，口是心非，根本没有一些信义的，就是他在外面扬眉得意，恐怕也早已讨了官太太，况且在这种腥风血雨的环境中是多么危险，说不定早已变了炮灰，又哪里知道呢？张太太这一种话，她自己不明白对于雪尘身上都是一重一重的打击。雪尘口里虽不说什么，心中却时常在忧愁着，一个人心里忧愁比劳苦更要伤身子，所以白白胖胖的一个雪尘，也变成一个瘦弱的身体了。

智仙自从决心要跟阿英学习看护之后，她有了一年的经验，对于病人普通医学知识总算也慢慢地学会了。她在医院里做了看护，和阿文见面的时候也很少了，在她心中认为，越少见面，自己越加可以减少一些痛苦，同时阿文方面，既然有了雪鸿常在一处，把智仙自然也慢慢地淡然了。

这天下午，阿文到医院里去找士英，预备请他注射补针。在院子里遇见了智仙，智仙拿了药水瓶，虽然先看见了阿文，但她却装作没有看见，欲避他过去，却被阿文走上前去，拉住了她身子，叫道：

"三妹，你怎么见了我当没有看见？你走到什么地方去？"

第十一回

　　智仙被阿文拉住了这么地一叫喊，只好故作还只有发觉的神气，回转身子来，哟了一声，秋波逗了他一瞥媚意的俏眼，笑道：

　　"二哥，你今天怎么会到这儿来？倒是很难得呀！"

　　"我也常常来的，不过你为了病者服务，特别忙碌，所以我也不敢来惊动你。"

　　司马文听她说话至少包含了一些俏皮的成分，这就脸微微地一红，向她低低地辩解。智仙很神秘地一笑，望着他道：

　　"这几天和二嫂子可时常在一块儿吗？我听妈说，也许明年春天里要给你们结婚了。"

　　"这个年头儿我倒不想马上结婚，你看我毕业到现在也已有半年相近了，可是要找一个职业还是非常困难。前天一家银行招考练习生，我想去试一试，后来一个朋友告诉我，说里面职员早已用定妥了，所以招考无非是一种掩人耳目的办法，可见有了本事，还要靠山，方才有事可做，否则，在上海真是难以生存的了。"

　　司马文摇了摇头，表示"结婚"两字对自己并没有十分的兴趣，因为他已经知道了做人的难，觉得爱情是建筑在金钱的后面，若没有富裕的环境，就根本谈不到爱情。假使男女两人在爱情已经成熟了之后，内心都有无限的甜蜜，可是一谈到经济问题，甜蜜会变成了痛苦，一切的欢悦会变成了忧愁，这因为司马文和雪鸿本身就是一个例子，所以她对智仙说的倒完全是一种事实。智仙微微地一笑，安慰他道：

"你也不用着急，一个人有了本领，不怕没有事做，但是总要有了机会之后，那么才可以给你发挥的地方，所以你还是静静地等待机会要紧。"

"三妹这话说得很不错，不过这个乱世时代，有的人太委屈，有的人太便宜了，有了真正本领的人，反而没有饭吃，没有一技之能的人，倒赚足了钞票。比方说这个年头儿都喊钞票不值钱，百物腾贵，什么股票、黄金，无不飞涨，只要你有钱，买进股票，你可以不用做事，天天睡在家里，钞票也会十倍、百倍地送进门来。假使你是一个小职员，有了天大的本领，一天忙到晚，还是吃不饱三餐薄粥，你想，这种世界岂不是要气煞人吗？唉！真是太畸形了。"

智仙见他这样愤激的神情，又笑了一笑，说道：

"大地上本来是不平等的，这些事情算不了什么，世界上比他更气人的事情不是也在发生了吗？弱肉强食，古来就是这个样子。"

"唉！三妹，我瞧你也瘦怯了许多，大概太辛苦了吧？"

司马文叹了一口气，望着她的粉脸，又低低地说，表示十二分关心的样子。智仙微蹙了眉尖，沉吟了一会儿，说道：

"一个人辛苦倒算不了什么，只不过这几天夜里我常做噩梦，所以我很担心在昆山的爸爸，不知会不会发生什么事情？虽然我很想前去望望他老人家，可是这两天医院里偏忙得很，所以分不开身。"

"那么还是我给你去望望他老人家，好在我也没有什么事情。"

阿文听她这样说，自己这两句话好像是不得不说了上来。智仙很感激的样子，瞟了他一眼，温情地说道：

"可是大冷的天气，我心中又怎么过意得去？"

"三妹，你这是什么话？我和你情同手足，你的爸爸就是我的爸爸，所以我去探望探望他也是理所应该的事情。"

136

"二哥，我生生死死忘不了你的大恩。"

智仙说完了这一句话，忽然眼皮红了起来，秋波逗了他一瞥凄婉的目光，不知在怎样一个感觉之下，她背转身子，便匆匆地走了。阿文知道她在淌泪，要想叫她回来，可是鼓不起这个勇气，最后方说得一句"三妹，我今天下午马上就去，你放心是了"。但智仙没有回答，身子已在树蓬内消失了。阿文心中有些说不出所以然的凄凉，情不由主地叹了一口气。

下午一点钟光景，司马文在飞霞那儿请示过，便坐两点钟一班火车到昆山去。当他步入安老院大门的时候，天空忽然又落起纷纷细雨来，瞧了那个静穆的十字架，望着那边已枯了的葡萄棚，使他想起第一次到这儿来的情形。流光如驶，想不到已有两个年头了，今天在寒冬的季节，那四周的景物自然更觉凄凉一些。穿过了院子，步入了走廊，那时里面有个办事员，手里拿了一封信，匆匆地走出来，见了阿文，便问道：

"你找什么人呀？"

"对不起，我找丁兆良，他是我的亲戚。"

"丁兆良？请问贵姓？"

"敝姓司马，尊姓？"

"木子李，贵姓司马？你瞧，这封信上可是先生大名？"

李先生一面回答，一面把手中的信封交到他的手里，低低地问。司马文拿过一看，上面写着正是"司马文先生启"六个字，这就哟了一声，忙道：

"这……就是我的名字，不知道贵院写信给我有什么事情吗？"

"说起来真是不幸得很，司马先生介绍来的那位丁老先生，昨天忽然跌倒地上中风了，今天病势更凶，我们没有办法，只好写信来通知你，想不到司马先生已经到来了，这真是叫人一件喜欢的事情。因为他病得太快，所以被你们想来，我们少不得也有一些责任。"

"啊！丁老先生中风了吗？那么他现在人在哪里？快带我去看看。"

这消息仿佛是晴天中一声霹雳，听到司马文的耳中，自然大吃了一惊，他急得灰白了脸，说话的声音也有些颤抖的成分。李先生招了招手，带了阿文，到丁兆良的卧房来。阿文在走到兆良房中的时候，那颗心已经是跳跃得厉害，直待到了床边，见了兆良苍老而无血的两颊，他心中一酸，眼泪忍熬不住夺眶而出了。李先生先开口说道：

"丁老先生，有人来望你了。"

"哦，是谁？"

丁兆良睁大了眼睛，两手伸上来摸索着，在他这短短两个"是谁"的语气中也可知他是那一份样儿的急迫。司马文俯下身去，把自己的手让他拉住了，哽咽了喉咙，低低地道：

"丁老伯，是我。"

"你……你是谁？你再说一句我听听。"

兆良的手是拼命地摸着阿文的手，因为有二年多不曾听到阿文说话的声音，他有点儿模糊了，不过他心里好像很兴奋，说话是非常急促，他要阿文再说一句话，可以给他来听出那说话的声音究竟是谁。阿文几乎有些带泣地说道：

"老伯，我是司马文。"

"啊！是司马先生吗？我想不到你会来望我，我……"

兆良把阿文的手放到他颊上去亲热着，他说到第二个"我"字的时候，他却说不下去了，眼泪像泉水般地涌了上来。阿文的脸上也沾了无数泪痕，说道：

"丁老伯，你好好儿的怎么会中风的？"

"司马先生，你怎么知道我中风了？我……智仙和福根在上海都好？"

"他们都很好，因为智仙想念你，但她自己又分不开身，因为她现在是做看护了，在医院里成天地忙碌病人，一些工夫都抽不出来，所以

138

我代她来看望老伯。谁知院中李先生告诉我，说你在昨天中风了，今天他们本来要写信通知我呢！"

"智仙在医院中做看护了，啊！这孩子居然也能做事了，而且是为病家造福，这真是叫我感到一件喜欢的事。"

兆良惨白的脸上浮了一丝欣慰的微笑，他断断续续地说出了这几句话，十足表示无限快慰的神气。阿文拿帕给他眼泪拭了拭，要想说什么也说不出来。兆良这时又喘气着道：

"司马先生，我这次中风之后，恐怕是不会好了，照理，像我们这种残废的人，就是活在世界上也是一个寄生虫，根本没有什么多大的用处，活着于国家无益，死了于国家无损。而且在两年前要不是遇见了司马先生，我恐怕也早已在马路上做饿殍了。能够使我们一家三口有了安身之所，这是司马先生天大的恩典，我是生生死死都不会忘记你的大德，只可惜今生是没有机会再来报答你了。"

"丁老伯，你不要这样说，你好好地休养，慢慢自然会复原的。"

司马文含了一眶辛酸的热泪，向他低低地安慰。兆良喘气更急促了一些，不过他还拼命挣扎着要继续地说下去道：

"在这个年头儿做人本来就没有滋味，何况我是一个残废的人，人家说到'死'都觉害怕，可是我倒反而感觉欢喜，因为我至少是可以得了一个永远的归宿。司马先生，我今日还能够见到你这一面，不，我虽见不到你的脸，但我死之后，你的声音就永远在我的耳边。现在我该向你说的，当然是我这两个苦命的孩子，他们是还需要你来照顾，我想你是一个热心肠的人，在这时候也好像照顾我这两个孩子是你应该义务了吧，所以我虽然死了，我心中还是非常放心、非常安慰，不过我所遗恨的，就是见不到天亮，听不到欢腾的声音罢了。"

兆良说到这里，已经是上气不接下气。司马文觉得他拉了自己的那只手已经有些凉意的感觉，心中在害怕之中又感到伤心，遂低低地道：

"丁老伯，你别说了，老说话要伤精神的。你心里的意思，我都已

139

明白了，尽我的力量，我绝不使福根受一些委屈，至于智仙方面，我妈很欢喜她，也不会叫她受委屈的，所以你一切都放心是了。"

"司马先生，我也说不上什么感激的话，我只有死后保佑你身子永远健康。"

阿文见他一面说，一面眼泪又流了下来，一时也觉辛酸，回身去望李先生，意欲和他商量请医诊治的办法，谁知李先生已经不在房中了。四周是静悄悄的，因为是冬的季节，而且又在四五点钟的光景，所以室中更布满了悲凉的气氛，使阿文全身不寒而栗起来。回头见兆良，他掀动着嘴唇皮子，好像要说话又说不出口的样子，这就心中猜疑了一会儿，觉得兆良的态度至少还有一层要求自己的意思。忽然他有了一个感觉，遂忍不住开口问道：

"丁老伯，你是不是希望福根和智仙来望望你吗？假使你需要的话，我可以到上海去叫他们来的。"

"不，我也不希望他们再来望我，因为叫他们见了我这个苦命的爸爸，也无非害他们子女多一重伤心罢了。只不过司马先生请你代为转言他们一声，叫他们不必为我的死而悲伤，因为我的死还是幸福的，只要他们姊弟为我争一口气，我在九泉之下已经是够欢喜的了。"

兆良摇了摇头，有气无力地说完了这两句话，大有不胜支撑的样子。司马文见他嘴里只有叹出来的气，却没有吸进去的气，心中也知道他确实是风中残烛，生命已到奄奄一息之间的了，遂问他道：

"老伯，你要喝一口开水吗？"

"不，司马先生，最后我还有一个要求，不知道你能答应我吗？"

"是什么要求，你说吧，我有一分力量，总给你尽一分力量。"

"我想……我想……唉！说出来我真有些冒昧，但事到如此，我不说，恐怕就再没有说出来的机会了。司马先生，我的智仙也有十八岁了，虽然是个庸俗脂粉，但人品还算端正，就是做事方面，也还聪敏伶俐，总算不十分讨厌，所以我的意思，要求你能不能收她做一个小星？

假使你不嫌她身份低微的话，我希望你能答应我这一个要求。"

司马文再也想不到他还有这一种表示，一时涨红了脸，倒是愕然地怔住了一会子，他这时候心中的为难，真非三言两语所能形容其万一。倘拒绝了他，可怜他临死那一个脆弱的心又不知要如何地绝望而感到痛心，假使答应了他，但事实上我和雪鸿已订了婚，这……叫我如何是好？阿文心中越急，他自然也越加说不出话来。兆良似乎有些失望的神气，说道：

"司马先生，你……"

"丁老伯，承蒙你这一份儿美意，我如何还有不喜欢的道理，不过你说小星这句话，未免太客气一些，叫我有点儿不好意思，况且这个年头儿，国破家亡，我们青年根本不许有讨小星的妄想。不过我此刻虽然可以答应你，但我的母亲不知怎么样，这还是一个问题，所以这件事情我还得回家去问了母亲，给母亲来做主意，你说好不好？"

"司马先生，你这一个意思，也无非是一片孝心，我以为做子女的，理该如此，不过只要你肯答应，我想你母亲既然很欢喜智仙，大概是不会有什么问题吧？"

司马文听他说出这几句话来，一时心中的痛苦好像有万把尖刀在刺一般，因为事实上母亲真的有叫我和智仙结婚的意思，而自己为了和雪鸿有约在先，所以只好忍痛地拒绝了，此刻向丁兆良说一句谎，把责任推到母亲身上去，也无非是万不得已的办法。谁知道兆良却信以为真，还说自己有孝心，对于"孝心"这两个字，他岂能不受之有愧呢！所以他表面上点了点头，暗地里忍不住也落下眼泪来。兆良和阿文把话谈到这里为止，他就没有再说一句话，闭了眼睛，只有一口一口地喘气。阿文见他神色不对，心中又急又怕，于是走到办事处来，对李先生说道：

"李先生，我看丁老先生的病势严重，恐怕今夜很危险的了。当初我送他进院，原是上海儿童教养院训育主任狄飞霞做的保，所以对于他

141

后事一切费用，请贵院暂时垫付，明天我到了上海之后，和她说明了，再可以来归还的，因为我来此探望他，只带了一些路费，这个请贵院千万帮一个忙。"

李先生听了，向阿文望了一眼，然后在名册上查了查，见果然是狄飞霞介绍并做的保，于是对他又微笑问道：

"那么司马先生和这位丁老先生是什么关系呢？"

"其实我们说不上什么关系，因为狄飞霞是我的母亲。"

"哦！原来司马先生还是狄太太的公子，不知道你母亲又如何认识这位老先生的？"

"说起这件事情，还需从我头上说起的，反正没有什么关系，我可以告诉你一遍。"

司马文说到这里，遂把相救丁家父子三人的话都向他告诉了。李先生听了，不由肃然起敬，很佩服的神气，点头说道：

"司马先生真不愧是一个仁爱的青年，叫人佩服之至。对于丁老先生的后事，我们既然肯收留在院，自然理该归我院中负担，况且你令堂也是慈善事业中的一个执事者，那你也不必说起的了。我们人类无非大家尽一些义务，就是你为了他来去奔波劳苦，当然也是激起了一些同情心而已。不过最近院中的经济，确实很是拮据，况且昆山一隅之地，更无大富之家，虽有救世之意，而无财力互助之心，这是十分痛心，所以我恳请司马先生这次到上海，托你带了院中一本募捐册子到上海，向诸大慈善家募助一些，不知道司马先生能尽这一份力量吗？"

"李先生放心，我一定尽我的力量，在最短期内可以给你一个很可观的数目。"

司马文点了点头，表示很有把握的样子，向他诚恳地回答。这时，天已昏黑，外面还落着纷纷的大雪，阿文虽然胆小，但又怕丁兆良在房中发生什么意外，于是又别了李先生，走到兆良的卧房里来。好在吃过晚饭之后，兆良房中原合住着四个人，所以倒也不觉冷清。司马文晚饭也是院中吃一些，但也吃不下去。李先生意思，叫阿文和自己一同去安睡，到了明天，再作道理。但司马文有些不忍心，因为自己既然受了智仙之托，到此前来探望兆良，我总不能不负一些责任，况且他病入膏肓，亲生子女都不在病榻，可怜一个垂死之老年人，在他脆弱的心中是多么痛苦呢！于是不肯去睡，仍旧到房中来陪伴兆良。阿文见室中还有三个人，年纪都在五十岁以上，一个是跛子，一个是瞎子，还有一个不跛不瞎，但是看不出他有什么残废。三个人呆呆地坐在自己的床边，望着兆良垂死的惨状，他们都激起了同情的悲哀，忍不住都默默地在流眼泪。司马文站在兆良床边，因兆良是个瞎眼，大家纵然见了面，也没有什么感觉，阿文见他喘气沉而急，静默了一会儿后，才低低问道：

"丁老伯，你肚子饿吗？"

"啊！司马先生，你……还站在我的床边吗？"

兆良似乎感到意外惊喜的样子，费尽了九牛二虎之力，挣扎出这一句话来。阿文点头说道：

"是的，那么你要喝些开水吗？"

这回兆良没有回答，他只摇了一下头，表示不要的意思。那个跛子老人一拐一拐地走近过来，向床上望了一会儿，他拉了拉阿文，低低地道：

"老先生一时还不会去，你自己睡到床上去休息一会儿吧。"

阿文没有回答，那个不跛不瞎的老年人也走上来，他指手画脚地向阿文不知说些什么。阿文到此，方才知道他是一个哑子，虽然不了解他是什么意思，大概也是劝我去休息的表示，在他们也无非是一片好意，于是点了点头，在靠窗那张榻椅上坐下，预备打瞌睡。那个跛子老人很好，去把自己那条小被头给阿文盖了。阿文道：

"我不睡熟，你自己要盖被，谢谢你的好意，你拿了去吧。"

"我还有一条被，这一条你只管盖好了。"

跛子老人摇了摇头说，方才回身到自己床边去睡了。阿文倚卧在椅子上，其实根本就睡不着，室中虽然是亮了一盏豆火似的油灯，但窗外还有一片白色的光芒映射进来，显然外面雪花却落得不小，呆呆地想了一会儿心事，觉得人生的行踪也是变幻莫测，在昨天晚上，哪儿想得到我要在昆山来睡一夜？这样一想，可见将来的变化还是难以猜测，眼前的逞强又有什么用呢？胡思乱想地忖了一会儿，一时不觉蒙眬地做起梦来。他做的梦，都是日有所思，夜有所梦，因此一会儿见智仙在哭泣，好像怨恨自己不该在父亲面前假意答应了亲事，一会儿又见雪鸿也在向自己哭泣，说我为了你，曾经服毒自杀，你现在狠心地丢了自己，你良心在什么地方，神魂颠倒的都是糊里糊涂的梦境。忽然，他又好像自己站在十字架下的院子里，见了那天空中的大雪像鹅毛般地滚落下来。正在这时，却见兆良穿了蓝袍黑褂从里面走出来，他脸色是静穆的，至少还包含了一些忧愁的成分，在院子里站了一会儿，便匆匆走出去了。阿文心中一急，便上前拉他，说道：

"丁老伯，你是有病之人，这样大雪，你要走到什么地方去呀？"

"我的病是永远的了，我是应该回去的了。"

司马文听他一面回答，一面望着自己痴然地傻笑，一时又模糊起来，好像他的病真的已经好了。正在猜疑之间，忽然听得哗啦一声响亮，把阿文从睡梦中惊醒过来，只听跛足老人等都坐起床来，说道：

"这是什么声音？这是什么声音？"

司马文心知有异，遂跳下椅来，走到兆良床边去张望，只见兆良已经气绝在床上，时正子夜三点。阿文想起梦中，又惊奇又悲痛，不禁泪如雨下，连声叫道：

"丁老伯，丁老伯，想不到你真的与世长辞回去了！"

"啊！老先生死了吗？"

室中三个同病者同声地问。各人的心内是滋长了悲哀的滋味，眼泪也都像泉水般地涌了上来。阿文与三人陪尸到天明，李先生也来探问，知兆良已死，遂料理后事，直到午后三时光景，才一切舒齐，并把他下葬在院子的后面。阿文在兆良床铺上寻到一只已经破旧的火车表，时辰倒还很准，阿文觉得这是一件唯一的纪念物，我应该拿了去带给智仙的。匆匆到了办事处，李先生已预备好了募捐册，阿文藏在袋内，对他说道：

"李先生，我此去上海，多则一月，少则半月，一定不负你的期望。"

"我知道司马先生是个有责任心的少年，当然不会使我失望，况且大家都是为了公益事业，我相信事情一定很顺利的。"

"那是当然，我们多替社会尽一份力量，间接地也就是多替国家效一份劳。李先生，那么我们再见了。"

司马文说着，遂告别出来，临别又到兆良墓前去吊祭一回。其实兆良的棺材是埋在泥土里面，上面堆了一些土，放一块石碑，根本不是什么坟墓，在大雪纷飞的环境中，满目凄凉，也只好说是荒冢罢了。阿文呆呆地望着白雪盖上了的石碑，想起昨夜兆良还在叹气，但今天连人影子都看不见了，真是浮生若梦，为欢几何？人生在短短的旅程中，也无非像昙花一现而已。痴立多时，不免哭泣了一会儿，低低说声再见了老伯，方才匆匆出了古墓型似的安老院。谁知在安老院门口停着一辆小车，车旁有一老人，两人见了，都不禁咦了一声响起来了。

第十二回

　　原来停在安老院门口那一辆独轮车的车主，不是别人，却就是林不鸣。当然，阿文和林不鸣两人心中同样地感到奇怪，阿文先急急地问道：

　　"呀！你不是林老先生吗？怎么知道我今天在这儿？难道你来接我上车站去吗？"

　　"不，我哪儿知道你今天会到安老院里来？因为有人叫我车子坐到这里，我见雪落得大，所以在这里休息一会儿。司马先生，好久不见，今天真也是巧事，那么就推你到车站去，你大概是回上海去的吧？"

　　林不鸣笑了一笑，一面向他告诉，一面把车子推到司马文的面前，叫他坐上车子去的意思。司马文已经知道他根本是以此为生的，于是也不再客气，匆匆地坐上了。林不鸣推了小车，这就冒了大雪辘辘地向前进行了。记得那年和智仙到昆山来，是一个秋天的下午，雨后新晴的一个黄昏，两人坐在小车上，见了秋景美妙，诗情高涌，大家还作起诗来。那时候的心境，在凄凉之中多少还包含了一些甜蜜的滋味，不过今天我回上海，可说是蕴藏了满腹的悲痛，眼望着远近一片白雪，真好像大地也穿了素缟一样的悲哀。司马文想到自己送兆良到安老院，又会赶到昆山来送他入土，这难道前世也是一个缘吗？一时辛酸万分，不觉唏嘘者久之，淌泪不已。

146

林不鸣对于司马文的流泪是并没有注意，不过他觉得司马先生静悄悄的，至少是在想什么心事，于是向他搭讪着说道：

　　"司马先生，今天还有那个丁小姐没有一同来吗？"

　　"没有一同来，林老先生，我告诉你，在安老院里那个丁小姐的爸爸他已经死了。"

　　司马文向他低低地告诉，同时他的眼泪在颊上像蛇行般地爬了下来。林不鸣哦了一声，似乎也表示同情的悲哀，说道：

　　"如何死得这样快？不知生了什么病？"

　　"前天中风了，昨天就病得厉害，我下午从上海到这里来望他，他今天早晨三点钟死了。林老先生，你想，我真有些奇怪，社会上的事情就有这么凑巧吗？"

　　"凡事都有一个缘，想这位丁老先生，既无兄弟，又无亲戚，倘然你不给他来成殓结果，不是没有人来给他主张了吗？并不是我迷信说这些话，可见无论什么事情都是天数注定的了。"

　　"唉！是我送他上这儿来，是我送他入坟墓，思想起来，怎不叫人心中悲痛？"

　　"人生本来像一场梦，一个人生病死，到底还有一个名目，像这个年头儿，风声鹤唳，草木皆兵，今天轰炸，明天轰炸，被炸死的灾民这才死得莫名其妙，所以从这样一看，似乎乱世之时，死几个人也不足为奇。"

　　阿文听林不鸣这样回答，方才感到这个老先生的思想到底与众不同，于是收束了泪痕，不再伤心，想到了一件事，遂问他说道：

　　"林老先生，我倒要问你一声，我哥哥跟你虎子走后，不知不觉已经有两年光景，怎么连一个字也没有寄回来？他们到底现在在什么地方，你那儿不知道可有讯息吗？"

　　"哦，被你一提起，我倒记得了，虎子最近来一封信，他说他们身体都很好，你哥哥因为是个有才学的人，所以那边非常需要，现在你哥哥已担任了很重要的工作。"

"啊！真的吗？我哥哥果然踏上光明的大道了。林老先生，你快告诉我他们在什么地方，我要写信给他。"

阿文听到了这个消息之后，他真是兴奋得了不得，含了满脸的笑容，向不鸣急急地问。不鸣支吾了一会儿，好像大有出入的样子，说道：

"虎子来信中叮嘱我，叫我对于他们在什么地方，千万要守秘密，所以请你原谅，恕我不能告诉。但是你要写信给他，我也有一个办法，只要你写好了信，交给我，我给你代为附着寄去是了。"

"这样也好，我过几天再上昆山来找你是了，因为要写信给他的不是我一个人，还有许多许多人，所以我一同带来托你寄了去。"

"司马先生，我家在车站路过去小来街十二号一个茅屋里，哪时你来找我，我总在家中的。"

林不鸣很赞成地回答，司马文点头答应。不多一会儿，车到昆山车站，阿文在袋内取出五千元钱来，交给不鸣。不鸣说太多了，阿文说不用客气，一面向他告别，一面遂坐火车回到上海来。

阿文到了上海，时近黄昏，他便坐车先到静安别墅，奶娘告诉他，大小姐、二小姐都在楼上。阿文于是匆匆到了楼上，先到雪尘的卧房，只见雪尘对镜梳妆，从镜子里面看见阿文，遂回过头来，问道：

"阿文，听说你到昆山去的，不知道为了什么事情？"

"还有为了什么事情？当然是为了他丈人阿爸呀！"

雪鸿在里面房中闻声走了出来，她不待阿文回答，便先向姊姊俏皮地说，秋波还逗了他一瞥神秘的媚眼。阿文觉得她说的虽然近乎取笑性质，不过我们既然已经订过了婚，那你也似乎不该再说这一种话了，于是说道：

"可怜人家中了风，他已经死了。"

"啊！阿英告诉我，说你受了你亲妹妹的嘱托，到昆山去望望她父

148

亲的，怎么你一到昆山，他难道就中风了吗?"

雪鸿听了，啊了一声，急急地问他。雪尘也皱了眉毛，很表同情的样子，说道：

"一个孤零零的年迈人，在异乡客地生了病，这种景况是多么悲惨呢! 阿文，那么他的后事怎么办呢? 你现在是打从哪里来的?"

阿文遂把自己到昆山后的情形向她们告诉了一遍，一面拿出捐簿，一面说道：

"我此刻还只有刚从昆山到来，预备在上海给他们安老院募一些捐。我想这也至少替社会慈善事业尽一些责任。"

"你倒拿给我看。"

雪尘把捐簿接过看了看，然后望了阿文一眼，说道：

"你这本捐簿留在我这里，一星期后来拿，我可以帮你一些忙。"

"姊姊肯替社会造福，将来一定多子多孙，多福多寿，功德无量。"

司马文把捐簿拿出来，他的意思也无非请雪尘出一些力，因为雪尘外面接触的人物都是一班有钱的暴发户，叫雪尘拿柔媚的手腕去募捐，当然是很有效力。现在雪尘不待阿文开口，自己先应承下来，从这一点看来，雪尘确实是个有思想、有抱负的女性，说她是个舞女中的佼佼者，至少还有些委屈了她，所以阿文含了笑容，向她深深地一鞠躬，口里一连串地说出了这一大篇的吉利话。雪鸿在旁边听了，先抿嘴儿笑起来，雪尘啐了她一口，却逗给她一个妩媚的白眼。这时，阿文又想起了一件要紧事情，说道：

"我这次到昆山，总算打听到哥哥的下落。"

"什么? 阿起有下落了吗? 他在什么地方? 你已经见过面了吗?"

雪尘突然听到了这个消息，她那颗枯燥的芳心里顿时会滋润起来，满脸含了希望的微笑，向阿文迫不及待地问。阿文说道：

"在什么地方，我还不知道。"

"你既然不知道，怎么晓得他的下落? 这个也有什么寻开心的吗?"

雪鸿在旁边先向他埋怨。雪尘也以为他开玩笑，把满肚子的热望又冰冷了下来。阿文笑了一笑，说道：

　　"你们不要性急，我话还没有说完呢。当初我哥哥不是跟了一个推小车的儿子一同走的吗？昨天我到昆山，又遇见了那个推小车的老先生，他告诉我，他儿子来了信，说我哥哥因为有才学，那边非常需要，现在担任了很重要的工作。我问他地址，他不肯告诉，因为他儿子叫他守秘密。我说我们要寄信给哥哥，他想一个办法，叫我们写好了信，托他给我们附着过去。所以我来告诉你，你要写信给哥哥的话，不妨写一封，我可以给你带给推小车老先生的。"

　　雪尘听他这样说，方才明白了，遂点了点头，向阿文说：

　　"你和妹妹到里面房中去谈一会儿，我马上写好了，给你拿了去。"

　　阿文见她性急得这个样儿，遂拉了雪鸿的手，一同到里面卧房。两人在沙发上坐下，雪鸿给他倒了一杯茶，瞅了他一眼，说道：

　　"我见你面色不大好，大概昨夜没有睡畅吧？"

　　"被你一说，我真有些倦意了，昨夜三点钟坐夜一直到天亮，根本只有睡过一两个钟点。"

　　阿文喝了一口茶，伸手按在嘴上打了一个呵欠。雪鸿笑了一笑，俏皮地道：

　　"好在你总有代价的，人家也知道你出了很大的力，至少要拿什么来报答报答。"

　　"雪鸿，你再说这些话来挖苦我，我可不饶你。"

　　阿文半抱了她的身子，用手去呵她的痒。雪鸿趁势倒入他的怀内，哧哧地一笑，只好讨饶着说道：

　　"你别吵，我下次不再说你是了，你吵我可喊了。"

　　"你喊我不怕，你说阿文吻你的嘴，那么你姊姊一定会来骂我了。"

　　阿文索性低下头去，吻她的小嘴儿，笑嘻嘻地说。雪鸿被他这样地一厚皮，倒反而弄得没有了法子，要喊喊不出，要挣扎又不可能，因此

150

躺在他的怀内，也只好任他脉脉地温存了一会儿。良久，才推开他的脸，似嗔非嗔地说道：

"好了吧！你这个人真像小孩子一样，待你好不得，大概在你三妹那儿吻惯了，所以在我这里也做出这样肉麻的举动来，被人家看见了像个什么样子呢？"

"我们已经是未婚夫妻了，这一些亲热算得了什么？你老是说三妹三妹，我可不依你。"

阿文拉了她衣袖，撒娇地说。雪鸿拿手帕去划他的脸，噘了噘小嘴儿，说道：

"越弄越聪敏了，还像是个二十岁的人，只怕还只有两岁吧！"

"你不知道，在外面做事情，二十岁要像三十岁一样老练，然而在家主婆面前，二十岁只好像十二岁一般的顽皮。"

"啐！亏你说得出口，问你羞也不羞？"

雪鸿呸了他一声，却站起身子来要走的样子。阿文却拉住了她不放，央求她别生气。雪鸿到底又在他身旁坐了下来，白了他一眼，笑道：

"你这个人现在也变得坏起来，从前就老实得多，不知是谁告诉你学得这样油腔滑调的？"

"从前我和你是同学，同学的友谊是文雅的，只能说笑，而不能动手，但现在我们是夫妻了，夫妻的友爱就不同，稍会亲热一些算不了越轨，你说是不是？"

司马文握住了她的手，轻轻地抚摸了一会儿，笑嘻嘻地说出这一篇道理来。雪鸿噘了噘小嘴儿，故作娇嗔的神气，冷笑了一声，说道：

"你不要这样心定，没有结过婚，还不是一定属于你的了。"

"那么除非你另外去嫁别个阔少爷，我是一心一意只娶你一个人的了，就是你变了心，我也终身不娶的了。"

司马文听她这样说，沉默了脸，很不快乐地回答。雪鸿说这两句话的意思，原是怕阿文另外再去讨别人，现在被阿文反而诬咬了一句，这就急红了脸，背转身子哭起来了。阿文被她一哭，这就急得用手去扪住了她的嘴，说道：

"做什么，做什么？这都是你自己说的话，如何反而怨恨起我来了？"

雪鸿被他嘴一扪，才把哭声停住了，挣扎了一下身子，白了他一眼，眼泪却扑簌簌地滚落下来。司马文连忙给她拭了泪痕，温柔蜜意地说道：

"雪鸿，你凭良心说一句，这是你错，还是我错？你说叫我不要太定心，还不是一定属于我的，那么你不是另外要去嫁别人吗？"

"哼！我是死了你家鬼，活了你家人，除非你有什么亲妹妹在家里，将来会抛弃我。"

"我假使会抛弃你，我就没有好死，你难道还会不相信我吗？"

"不许你说死说活，发咒的人都没有真心的。"

"那么我就没有什么再可以表白的了。"

雪鸿恨恨地白了他一眼，还是十分气愤的样子。阿文摇了摇头，却忍不住微微地叹了一口气。就在这时候，雪尘在外面叫他们出去吃点心。雪鸿答应着站起身子，阿文悄悄地附耳说道：

"快去扑上一点儿粉，脸皮红红的，被姊姊看见了怪不好意思的。"

"那么你先出去吧。"

司马文于是先走到雪尘的房中来，只见桌子上放着三碗酒酿圆子，雪尘坐在写字台旁，正在把信笺放到信封里去，遂笑道：

"姊姊，你把信写好了吗？"

"刚写好，可是写得一些不好，白字连篇，真见不得人。"

"姊姊，你这话我明白了，是不是怕我看你的信，所以故意这么说的，是不是？"

"啐！你这孩子也来取笑我吗？里面根本没有什么话，你不信，你

152

拿去看好了。"

"我可不会这样地不识相，还是我给你封上了吧！"

雪尘微红了脸，白净的两颊上也会浮现了一丝青春的色彩，秋波逗了他一个白眼，把信丢到他的面前去说。司马文笑了一笑，拿了信封，却代她用糨糊封上了，俏皮地回答，藏到袋里去的时候，又说道：

"你放心，我信用担保，绝不私拆你的信偷看的。"

"其实你看了也没有什么关系，阿文来坐下了，我们吃点心吧。咦！妹妹，你老躲在房里做什么？"

"来了来了，你们先吃不是一样吗？"

雪鸿装作毫没有事一般，笑盈盈地走了出来说。三人一同坐下了，阿文问伯母为何不见，雪尘道：

"妈还有什么事做？还不是又到李家打牌玩去了。"

"年老的人没有事情消遣，也只好打打牌解解心焦。"

司马文听雪尘说话的语气，至少有些怨恨的成分，遂只好缓和地回答。三人吃毕点心，奶娘拧上手巾，给大家擦脸。阿文见时候已经五点半了，遂告别回去。雪鸿道：

"家里有人等着，难怪他要心急的。"

"人家昆山到上海，急急地先到这里望你，你还要拿这种话来挖苦我，那你也太会冤枉人了。"

"阿文，你不要听妹妹的话，她跟你说着玩的，你只管回去吧，只怕你妈也要记挂的。"

雪尘见阿文又站住了，搓了搓手，好似没设法的样子，于是从中打圆场说。阿文这才含笑说声到底姊姊谅解我的心，他便匆匆地走下楼去了。

阿文走在人行道上，一面暗暗地思忖，觉得雪尘这个姑娘比她妹妹要浑厚得多，只可惜她会这样的薄命，唉！难道红颜多是没有福分的吗？想到这里，由不得暗暗地叹了一口气。这样一路地走来，不知不觉

153

地走到大上海路中段，在一家药店门口，忽然碰见了一个身穿长毛骆驼绒大衣的女子。两人定睛一瞧，都咦了一声，司马文说道：

"欧阳小姐，你手里拿了药包，怎么你母亲难道又病起来了吗？"

"我母亲去年生了一场病，虽然好了之后，可是到底没有十分复原，今年秋天又病倒床上，一直拖延到现在，这次看上去恐怕是很危险的了。"

原来这个女子就是欧阳珠，她见了司马文，眼皮一红，仿佛遇见了什么亲人一样，一面告诉，一面忍不住要盈盈泪下的神气。司马文听了这话，也不免皱了眉毛，说道：

"那么大夫可曾给她看过了没有？"

"大夫也不知给她看过了多少次数，可是却一些也没有效验。"

"我想你还是把她送到医院里去是正经，兄嫂慈善医院里几个医生都很有医学知识。我妹妹也在里面办事，假使你有意思的话，我可以给你介绍入院，对于一切医药费用，你倒可以不必挂在心上的。"

"多蒙司马先生这样热心，我自然万分地感激，不过我妈的脾气十分古怪，素来就不爱看西医的，所以我还得回家去征求她老人家的同意。倘然我妈也赞成的话，那我一定要烦司马先生的大力来帮我忙。"

"这样也好，本来我今天跟你去望望她老人家，只怕天色已晚，多有未便，那么明天早晨我再来府上吧。"

司马文说着话，便和她有作别的意思。欧阳珠向他弯了弯腰，遂也匆匆地自管走了，可是走不了几步路，忽听司马文又叫住了她。欧阳珠回过身去，问他还有什么话，阿文遂把起哥的消息向她告诉了，也叫她写一封信的意思。欧阳珠听了，很喜悦地点头答应了，说明天备好在家里，等司马先生来我家，我就交给你是了。两人说罢，方始匆匆而别。司马文到了家里，狄飞霞已经在房中休息，见了阿文，便很奇怪的样子，问道：

"阿文，你怎么在昆山还住上一夜才回上海来吗？倒叫我担了一整

154

天的心事。"

"唉！妈，你哪里知道，丁老伯在我到昆山后的这一夜竟然长辞人世了。"

司马文一面很乏力地在沙发上坐下了，一面由不得深深地叹了一口气，向她低低地告诉。狄飞霞啊呀了一声，凄凉地道：

"阿文，你说的是什么话？丁老先生好好儿生什么病死了？你快把详细的事情快些告诉我吧！"

"说起来真也是件凑巧的事，我到了昆山之后……"

司马文于是把经过情形向妈诉说了一遍。飞霞不胜感叹，虽然自己和兆良还未见过一面，但也不免暗暗地伤心了一会子，说道：

"可怜智仙回来若知道了这个消息，不知她又要伤心到怎样程度呢！"

飞霞话还未完，只见阿英和智仙挽着手笑盈盈地回来了，她们见了阿文，一同喊了一声二哥，智仙先急急地问道：

"我爸爸留你在昆山住一夜吗？他老人家身体还好吗？"

司马文听她这样问，一时望着她，两颊由不得愣住了一会子，真有些回答不出什么话来才好。他伸手在袋内摸出一只火车表，交到智仙的手里，说道：

"三妹，这是你爸爸叫我带来交给你的，你收下留一个纪念吧。"

"二哥，你……这是什么话？我爸爸为什么叫你带这个表来给我呢？"

司马英见智仙定住了乌圆眸珠，手里接了那只火车表，神情有些木然的样子，心里有些弄不明白，遂蹙了眉尖，瞅住了阿文，问道：

"我也听不懂二哥这些话，这到底是怎么的一回事呀？"

"唉，我来告诉你们吧。阿文到昆山那一天，智仙的爸爸就病在床上，十分厉害，那夜三点光景，就一瞑不视了。你想，这不是太凑巧的事了吗？"

飞霞见两人都不了解的神情，而阿文却又始终不肯告诉出来，于是在旁边只好向她们老实地说了。智仙在听到了这个话之后，不禁灰白了脸，啊呀了一声，身子不禁向后跌倒地去。这一来，把阿文、阿英都大吃一惊，马上把她扶了起来，只见她两眼紧闭，口儿牙关也咬得紧腾腾的，竟是昏厥过去。阿文急得连声地大喊，阿英在医院里有了几年经验，遂忙叫阿文倒开水，一面把智仙扶到沙发上躺下，一面把开水在她嘴里灌了下去，只听咕嘟一声，智仙方才哇的一声哭了出来。飞霞才算放宽了心，遂亲自坐到智仙的身旁，智仙却哭得抽抽噎噎地几乎透不过气来。飞霞给她哭过了一会儿之后，才拍了拍她的腰肢，温和地安慰她说道：

"智仙，你不要太以伤心，虽然父母亡故，做子女的应该大痛，但你也要保重自己的身子才好，况且你爸爸这次生病，事先我们一些也不知道。阿文忽然会想着到昆山去望望他老人家，结果料理舒齐他的后事，使他安然入土，那么说起来这也是你爸爸平日为人正直，才有这样的凑巧，所以你父亲的身世虽可怜，到底还好算是幸福的，至于生死大数，更非人力所能挽救，也只好归至于命的了。好在你跟了阿英在医院服务，已经有自立的能力，这也足以安慰你父在天之灵，所以我劝你切莫过分痛伤，留父母遗下之身体，还得替社会国家做事情呢！"

阿文在旁边听母亲说到足以安慰你父在天之灵，想到兆良临终所托智仙之婚事，心中备觉歉疚，一时倒不免流下泪来。智仙拭了拭眼泪，望着飞霞，哀怨地道：

"妈，你的金玉良言，女儿理该听从，但骨肉天性，今日我父身在异乡，一旦亡故，既不知他病于何日，又不知他死于何时。古人有言，积谷防饥，养儿防老，今我父枉为有儿有女，徒有虚名，痛定思痛，如何不要叫我捶胸大哭呢？"

"话虽如此，但事情在这个时代中又有什么办法呢？"

飞霞听了她的话，一面安慰她，一面也忍不住流下泪来。阿英在旁边红了眼皮，带了凄婉的口吻也低低地安慰她说道：

"事到如此，徒然伤心，于死者无益。我想三妹能够以身献给社会，一心为病者服务，这样你爸爸魂而有知，亦当安慰九泉。"

智仙点了点头，眼望着手里拿着的火车表，在表面上好像浮现了父亲惨淡的脸容，她没有回答什么，眼泪只管从粉颊上流了下来。阿文更说不出一句话，站在旁边呆呆地出神。这时，陈妈开上晚饭，智仙如何还吃得下饭，对飞霞说要回房去休息，飞霞自然同情她的难受，说回头叫陈妈端一些饭来给她吃。智仙于是匆匆地到房中去了，刚才在飞霞面前自然不便哭，此刻一个人在房中，她把身子在床上一倒，蒙着被，忍不住痛痛快快地哭了一场。

飞霞这里和阿文、阿英吃晚饭，谈及丁兆良的死，又不免感叹了一会儿，阿文又把募捐之事，并把起哥在外很有成就的事也向飞霞诉说一遍。飞霞虽然不知道消息真假如何，但多少也觉得安慰一些。这时，阿英也说起有·个同学从内地写信给她，因为内地对医学上有研究的人才十分缺少，相反地当然十分需要，她们现在组织了战地服务团，天天在腥风血雨中进进出出，拯救受伤的战士，虽然很危险，但到底是替国家出了一份力量。她说阿英素有抱负，况且本来在上海医院中服务，那么何不到里面去干救世的工作？阿英瞧她满信笺上都是慷慨激昂，所以一腔热血也被她说得活动起来，和士英商量之下，士英倒也有这个意思，所以她今天回家和飞霞商量商量，不知母亲的意思怎么样。飞霞听阿英这样说，自不免停止了吃饭，沉吟了一会子，方才徐徐地说道：

"爱国是每个国家人民的天性，而且也是每个国家人民应有的责任，所以不论男女，假使他们有爱国的心，这一个国家的前途自然还有救星，我是素来表示奖励的。并不是我太自私，说话有矛盾的地方，因为你父亲死的时候，留下你们兄弟姊妹四个人给我，我辛辛苦苦地养你们长成，直到现在，只剩了你们两个孩子。阿起虽然已有信息，但到底还不知下落，假使你再要离我远去，那我的心中不是更感到孤零了吗？我想你在上海已经替病者造福，这在你可说已尽了一部分的责任，所以我以为你是不必再到别的地方去工作了。"

"母亲的话虽然不错，但是我也有我一些意见。当初母亲养我们成人，在你心中一定有个希望，就是希望子女们长大起来，能够为国家做一些事，事业愈做得伟大，在你心中当然愈得到安慰。虽说我在医院服务，为病家造福，已尽了一部分的责任，不过我们要权衡其轻重，在战地救护一班战士要紧，还是在后方救护一班普通病家要紧，这里我觉得是个值得讨论的问题。现在这个时代，战争要到将完成的时候，对于战士们生命的宝贵，比任何一切都感到重要，能够多救活一个战士，便可多一份实力，换句话说，更可以早一日完成光明的任务。那么母亲你应该想一想，我到战地去服务，对国家是要有多少的益处，只要你想到了这一点，我以为母亲一定会赞成我此行了。"

司马英倒是个惯会说话的姑娘，她好像是个说客，凭她三寸不烂之舌，真个把飞霞说得无言可答。阿文在旁边听了，也不住地点头，插嘴道：

"假使母亲答应的话，我也不妨同去一走。"

"二哥，你不要程咬金似的来打岔，我还没有解决，你暂时不要说话，等我解决了，你再说不迟。"

司马英逗给他一个妩媚的白眼，娇嗔地说。阿文笑了一笑，遂不再作声。飞霞想了一会儿，望着她粉脸，低低地说道：

"那么士英他和你一同去吗？他也征求过他的父母吗？"

"士英说，他是不用向父母说的，因为他父母知道了，绝对不会答应，所以他的意思，只要妈答应了，他便和我再约同了几个同事，预备决心开拔了。"

"既然你们意志已决，我也无话可说，但愿你们平安无事，我是非常地祈祷。阿文，为娘身旁是只有你一个人了，你千万不要再说走的话了，近年来我只觉头晕眼花，精神大不如前，若有一长两短，总算也有一个骨血在我身旁，假使你一定也要同去的话，那么我死之时，恐怕要和丁老先生那么凄惨悲凉了吧。"

飞霞说到这里，望着阿文，眼泪在眼眶子里流了下来。阿英、阿文心中一酸，也忍不住泪如雨下，阿英哽咽了喉咙，向阿文说道：

"哥哥，那么你就伴在母亲身旁吧。况且你和张小姐已订了婚，明年结了婚，也好侍奉母亲老人家……"

"母亲，你不要难受，我就不离开你身旁了。"

阿文见妹妹说到这里，再也说不下去，于是忍住了眼泪，向飞霞低低地安慰。这一餐饭大家只吃了一小碗，便匆匆地离席。次日早晨，阿文到欧阳珠家里来，欧阳珠已把信写好，交给阿文，并说母亲不肯到医院诊治。阿文没有办法，坐了一会儿，也只好告别出来。

光阴匆匆，不觉已过一星期了，阿文在雪尘那里取了捐款簿，谁知都已写满，共收拨款单一千五百万元，阿文自然十分欢喜，向雪尘再三道谢。当日下午，他便动身到昆山，先去拜望林不鸣，把雪尘、欧阳珠的信都交给他，请他附寄了出去，然后再到安老院，把捐簿捐款一并交代清楚。他又匆匆回到上海，谁知飞霞告诉他，阿英、士英一班同志已经到火车站开拔动身了。司马文听了这个消息，慌忙坐车赶到车站，只见火车已经开驶，智仙站在月台上，摇着手帕，在那儿送行。阿文走上前去，智仙回眸见阿文，便含泪说道：

"二哥，二姊已经走了。"

阿文没有回答什么，眼望着长蛇似的火车，在青青的草堆里慢慢地远去了，只剩了车头上吐冒出来一缕一缕烟雾，在天空中渐渐地飘飞开去，由浓而淡，和云儿打成一片，不上三分钟后，连车影子也不见了。傍晚的风吹着两人的身体，泪眼相对，都感觉一阵说不出的凄凉。

第十三回

司马英和韩士英及一班同志到了目的地之后，他们不辞辛苦地天天在冰天雪地中干着冒险救护的工作。这天深夜，外面雪落得正大，西北风像虎豹似的怒吼，士英和阿英在后方病院里的医务室内，乘着伤兵们都安静的时候，稍事休息。因为天气实在严寒，士英拾了许多枯枝，架在一处燃烧了取暖，阿英在桌子上倒了一杯热气腾腾的开水来，一面蹲身在士英旁边坐下，一面把茶杯交到他的手里，低低地说道：

"士英，我瞧你怪冷的样子，喝一杯热开水吧。"

"谢谢你，阿英，光阴真快，一忽儿我们到这里已经有一个多月的日子了，你觉得辛苦吗？"

士英回头接过茶杯，含笑说了一声谢谢你，两眼望着茶杯里冒上来的一股子热气，似乎有所沉思地接下去问她。司马英伸了两手，在枯枝上搓个不停，俏眼斜乜了他一眼，摇了摇头，笑道：

"倒并不觉得怎么样辛苦，我以为比在上海医院里服务病人要有意思得多了。"

"在腥风血雨中听了这些震耳欲聋的炮声，你倒不觉得害怕吗？"

"在当初真的有些害怕，可听惯了，也不当它是炮声，好像当它是放一个响屁罢了。"

"屁有这样的响，那个人可了不得，顶起码是顶天立地的巨人了。"

司马英听他这么说，伸手在他肩胛上拍了一下，也忍不住咪咪地笑起来了。正在这时，同事王曼丽小姐走了进来，她见他们两人这样亲热的样子，不但有些羡慕，而且也有些妒忌。曼丽本来就在这儿工作的，对于医学上很有知识，自从士英到了这里，她就非常倾心士英，因为阿英在外面干救护工作，所以机会上还是曼丽和士英很接近。士英对于曼丽的热情，虽然不敢接受，也并没有过分地拒绝，其实同事在一处工作，免不得有接近的地方，所以情面上总要敷衍敷衍。曼丽当初还不晓得士英和司马英的交谊，还是半个月之前，见了他们的情形，才打听他们是一同从上海到这里的。曼丽虽然认为司马英是自己一个有力的情敌，自己要以浅近的友情去战胜他们深厚的交谊，这当然不是一件容易的事，不过她并不灰心和失望，她想把士英慢慢地从司马英的怀抱里去夺到自己的怀抱里来。曼丽粉脸上勉强浮上了笑容，哟了一声，问道：

"你们在谈些什么，司马小姐竟高兴得这个样子？"

"我说当初到这里第一次听见炮声真有些害怕，但久而久之，到现在却当它放一个响屁一样随便了。士英说一个人放屁有这样响，除非是头顶天脚立地的巨人了，你想好笑不好笑？"

司马英连忙坐正了身子，微红了两颊，纤手掠了一下鬓边的云发，微笑着回答。曼丽道：

"这也是所谓习惯成自然的一句话，听说今天晚上我们这儿要反攻，说不定还有一场激战，司马小姐倒该去预备预备呢。"

"你这消息可真确的吗？"

司马英听她这样说，遂一本正经地向她问。曼丽也显出很认真的样子，点了点头，说道：

"刚才我遇见王少校，他对我亲口说的，我想这消息大概不至于会不准确。"

"既然这么说，我倒真的要去准备准备，叫她们大家今夜不要睡觉了。"

司马英站起身子来，匆匆地走到室外去了，士英要叫住她，却已来不及了。曼丽见阿英走后，她就补充阿英刚才坐的地位，望了士英一眼，说道：

"你叫她回来做什么？"

"没有什么，我叫她做事情千万要小心一些，救护工作最危险，尤其在双方激战未停止的时候，这也和前线战士一样的危险呢。"

"韩先生对她真是多情，所以我说司马小姐真是好福气，不知几世修来的才有你这样一个知心好朋友去专一地关心她。"

曼丽含了不自然的笑，秋波逗了他一瞥哀怨的目光，在她这几句话中至少是包含了一些俏皮的成分。士英被他这样一说，脸不觉热辣辣地红晕了一阵，解释道：

"这倒不是这样说的，因为我们都是替国家做事的人，当然应该互相保护，倘然损失了一个，这就是国家少一份力量，所以我的关心她，也不啻是关心大局。王小姐说这些话那是近乎取笑性质了。"

"我倒没有取笑你，因为事实上你对她确实很多情，不过说起来这也难怪，你们是从上海就认识的，这和我相较，自然是相差得多了。"

"不但是认识那么简单，我们根本还是亲戚关系，你不知道吗？她的姊姊还是我的嫂嫂。这次我们到这里，她母亲再三向我嘱咐，千万要照顾她，所以我当然是不能不负起一些责任来的。"

士英听她说话的语气，好像对自己有些酸素作用，一时心中由不得感到暗暗好笑，遂索性把自己和阿英的关系向她老实告诉出来。曼丽听他这样说，心中自然十分难受，微微地叹了一口气，回头望他一眼，哀怨地问道：

"那么你们可曾订过婚吗？"

"虽然我们还没有订过婚，不过我以为两性的爱，倒不在乎订婚与不订婚问题的。就是结过婚之后，大家意见不合，照样还可以闹离婚的事情，你想对不对？"

162

士英说这个话的作用，无非叫曼丽不必再痴心妄想的意思，可是曼丽听了，她却有暗暗地盘算：反正他们还没有订过婚，那么我尽管可以用我柔媚的手腕来热恋他，男子的心总是活动的，说不定他会转变爱的方针。曼丽既然有了这个存心，她便假意点了点头，眉开眼笑地说道：

"韩先生，你这话说得真不错，我从前在这里，除了工作之外，一颗心总是感觉十分枯燥。自然见到了你之后，我好像遇见了什么光明一样快乐，因为我有你这样一个温文多情的好同事，无论工作及其他一切方面，都使我有不少的进步和成功，所以我对你真有说不出的崇拜，你也可说是我生命中的泉源一样。"

曼丽说到这里，粉脸自然而然地会感到热辣辣地红晕起来，她逗了士英一瞥娇羞的目光，把脸颊却倚靠到士英的肩胛上去了。士英听了她这些话，已经感觉到不胜肉麻之至，此刻再加上她这一个举动，一时心头别别地乱跳，觉得推开她又不好，不推开她也不好，这就急起来道：

"王小姐，你这是过奖了，像我这种平庸的人才可说是一个极普通的青年，哪里值得人家崇拜的地方？岂不是叫我听了更感到惭愧吗？"

"韩先生，不，我很冒昧地叫你一声士英，你是一些也不用感到惭愧，像你这种人才，在我眼睛里看起来，可说是凤毛麟角，不是我一个人敬爱着你，差不多没有一个人不在崇拜着你，所以我觉得你真是我一个理想中的……"

士英听她叨叨不绝地说出这一番话来，因为恐怕她再说下去，所以急得连忙拦阻她话锋，先红了脸，勉强笑道：

"好了好了，王小姐，你要是再说下去，我这里可再也站不下去了。"

士英一面说，一面趁势去推开她，预备站起身子来的神气，可是曼丽偎住了他，大有依依不舍的样子。说也有趣，正在这个时候，司马英匆匆地奔进来，一见两人相倚相偎的情形，这一股子酸气会压根儿地从她心底里直冲到鼻管子上来，冷笑道：

"你们倒开心，外面已经在准备出发了，正是救国不忘谈爱。"

"啊！真的吗？真的吗？我倒出外去看一看。"

曼丽到底是个女孩儿家，面皮凭她这么的厚，到底也觉得不好意思，这就假装含糊的样子，一面说，一面涨红了两颊匆匆地奔到外面去了。司马英见曼丽走后，士英呆若木鸡似的站着发呆，这就冷笑了一声，回身匆匆地也走出室外去。士英知道阿英平常的脾气本来是很会撒娇的，不过她对自己总算已经一百二十分的柔顺，此刻被她发现了我和曼丽这种亲热的举动，假使她不动声色的话，这当然不能算是真心地爱我了，所谓女子好妒便是德，妒得有道理，未始不是一件美德，于是他并不怪恨她，慌忙上前把她拉住了，说道：

"阿英，请你不要误会，我向你可以坦白地告诉。"

"有什么误会不误会的？爱情本来是自由的，一个男子和几个女子谈谈爱情，算得了什么稀奇？况且在这个环境之中，不谈爱情，确实也太枯燥了，所以我倒十二分地同情你。"

司马英绷住了脸，一本正经的样子，说话好像尖刀一般的厉害。这把士英说得脸像火一般通红起来，因为阿英还要转身向外面走，这就把她抱住了，急道：

"阿英，你说这些话，还是打我两记痛快，事情没有详细之前，你可不要冤枉我呀！唉！都是她个不知羞耻的东西，恶形恶状地做出这一种举动来，你难道不见我在伸手把她推开吗？"

"啐！你说这些话真是混账，人家可不是妓女，不是你们男子主动去勾引她，她不会生得这么贱来移樽就教。我不是死人，其实我在冷眼旁观之下，也早已瞧出你们平常的举动来的了。"

司马英被他抱住了身子，一面挣扎，一面薄怒娇嗔地逗给他一个怨恨的白眼，愤愤地说。士英急得口吃的成分，发咒道：

"阿英，你平日很信任我，难道今天就不相信我了吗？我可以发咒给你听，假使是我主动去勾引她，我一定死于炮火之中的。"

"你也不必发什么咒语，好在这个时代的环境里面，不是我跟你闹醋劲儿的时候，你爱怎么样就怎么样，我没有什么成见，你拉住我做什么？我没有这许多空闲时候来和你多缠。"

阿英一面说，一面也许是气愤过了度，她恨恨地把他推开了。就在这个当儿，忽然一声震天动地的大炮声在外面流动了，把那玻璃窗震动得杀冷冷地响起来。在这时候，她和他都不吵了，头脑都震动得清醒过来，在他们心中刻画着唯一的任务，于是急急都奔到外面去了。

司马英和许多同志在踏上救护卡车的时候，她把士英移爱的气愤都忘怀了，她心内是祈祷着上帝，愿天父的神力保佑那些战士们不要中那些无情的子弹。

救护卡车在雪地里驶行，夜是深沉的，显得分外凄凉，忽然传送来一阵喊救命的声音，于是她们循声而往。这是出乎阿英意料之外的，她再也想不到跌在雪地上受伤的那个军人还是自己的起哥，同时阿起也想不到那个救护员竟是自己的妹妹，这就无怪他要惊奇得大声地叫喊起来，说道：

"妹妹，妹妹，我们难道是梦中相逢吗？"

"不，不，起哥，起哥，我是真的阿英，是你的妹妹，你……怎么会受伤在这里？"

司马英流着欢喜和悲哀的眼泪，她一面问，一面去抱他的身子。司马起全身已冻得血都变成紫块儿了，他摇了摇头，已没有说话的气力了。这时，同志们抬阿起上救护卡车，便送他到后方医院去了。

猛烈的战争在告一结束之后，东方已经发白，后方医院里已经住满了受伤的健儿，断腿折臂的固然是惨不忍睹，穿胸伤颈的更是惨绝人寰。曼丽见司马英服侍伤兵，在一张床铺边似乎特别关心，她心中奇怪，就偷偷地注意她的行动，同时又窥那张床铺上的男子，只见是挺英俊的男子，虽然经过沙场上悠久洗击之后，皮肤是相当黝黑，但总掩不住他俊美而带英武的气概。曼丽暗想：这一定是阿英看中了那个男子了，大概因为士英和我有了昨夜这一番亲热举动，所以她气愤得也另找对象，若果然如此，这倒是给我一个好机会。忽然她又心生一计，便匆匆地来找士英说话了。士英正在医务室内调和药水，只见曼丽匆匆地进来，因为昨夜为了她，险些伤了自己和阿英的感情，所以对她有些恶感，只装没有看见般地并不理睬她。曼丽悄悄地走到他的身后，却低低地说道：

"士英，士英，你知道司马小姐她已经另有爱人了吗？"

"王小姐，你说的什么话呀？"

士英听她这样说，因为这是有关于本身很重要的问题，这就回过头去，向她奇怪地问。曼丽道：

"我说司马小姐对你绝没有真心的爱，她本来早已有一个情人的了。"

"你这些话对别人说也许还有人会相信你，对我说，我可一些也不会相信。"

士英淡淡地回答，他毫不介意的神气，依然去调和他药水的工作。曼丽哼了一声，伸手拉他衣袖，说道：

"你以为我离间你们的感情吗？这是我亲眼目睹的事情，你假使不相信的话，我拉你一同去看个仔细。"

曼丽一面说，一面拉了她身子就走。士英到此也有些将信将疑，被她拉着也就身不由主地跟她走到病房来了。两人到了病房，曼丽把手指向那边床铺旁一点，说道：

"你看，你看，她和他这一种亲热的情形，你心里难道一些不刺激吗？"

士英用目望去，果然见司马英伏在那张病床边，把自己的颊去偎到那床上伤兵的脸上，一时真的也有一股子酸气冲上颊顶，那两眼里几乎要冒出火星来了。

曼丽见他气得脸一阵红一阵青，这就冷笑了一声，扬着眉毛，很得意的神气，说道：

"士英，你现在总可以相信我了，我说的可曾有半句谎话吗？我想这是所谓日久见人心了。"

"你也不必说这些话来挖苦我，从今以后，我还得替国家负起完全的责任。"

士英说完了这几句话，满脸显出愤怒的样子，便回身又奔到医务室中自去工作了，一面工作，一面暗想：阿英照她平日的行为看来，绝不是一个水性杨花的女子，谁知她竟对一个陌生的伤兵做出这一种亲热的举动来。想到"陌生"两个字，觉得在这里还有一个问题，莫非从前她在上海早就另有意中人的吗？大概今天在这儿无意中相逢了！想到这里，真是越想越气，匆匆地把药水调和完毕，由看护们分送每个伤兵服下。因为一夜没有睡，此刻忙碌到将近午时，一个人精神有限，士英只觉头晕目眩，兼之心中有气，一时倒在沙发上便蒙眬地睡着了。

曼丽很想在士英身上献一些殷勤，只苦在找不着一些机会，此刻她偷偷地走进医务室内，只见士英倒在沙发上假寐，这就轻轻地拍了他一下肩胛。士英被她拍醒，睁眼望了她一眼。曼丽温和地说道：

"士英，你这样睡着要受凉的，还是我服侍你到床上去睡吧。我那张床铺的被今天都洗得很清洁的，你安安静静去休息一会儿。"

"不，我睡在这儿很好，让我靠一会儿还要起来干事情呢。"

士英心中想着，女人都不是好东西，一个都亲近不得，过去阿英对自己更要体贴入微、温柔万分呢，可是谁想得到她会变心去爱上了别人呢？所以他对于曼丽的多情，并没有表示一些感激的意思，冷淡地回答。曼丽忍耐了性子，在他身旁坐下来，用了妩媚的手腕，浮了倾人的笑脸，低低地说道：

"唉！你真还是像一个小孩子模样，我瞧你也不必生气，本来一个人的心是难以捉摸的，她既然另有对象，那么你也何必为她而难过呢？世界上的女人难道就只有她一个不成？说句冒昧的话，比方拿我来说，

167

像我这模样儿虽不能说国色天香，但到底也并不这样的粗俗，凭良心上说，我对你确实有一番真心的爱，因为我和你可说是志同道合。这段时间来，我跟在你的身旁，对于医学上的确有了不少的进步，所以我觉得假使我们成功一对的话，这不但是我终身的幸福，就是你在工作上也可以得到不少的便利和帮助。士英，我活了这二十年来，从没有跟任何一个男子谈过爱，今天才算破天荒的，甚至于向你先来开口表白我的心迹，你难道听了就一些无动于衷吗？"

士英想不到她会絮絮地向自己说出这一大套的话来，觉得天下之厚皮，除她莫属，因此闭了眼睛，却装作没有听见似的，并不作答。曼丽见他默不作声，一时又急又羞，两颊臊得绯红，恨恨地推他一下身子，说道：

"士英，你做什么？不声不响，好歹也给我说一个回话来，难道你是聋子，就把我这些话都当作耳边风不成？"

"王小姐，你别忙呀，我在想呢！"

"阿弥陀佛，你也会开金口了，你到底还在想什么呢？她这样无情无义地抛弃了你，你难道还一心地恋着她吗？"

曼丽听他说话了，由不得念了一声佛，才放宽了一些心，窘的态度也好了一些，可是她还非常心急，要立刻来解决这一个问题。士英望了她一眼，一本正经的态度，说道：

"王小姐，承蒙你这样一片热情来爱我，我当然万分地感激你，不过男女间的爱，绝不是盲从的，而且也绝不是在极短时间内就可谈到爱的问题，因为一时的热爱，是绝不会久长的。比方说，我和司马小姐，不但是朋友，而且还是亲戚，这许多日子以来，可说心心相印，尚且会发生意外的变化，那何况我和你的情爱呢？我不怕你生气，说一句老实的话，我对你的爱还不十分认识清楚，所以我很冒昧地，我不敢贸然地接受。况且在这个时代、这个环境之中，根本不是谈情说爱的时候，所以我劝王小姐你要想得透彻一些，我们还是把我们的热爱去爱到那千千

168

万万的爱国男儿身上去，我们多努力救活一个好男儿，我们就可以增强一份实力，我们就可早完成一日任务，你想这一个爱是多么的伟大呢?"

"那么你爽爽快快地再说一句，是不是我爱你，你不爱我?"

曼丽对于士英这一番言论，当然是不会感到同情，脸上显出失望的样子，明眸逗了他一瞥哀怨的目光，带了凄婉的口吻向她惨然地问。士英见了她这一副可怜神情，心中倒也不忍起来，这就缓和了语气，说道：

"王小姐，你不要误会我的意思，并不是我不爱你，因为我还没有到爱你的时候，爱这样东西绝不是勉强的，要自然而然地发生了爱素作用，这才是真正的爱。普通一般的爱，都是以外表美和金钱两样做条件，比方说，你见他是个小白脸，虽然互不相识，那时你一见了他，也会感到他的可爱，比方说，他有洋房、汽车，用钱阔绰，派头奇大，那时你一见了他，也会爱他。这种爱都是盲目的爱，不是真正的爱，因为你爱他的不是人，另有一种人以外的代替物，所以我希望我们假使要爱，也要自然而然地会发生爱素作用，这样的爱才会久长，才会不可磨灭。王小姐，你明白我这一层意思吗?"

"我明白了，我懂得了，我是成了单恋的爱，韩先生，你请原谅我。"

曼丽的芳心是空洞洞的，她已失却了现实的安慰，含了一眶子羞惭与辛酸交进的热泪，很抱歉地说完了这几句话，她慢慢地站起身子，一步一步地走出室外去了。士英眼见她身子在门框子外消失了后，由不得深深地叹了一口气，会感到一阵说不出凄凉的滋味。

就在这个当儿，司马英匆匆地走进房中来，她见士英躺卧在沙发上，心中倒是吃了一惊，她似乎已忘记了昨夜两人的争吵，很快地步近沙发边来，很急促地叫道：

"士英，士英，你怎么啦? 有些不舒服吗? 咦! 为什么不声不响的?"

士英见了阿英，不知怎么的，心中有些生气，就别转了脸不睬她。司马英却咦了一声，还把手去按他的额角，表示十二分关心的样子，在平日士英会感到温和的甜蜜，可是在今天他却感到辛酸的难受，而且还至少带有些怨恨的惹气，再也忍熬不住，冷笑了一声，说道：

"何必要你假情假意地来讨好？我死了也不关你的事。"

"你这话奇怪了，我不懂，什么地方得罪了你，害得你这样地怨恨我？哦！我也明白了，你除非有了王小姐，故意来向我寻事吵闹，可以借故和我分手。其实你也不必这样煞费苦心来冤枉我，我可以成全你，我这次到这里的目的，绝不是为了争风吃醋来的，你放心，而且我可以永远地离开你，总算在我生命中也尝过一次恋爱的滋味了。"

司马英是个挺干脆的姑娘，她乌圆眸珠一转之后，似乎已经有了一个恍然，一面说，一面马上回身就走。士英被她这一走，倒又急了起来，连忙一骨碌翻身跳起，把她拉住了，说道：

"你不要冤枉我，我绝对不会去爱上王小姐，可是你为了误会我去爱上她，你今天却先去爱上了别的人，我问你良心上究竟有没有对得住我？"

"你不要在放屁，我爱上了什么人？你要红口白舌地来谎诬我？"

司马英回过头来，猛可地啐了他一口，涨红了玫瑰花朵似的脸，圆睁了杏眼，简直有些愤怒的样子。士英从来没有见过她这样大怒，因为是第一次见到，所以一时倒愣住了说不出话来。司马英忽然一阵子悲酸，眼角旁涌上了一颗晶莹莹的泪水，说道：

"凡事都有一个缘，我和你今生没有缘，所以你才会变了人样子，好吧，人生本来像一个梦，从今天起，我才算是梦醒了。"

"慢来，慢来，到底是我变了人样子，还是你变了人样子？那是我亲眼目睹的事情，你难道还想抵赖吗？"

"我抵赖什么？你又亲眼目睹地看见了什么？你说，你说吧！"

"我亲眼目睹看见你抱住了一个伤兵在亲热，这还不是你变了心，才这样不知羞耻吗?"

"啊呀!你真是疯了,你以为这个伤兵是谁?他……就是我的阿起哥哥呀!"

司马英听他这样一说,方才有个恍然,倒不禁破涕嫣然起来。士英也由不得啊呀一声,他自语了一句我去看个究竟,他的身子便像发狂似的奔出去了。

第十四回

阿起迷迷蒙蒙地睡在床上，他的神志有些昏沉，这当然因为是流血过多的缘故，这时，士英急急地奔到他的床边，两眼向床上那个受伤的战士一望，想不到果然就是司马起，他心中真有些说不出甜酸苦辣的滋味。因为阿起在荒唐入狱失踪之后，居然真的在这里做最后的挣扎，他实在还不失是个有勇敢、有志气的青年，想到自己和阿英误会的情形，真有说不出的惭愧，他情不自禁地伏下身子去，向他低低地唤道：

"起哥，起哥，你……还认识我是什么人吗？"

"你……哦，我曾经在哪儿看见过你，可是我记不起来了。"

司马起睁开眸珠向他望了一眼，微蹙了眉尖，却又把眼皮合了下来。士英听他这样说，可见他热度很高，心中倒暗暗地忧愁。这时，阿英从后面也走了上来，士英很愁闷的神气，说道：

"阿英，起哥是谁诊视的？不知哪里受了伤？"

"是赵医生看的，臂部、腿部都有枪伤，而且腿上还嵌了一颗子弹，赵医生在施用手术的时候，他又流了很多的血，所以此刻热度非常的盛，不知能不能给他注射一枚退热的针？"

司马英一面告诉，一面几乎要淌下泪来的样子。士英点了点头，便匆匆地走到医务室内去，偏偏又遇见了这位王曼丽小姐。她瞧见了士英之后，似乎还留了一些依恋之情，用了可怜的目光，向他哀怨地逗了那

172

么一瞥，低低地说道：

"士英，我真想不到你有这样心硬，难道把我这一份儿痴情都付于东风了吗？"

"王小姐，假使我在司马小姐那里失了恋，我就一定接受你的爱。"

士英听曼丽还是这样说，虽然感到她确实有些痴得可怜，不过爱情绝不是为了一些怜悯的意思就可以勉强而结合的，这就向她正经地说。曼丽听了，很急促地说道：

"那么司马小姐她不是另有爱人了吗？难道你还不算失恋吗？"

"哎！你哪儿知道，这一个受伤的兵士却是她嫡亲的哥哥呢！所以你对我说的，完全是误会了，她并没有变心呀！我本来是爱她的，她本来也爱我的，我们为什么要无缘无故地发生破裂感情的误会呢？王小姐，很对不起，你的情义，我只有待来生报答你了。"

士英说完了这几句话，他在医药箱内取了针药并针管子，遂匆匆地又走出去了。曼丽这才明白了一切，她心中空洞洞的，才完全感到失望了，她只觉得万分的悲酸，忍不住倒在沙发上呜咽地啜泣起来。

司马起经过半个月的休养之后，他的伤终于慢慢地好了起来，虎子知道了司马起受伤的消息，也望过他好几次。这天黄昏，阿起靠在病榻上，望着窗外暗沉沉的天空，心里不免想起一个人来，这个人也可说是自己的恩人，梅真小姐。虽然梅真小姐是个不纯粹中国血统的女性，但是她却有一万分博爱的热情，可怜她被她父亲拉了就走，到今日也不知身在何处，是生是死？阿起想到这里，情不自禁地会感到怀念，由不得深深地叹了一口气。正在这时，齐巧阿英拿了药水过来，见了哥哥那种想心事的神情，便低低地问道：

"哥哥，你在想什么心事吗？"

"唉！妹妹，河山虽无恙，国破家又残，思想起来，安得不令人痛心吗？"

"可是哥哥你也读过岳武穆的《满江红》吗？'驾长车，踏破贺兰

173

山缺……待从头，收拾旧山河，朝天阙。'不要难过，不要难过，这些都是你们的责任，来，快喝了药水，我给你试热度，今天不知有退尽吗?"

司马英一面说，一面笑，一面给他喝了药水，一面给他试热度，在试完了热度之后，拿出来看了看，很欢悦地说道:

"哥哥，你热度一些也没有了，这真是叫我欢喜极了。"

"可不是? 这也是老天帮助我，所以才立刻叫我复原了。因为虎子昨天对我说，对方恐怕有野心企图，所以在这两天我们要严紧地防范。我的意思，明天就要离开这儿，回前线去了。"

"啊! 明天就要离开这儿?"

阿英的粉脸上本来是含了妩媚的微笑，好像十二分喜悦的样子，但是听到了阿起后面这两句话，她的笑容收起了，微蹙了两条眉毛，立刻堆上了一层忧愁的神气，很惊慌地问。司马起见她在吃惊之中还掺和了一些悲哀的成分，因为她眼角旁还沾上了一点儿晶莹莹的泪水，这就微微地一笑，说道:

"妹妹，你不是很欢喜吗? 为什么一忽儿又难受起来了?"

"哥哥伤势痊愈，我自然欢喜，可是我没有想到哥哥一好之后，就要和我立刻分离，所以我的心中又如何不要伤悲起来呢?"

阿英说到这里，语气是相当凄婉，可是她又怕自己眼泪水流下来，哥哥心中要见怪，于是抬上纤手，在眼皮上来回揉擦了一下，十足显出小女儿娇媚的神态。阿起见了妹妹的神情，心中会想起了欧阳珠，他把阿英手拉过来，抚摸了一会儿，安慰她道:

"妹妹，你不要孩子气了，刚才你自己还读《满江红》词句给我听呢，怎么此刻又恋恋作儿女之态呢? 你难道忘记收拾旧山河是我们的责任吗? 妹妹，你是一个有思想的女子，假使你没有勇敢的决心，你恐怕也不会到这种腥风血雨的地方来吧? 所以你不必难受，我认为我们做的也无非每个国民最普通的事情罢了。妹妹，你起哥是个负疚之人，他平

174

生对不起祖母、母亲、姊姊，还有许许多多的朋友，他是一个社会上的寄生虫，他没有益处于国家，他足以使国家趋向于腐化……可是一个烂铁似的废物，到今日居然也可以为大众干一番有益的事业，这真是连我自己做梦都想不到的事情，所以不但祖母老人家在天之灵可以感到安慰，就是知道我一班朋友亲戚们，一定也会替我感到庆幸。我在这样自新之下，纵然粉骨碎身，也无可惜，只要名垂千古，我也安慰九泉的了。"

"哥哥你为什么要说这一种消极的话？我知道老天会保佑一班忠勇的弟兄踏上成功的道路。"

司马英对于哥哥这一番话，芳心中是只有感到酸楚的份儿，这会子她再也忍熬不住把眼泪落了下来。兄妹两人又絮絮地说了一会儿，方才凄然地走开了。

司马起已经在前线某一个营里了，他和虎子等一班同志日夜地防守。这是一个月白风清的夜里，司马起和虎子站在营帐外面，望着远近荒郊，万籁俱寂，悄然无声，天空中浮云片片，来回不绝，忽而掩遮明月，忽而又露出月色。两人正在静静视察阵地，忽听一阵犬吠之声甚急，阿起不觉生疑，对虎子说道：

"夜半闻犬吠之声，定然有人偷袭，我们得小心防守。"

"可不是？我也和你一样猜疑。"

虎子话还未完，只听远远地又有几声枪响从夜风中播送过来，虎子与阿起都吃了一惊，遂急传令准备，但过了一会儿，却又不见什么动静。阿起暗暗奇怪，和虎子正在面面相觑，谁知前面树梢蓬内奔出一个黑影子来，奔不了多少路，就扑地倒了下来。虎子知道是奸细偷窥军情，遂拔出手枪，向前面砰砰两声，谁知那个黑影却大声叫道：

"不要放枪，不要放枪，我是来报告消息的。"

虎子与阿起听说话声音甚为尖锐，心中愈加奇怪，两人遂握枪奔了上去，因为来人只有一个，所以他们并不害怕。奔到那个黑影面前，阿起拿手电筒先向他照射了一下，原来那人倒在地上已经受了枪伤，两人蹲身下去，只见鲜血还从他身上汩汩地流了出来。阿起把他抱在怀内，先伸手脱去他的军帽，不料却散露出一头青丝乌发出来，使他失声地说道：

"虎子，你瞧，她是一个女人。"

"女人？再仔细看看。"

"啊！你……你是梅真小姐？你……怎么扮了军人奔到这儿来？"

阿起被虎子一说，遂伸手把她头发掠了掠，用目仔细一望，不禁啊呀一声叫了起来。虽然隔别已有一个月光景，可是到底还认得出这正是自己念念不忘的梅真小姐，他又急又心痛地向她问着。梅真在痛得已经发昏过去之后，听了这急促的呼声，遂又挣扎地睁开眼睛来，向司马起望了一眼，她似乎也认得，脸上顿时浮了一丝欣慰的笑意，低低地说道：

"我想不到奔到我面前的竟是你，我再也想不到在这儿还会和你见这最后的一面。司马先生，我能死在你的怀抱之中，总算我也瞑目的了。"

"阿起，你们认识的吗？啊！我太鲁莽了，我竟杀了你的好朋友。"

虎子在旁边听梅真这样说，他是痛苦得了不得，悔恨交迸地几乎要顿脚的样子。梅真摇了摇头，用了惨淡的目光逗了他一瞥，说道：

"不，杀我的不是你，我在那边逃过来的时候已经中了他们的枪弹，你放的枪没有中我。"

"梅真，你……有什么要紧军机大事来密告吗？"

司马起听她这样说，一阵子悲酸，好久不曾淌眼泪了，可是此刻他也熬不住地流了下来，扯下他的衬衫，在她脸上拭着染沾了的血渍，低低地哽咽着说。梅真是不断地喘着气，她有些不胜支撑的神情，说道：

"他……他……们今夜十二点钟预备总攻击，离开这时还有三十分钟，你们快准备，快准备。"

"虎子，听见了没有？这是我们出力的时候到了。"

阿起回头向虎子说，虎子管不得他们，便奔回营地里去了。梅真抬头望着司马起，她此刻也淌下泪来。阿起哽咽道：

"梅真，我抱你回营帐去，那边有军医能救你。"

"不，我是不中用了，司马先生，你不要顾虑我，你去吧，你还有你重大的责任。"

梅真颤抖地抬上手去，她还抹着阿起颊上的泪痕，向他催促着说。阿起做梦想不到梅真有这样英勇，他沉痛地说道：

"梅真，你太伟大了，我永远忘不了你，你真的太伟大了！"

阿起说到第二个"伟大"的时候，他忍不住已哭出声音来了。梅真欣慰地笑了一笑，明眸里还含了柔顺的目光，说道：

"司马先生，你以为我不是你的同胞吧？不，你猜错了，我是你的同胞，我是和你同样血统的同胞，可怜我自小没有父母，在迫不得已之下，我在他……的手里生长起来。我曾经糊里糊涂地被人利用过，可是我在遇见了你之后，我觉悟了，我要爱我的祖国，我要爱我的同胞，所以在当初我就预备救你，可是事情太不凑巧了，我们在炮声轰隆中分离了。我以为你是死了，可是我再也想不到是我自己今日会死在你的怀内，司马先生，今夜能够和你见到最后一面，我觉得至少还是一个缘。"

"梅真，我才算明白了，你真不愧是个爱国的好女儿，阿起一日不死，必定给你作一部小传，使后世人知道你是为国尽了伟大的牺牲。"

"我倒不需要这样做，虽然牺牲我一个人，但能使许许多多的弟兄们得救，我认为我今夜的死是无价值所能买得到的，死得其时，死得其所，复又何惜？司马先生，我项下还有一圈金链子的鸡心，你把它脱下来留给你做一个纪念吧。"

梅真断断续续地说到末了，她微仰起了身子，是叫他脱下金链子的意思。司马起连忙给她脱下，捏在手里，看了看，眼泪会一点一点滴了下去。梅真颤声地又道：

"司马先生，你打开来看吧，这里鸡心两面有两张小照，一张是我自己，一张是我爸爸和妈，不过我的爸爸太狠心，我没有见过他，他就抛弃我走了。"

司马起打开鸡心盒儿来看，果然一张内是梅真自己小影，还有一张却是男女两人合摄的小影，虽然时在黑夜，但司马起用强烈的电筒光芒照射之下，他看得十分清楚，觉得这一个西服男子有些面熟，再细细地一瞧，这就哟了一声，说道：

"梅真，你爸爸叫什么名字？你能告诉我吗？"

"我妈在临死的时候，她只告诉我爸爸把我妈始乱终弃的行为说出，可是并不说出他的姓名，而且妈不愿我知道这一个狠毒的爸他到底是什么人。"

司马起听完她这一番话，一颗心好像有万把尖刀在刺一般疼痛，他几次三番要把满腹的隐情向她告诉出来，但是为了梅真不愿知道这个狠心爸爸叫什么名字，因此使他再也鼓不起这个勇气来诉说了。他紧紧地握了这个鸡心盒儿，眼泪像潮水一般地高涌。梅真似乎将要完了这最后的一口气，但是她一颗芳心好像还有一件心事未了，眼睁睁地望着阿起，欲语还停的样子。司马起懂得她至少还有几句话，遂问她说道：

"梅真，你还有什么话对我说？你就只管说吧！"

"我有一个愿望，请你成全我吧！就是我死之后，你能给我一个未婚妻的名义，那么我亦死无遗恨了。"

"这个……"

"为什么？司马先生，你……难道连这一个最后的要求都不答应吗？"

梅真见阿起说了"这个"两字，却不再道下去了，一时以为他不肯答应，遂怨恨地望了他一眼，急急地问。司马起在这个时候，他再也无法隐瞒了，猛可抱住她脖子，偎着她的脸，哭道：

"梅真，你……就是我一父所生的亲骨血呀，我……怎么能够答应你的要求呢?"

"啊!司马先生,你……这是什么话呀?"

"妹妹,可怜我亲爱的妹妹,我在看到你父亲和母亲合摄的那张小影,我才知道你这个狠心的爸爸,也就是我早年死去的这个荒唐的爸爸。那时候,我还只有八岁,爸爸他是病重在床上,因为终日终夜地荒唐,耗了他的钱财,耗了他的精神,终于被死神的巨掌抓了去。听你所说,还不是那时爸爸在外和你妈所结的孽缘吗?妹妹,这是我们做梦也想不到的,在这枪林弹雨之中会认识了一父所生的妹妹,我们是亲兄妹,我……如何能答应你的要求呢?"

"啊!那你是我的哥哥了。哥哥,想我一生飘零,举目无亲,总算在临死之前,我认得了一个嫡血的哥哥,这是梦啊!"

梅真虽然在失望之余,她有了这么一个哥哥,她似乎又得了一些安慰,偎在阿起的怀内,合上眼皮预备静静地安息了。司马起摇撼了她一下身子,含泪叫道:

"妹妹,妹妹,你……难道真的丢下我去了吗?"

话声未完,只听老远地起了一声轰隆的霹雳,接着连珠炮似的枪声不绝于耳。阿起一看手表,长短针巧指十二点钟,回头见我方营中,三三两两的黑影也早都出动,像蛇行,像蛙跳,悄悄地进行。阿起抱着梅真,说道:

"妹妹,你救了我们众兄弟,你虽死犹生,精神永存。"

"哥哥,你去吧!你去吧!莫留恋我这已经毁灭了的躯壳,莫悲伤我为国牺牲的生命,你快走吧!他们需要你去协力同心,他们……"

梅真微微地说到此,她真的已接不上气来了,于是她一缕芳魂也就永远地离别了尘世。阿起连叫数声,知梅真果已身亡,他放下了她身躯,要想把她尸身移回营内去,可是战事已急,天空中已罩上了密密层层的浓烟,明月已消失了影子,浮云都被炮弹烧得血红,只有夜风一阵紧如一阵,机关枪、迫击炮是震天价响,过山炮的响声更是震耳欲聋。

一个炮弹开花之后，地上的泥土像水波浪似的飞溅起来，在泥土中杂了血和肉混合的腿和臂，除了无数黑影在火光中乱窜乱奔，司马起全身血液已在沸滚了。他望着一个一个倒下去的兄弟们，他觉得不是顾及梅真尸身的时候了，于是他拔出指挥刀，大叫一声，这真是一呼百应，弟兄们像潮涌。这时，天空中铁鸟也出动了，阿起抬头见那翅翼上的徽号，他兴奋得已忘记了自己生命的存亡，拼了一股子忠勇之气概，带领了无数的健儿前进，前进！正是：

壮志凌云冲九霄，男儿一死把国报。

第十五回

    又是一个秋天的季节了，天空老是显得阴沉沉的，街上几株树经了秋风的吹袭，树叶儿都向半空里纷纷地飘舞，这似乎使四周的景色更添了不少凄凉的色彩。狄飞霞在一个冷清清的卧室内，她躺在一张靠窗的床上，两眼望着窗外抑郁的气氛，她左思右想地思绪，因为是集中于悲哀的一方面，所以她的心头是滋长了无限辛酸的滋味，尤其在她病中的时候，当然更会引起她种种的不如意，于是她想到自己的一生，确实是十二分的可怜。自从嫁给阿起的父亲，夫妇之间可说绝对没有闺房之乐，他是只知道在外面荒唐胡调，把他的精神消耗完了，可是他再觉悟也已经迟了，年纪轻轻地守了寡，千辛万苦地把四个儿女抚养成人，谁知阿琴比娘更早地脱离了人间，阿起是堕落了，虽说他已步入了自新的道路，不过"生死"两字还是未卜。我满想阿英、阿文两个孩子总不要再离开我的身怀了，可是阿英为了国家，她到底不管家庭而忍心走了，这是为了大众，当然还是她的勇敢，不过在我这个风前残烛那么衰弱的做娘的心里，至少是包含了无限悲哀的意味。她一阵一阵地回想，她怕自己幻灭的日子也许会像丁老先生在昆山时候一样孤零，因此她的眼泪不自然地会滚落下来。

    "妈，你一个人又在伤心了吧？"

    司马文从房外悄悄地走进来，见了飞霞脸上的泪水，他皱了眉尖，有些难受的样子。飞霞回头望了他一眼，抬上枯黄的手，在眼皮上擦了一下，却是摇了摇头，并不作答。阿文伸手在她额角上按了按，觉得热度还没有退尽，遂扶她身子，说道：

"妈，你还是躺下来息一会儿吧。这样靠着，不是很吃力吗？此刻时候已经四点钟了，我给你再服一次药水吧。"

"唉！阿文，我这次病恐怕是不久长的了。"

飞霞叹了一口气，却说出了这一句话。阿文正倒了一匙药水，回身服侍她吃的时候，听了母亲这一句话，不知怎么的，有一股子酸楚冲入了鼻端，眼泪也会夺眶而出，遂低低地说道：

"妈，你千万别说这些话，叫我心里不是太难过了吗？医生说你的身子只要静静地休养，是慢慢地会复原的，所以你切不可胡思乱想。都是为了你平日办事认真，不顾自己身子，赤心为社会服务，以致身体憔悴了，所以我劝妈在病中的时候，应该抛开一切，凡事都不用放在心上，等明天身子复了原，不是还可以继续替大众服务吗？妈，你快喝了这一杯药水吧！"

"阿文，你应该知道一个人生长在世界上，本来是要替社会服务的，所以我觉得我的身子存在一日，总不能抛了我的责任。"

飞霞一面说，一面在阿文手里拿着的杯子内喝去了药水，不知怎么地一来，她又连连地咳嗽起来了。阿文觉得母亲真不愧是个新女性，她的思想是多么的伟大呢！遂轻轻地敲着她的背脊，一面又安慰她说道：

"母亲的话虽然不错，但一个人身体是最要紧的，若不把身体调养健康了，虽有服务社会的心，恐怕到那时候也是力不从心的了。妈，你还是躺下来吧。"

"不，我此刻倒不觉得疲倦，我想阿起虽然来过一封信，可是现在又好久不曾来信了，现在外面战争又很紧张，所以我的心里很不安。而且你的妹妹和士英出发之后，消息也好久没有了，这两天晚上时常做噩梦，老是把我从睡梦中吓醒过来，所以我真担心着不知他们在外面会不

182

会遭到不幸。"

飞霞说到这里，脸上是浮现了一层浓厚的愁云，她两眼凝望着阿文的脸，似乎要阿文回答一句平安的话来。阿文理会母亲的意思，遂低低地说道：

"这是母亲思念日久的缘故，我想他们消息不通，也是为了工作繁忙，所以抽不出空来。起哥上次来信中说，他和英妹在战地已经相逢在一处了，那么他们当然还是在一块儿的，所以妈千万不用担心的。我听这几天外面和平的空气很浓，说不定战事快要结束了，战事一结束，起哥、英妹自然也都可以回来了。"

"抗战了八年，年年想和平，但事情哪有这么的容易？阿文，我现在身旁是只有你一个孩子了，所以为娘心中的话也只好和你可以说说了。"

"妈，你要说什么话，你就只管和我说吧。"

阿文口里虽然是这样地顺从她，但心中却有点儿悲哀的感觉，他几乎眼皮都有点儿红润。飞霞沉吟了一会儿，方才说道：

"你和雪鸿订婚到现在也快近一年了，况且你们两人也已经毕了业，所以我的意思，预备拣个日子给你们早点儿结婚了……"

"妈，我想……反正战事快要胜利了，那么我们索性到最后胜利达到目的之后，再结婚也不迟。"

"不，你别忙，我还有话没有说完哩！你要胜利之后再结婚，这当然是很有意思，不过到底何年何月能够胜利，这个你此刻去问无论什么人，恐怕也难有准确的答复，并不是说你们等不到胜利，实在因为我这个身体，恐怕实在有点儿等不及的了。现在，我们家里除了智仙每星期回家来望我一次外，是只有我们娘儿两个人，万一我有了不幸的话，那么剩下你一个男孩子家，既不能治理家务，又不能放弃家庭，所以这也不是一个根本解决的办法。我之所以要你们此刻结婚，就是为了你将来日常的生活着想，同时在我死后有了一个媳妇，这似乎也是我的一点儿做人的安慰了。阿文，所以你还是听从我做娘的话，给我达到了这一个愿望。"

飞霞后面又补充了这一大套的话，她的眼睛望着阿文至少是包含了恳求的成分。阿文这回把忍熬住了的眼泪便簌簌地滚落下来，他捧着娘的手，几乎啜泣起来。飞霞把手抚摸着他的头发，低低地道：

"孩子，不要伤心，只要你肯为我争一口气，这样我是已经够欢喜的了。"

"妈，你原只有一点儿小病，你为什么要说这种话呢?"

阿文也不敢过分地伤心去震动他母亲脆弱的心灵，遂拭了拭泪水，低低地说。飞霞点了点头，也说道：

"是的，我也不过是一点儿小病，也许还不至于到幻灭的地步，不过我也希望早有个媳妇，能够在家里料理事务。阿文，你明天到张家去走一次，把我的意思和她们说了，我想她们也不会十分反对吧。"

"既然妈已打定了这个主意，明天我就到张家去一次。"

阿文没有办法，只好答应了她。其实阿文心中也未始不欢喜，当然，在一对未婚小夫妻有了团圆的日子，那还有个不高兴的理由吗? 正在这个时候，陈妈进来报告，说外面有个姓丁的小孩子来望太太，要不要叫他进来? 飞霞一时想不出这个姓丁的小孩子是谁，因此不由愕住了一会子。倒是阿文说道：

"莫非是福根来望妈了? 陈妈，你快叫他进来好了。"

"哦! 对了，一定是他，这个孩子会来看望我，总算是很有心的了。"

飞霞哦了一声，她才想到了似的回答，由不得脸上含了微微的笑容。这时，陈妈带福根走进房来，只见福根手中还捧了一束鲜花，他很恭敬地走到床边，向飞霞鞠了一个躬，说道：

"狄家妈妈，你的病体好些了吗? 因为你老人家有好多天不来教书了，我们大家都十分记挂，因为平时抽不出工夫，此刻没有事情，所以

184

我来望望老人家。"

福根一面说，一面又回身向阿文叫了一声二哥。阿文接过他手中的鲜花，给他放入桌子上那只花瓶里，这里飞霞拉了福根的手，很亲热地握了一会儿，说道：

"我的病已好些了，难为你记着我特地来看望我，我心中很欢喜，不过路上车马很多，你一个人来回很是危险，千万小心才好。"

"没有关系，我小心地穿马路，是一点儿没有什么危险的。妈妈，你的手好像很烫，恐怕身上还有热度，不知道医生看过了没有？"

飞霞见他小小的年纪，也知道我身上有热度，可见我身上确实尚有寒热，遂点了点头，说道：

"医生瞧过了好几次，寒热却没有退尽，我想过几天总会好起来的。福根，你是一个好孩子，我觉得你将来一定有光明的希望，不过环境是非常可怕，它会引坏一个好孩子而变成了一个坏孩子，所以越是聪敏的孩子，他的变化也越多。福根，你应该知道你自己的身世和境遇是多么的可怜和不幸，而且你的父亲在去年又不幸死了，所以你应该更要努力来做一个人，为你的父母来争一口气。"

"狄家妈妈的一片金玉良言，我是一句一句地记在心里，想我这样苦命的孩子，今日能够有这样舒服的日子过，这还不是妈妈的力量吗？所以我不但要替父母争气，而且我更要替妈妈争气，总不使你老人家感到失望。"

"是的，你总不要使我感到失望才好。真也奇怪，我和你似乎特别有缘，所以我把你当作自己的小儿子一样。虽然你长大到像阿文那样的年纪，我也许是已经长眠在黄土堆里了，不过我相信你会记得我这一个人，说不定在我墓前来凭吊凭吊的吧？"

"狄家妈妈，你怎么好好儿说出这些话来？"

福根被她这么地一说，小孩子是天真无邪的，他这就忍不住哭起来了。阿文在旁边也有些难受，含了眼泪，向飞霞说道：

"妈，你千万不要老是说这些伤心的话，福根，你快不要哭了。"

"好孩子，你不要哭，我也不过这样说说罢了，也许我可以见到你长成人，见到你娶妻房，养儿子，到那时候，我们又该是多么欢喜呢！福根，你说对不对？"

飞霞拍着福根的肩胛，这才含了微笑，说出了这几句话，倒引逗得阿文和福根都忍不住破涕为笑起来。

陈妈在厨房里烧了几碗面进来，说太太从早晨到现在还只有吃过一点点稀粥，怕饿了身子。飞霞道：

"我倒不想吃，还是给阿文和福根吃吧。因为我身上热度没有退去，还是饿清通了再吃。"

"这是素面，少吃一点儿没有关系。"

陈妈是很忠于主人的，向飞霞低低地劝说，于是飞霞也略为吃了一点儿。这里阿文和福根各自吃了一碗，飞霞道：

"时候不早了，福根也该回去了，不过我有些放心不下，阿文，你没有什么事情，你就送他回去吧。"

阿文点头说好，这里福根向飞霞告别出来，两人在大门口的时候，福根低低地说道：

"二哥，你假使没有空的话，那么你就不要送我回去，反正我在路上小心一点儿，也绝不会发生什么祸水的。"

"不要紧，我没有什么别的事情。"

阿文说着话，伸手一招，讨了一辆三轮车，送福根到上海儿童教养院之后，因为心里对于自己结婚的事情也感到相当兴奋，所以匆匆地又走到张家来。这时，已经五点敲过，雪尘坐在梳妆台面前正在梳洗，也是为了近来生活程度高，故而雪尘对于茶舞一场也做了，她见司马文到来，便对了镜子，向他招呼道：

"文弟，你这时候怎么会走过来？快请坐，雪鸿到外面买书去了，就要回来的。"

"姊姊，我今天到你家来，原是有点儿事情的，妈在家里没有？"

阿文一面在她身旁那张沙发椅子上坐下了，一面望了她粉脸微笑着说。雪尘见他并无什么忧愁的样子，遂也笑道：

"我妈又去打牌玩了，你有什么事情，只管跟我说也是一样的，莫非你预备拣日子和我鸿妹结婚了吗？"

阿文再也想不到被她一句话就猜到心眼儿上去，这就扑哧地一笑，红晕了粉脸，却回答不出什么来了。雪尘秋波斜乜了他一眼，点头笑道：

"你今天不来跟我说，我也想打电话来请你商量这件事情了，因为你们现在都已经毕业了，既然大家都不预备进大学，那么当然还是早点儿结了婚比较妥当，你说是不是？况且你家里现在也短少了帮手，妹妹不是到外埠去了吗？还有这个智仙小姐也在医院里服务，那么老实地说，你家里实在很需要一个主妇来料理家务。"

阿文听她接着又说出这一篇话来，觉得雪尘之聪明，真是再也难得，遂微微地笑道：

"对于这一点，原是我母亲的意思，其实我倒想等胜利以后再来举行婚礼，可是我妈近月来身子老是不舒服，今年秋风起的时候，咳嗽比往年更厉害了许多，所以她怕自己没有能力再来管理里里外外的事情，要给我早点儿结婚，她说可以多一个帮手，不知姊姊的心中以为怎么样？"

"我当然也是非常赞成，那么你只管拣一个日子过来，好在结婚是一个仪式，只要隆重庄严，不需过事铺张。妈那里我会给你代为陈说，大概是没有其他问题的。"

雪尘一面说，一面也捂了嘴连连咳嗽起来。阿文见她咳得厉害，遂把桌子上那杯白开水递送过去，谁知雪尘这时已咳了出一口痰来，因为是吐在手帕里，所以阿文看得很清楚，分明痰中沾有了血丝，这就呀了一声叫起来。雪尘当然也看见的，她很快地把手帕丢过一旁，一面弯了身子，又连连地咳个不停。阿文这就皱了眉尖，说道：

"姊姊，你咳嗽有多少日子了？怎么痰中带着血水？我想这是不大好的，你总要快点儿把它看愈才好呀！"

"说起我的咳嗽，差不多快近四年了，和你哥哥认识的时候也常有咳嗽，这样每逢秋天的季节，总是一季比一季厉害，你哥哥也曾经竭力地劝我早点儿请医治愈了，不过这种咳嗽在常人都是把它当作小毛病的，所以也不大注意。虽然我也曾想到过这是容易变成肺病的，然而像我这种阶级的人，就是生了肺病，也没有资格到医院里去长期疗养，所以我也不把它放在心上。可是到近来就觉得病象显露了，时常头晕，且到晚上，稍有寒热，而且痰中带血，这已经是断定肺病了。文弟，我的前途是完了，其实我本来就没有什么前途可说，所以我怕我也会像你大姊一样，就这般短促地结束了我的一生。"

阿文见她涨红了两颊，絮絮地又说出了这一篇悲哀的话来，他心头也激起了无数的酸楚，叹了一口气，暗自想道：像她这样的环境，不上舞厅，就不能生活，那么叫她医院里去调养，这当然是不可能的事情。唉！一个女子，担负了男子的责任，她一旦有了病，还是抱病要去工作，这不是等于眼睁睁地等着死神来降临吗？阿文这样地一想，他几乎为雪尘要淌下泪水来。但雪尘又接下去说道：

"所以我对于你们早点儿结婚，我也是很希望的，假使你要等胜利到来的时候再举行婚礼，只怕我是等不及的了。"

阿文在母亲口里曾经听到过这种话，谁知像雪尘这样一个年轻的姑娘，也会说出这些令人伤心的言语，一时也不禁为之凄然，说道：

"姊姊，你切不要说这些话，我知道你这种病完全是因为平日积郁的缘故，假使你能放开胸怀地休养，我相信你的身体一定会恢复过去的健康。我的意思，你在最近期间，应该需要休养，我以为只要能够度过了眼前，你也不必一定要多去赚这种不值一分的伪币。"

"话虽这么地说，但你不知道我家的开销也大，平日又无积蓄，我不去赚钱，还有什么办法呢？"

阿文也觉得劝她休养治疗等的话，那是多余的事，因为事实上是绝不可能，那么这种空虚的安慰自然还是少说的痛快，因此红了眼皮，却怔怔地呆住了一会子。雪尘见阿文的神情，她芳心里少不得又有一个沉痛的感觉，假使此刻站在面前的是阿起的话，那么他至少会给我一点儿柔情的安慰，即使我病得快要死了的话，但有了一个知心人伴在身边，这当然是死无遗憾。不过现在呢，阿文虽有同情我的心，他怎么能够体贴入微地来给予我一点儿安慰呢？两人各有所思，呆呆地愕住了一会儿，忽听一阵皮鞋的声音，只见雪鸿从房外匆匆地进来。雪尘遂收束了眼泪，说道：

"妹妹，你回来了，阿文等着你有话商量，我要走了。"

"姊姊，那么你……坐了车子走吧，晚上可以早就早一点儿回家休息。"

阿文见雪尘走到房外去了，他忽然又跟上两步地叮嘱。雪尘应了一声，自管匆匆地下楼，这里雪鸿有些猜疑的样子，低低地问道：

"你和我姊姊在说什么话？为什么她好像很伤心的样子？"

"唉！你难道还不知道吗？姊姊痰中带了血水，分明她已经是患了肺病，这肺病不是小毛病，她……如何还能落夜地去跳舞呢？只恨我没有能力，否则，绝不让你姊姊再去做这一种受人气的事情。"

"我也何尝不是这样地想，所以我是无论如何不再进什么大学了，这几天我正在找机会，假使什么地方有招考女职员的话，那么也好叫姊姊不再去做这一种工作了。"

雪鸿对于姊姊痰中带血的事是早已知道的，不过徒然的悲伤又有什么用呢？所以她也在想解决的办法，一面放下手中的几本参考书，一面倒了一杯茶给阿文，方才又问道：

"姊姊刚才说你有事情和我商量，不知有些什么事情？"

"你倒猜猜看。"

"这叫我哪里猜得着?"

"可是你姊姊没有等我说出来,她却一猜便中了。"

"我可没有像姊姊那么聪敏。"

雪鸿嘴里虽然这么地说,不过她的心里却在暗暗地猜测,姊姊一猜便中,那么这除非是……想到这里,红晕了粉脸,自己也有些难为情起来了。果然阿文凑过嘴儿来,在她的耳边低低地诉说了一阵,笑道:

"你现在总知道了,不知道你心里也喜欢吗?"

"我不晓得。"

雪鸿的娇靥更通红起来,赧赧然地却逗给他一个白眼,也忍不住低头笑起来。过了一会儿,才轻声儿问道:

"那么你日子可曾拣出了没有?"

"还只有刚才妈和我谈起这一件事,你的心倒比我还要急哩!"

雪鸿见他涎皮嬉脸地取笑自己,这就啐了他一口,伸手向他一扬,做个要打的姿势,一面又逗给他一个白眼,嗔道:

"别人家正经地问你,你又喜欢贼秃嘻嘻来取笑人家,我现在什么都不管,你爱怎样就怎样,反正我有的姊姊会做主意。"

"说说玩话,你又生气了。雪鸿,我们到外面去走一圈儿好不好?"

阿文用了赔不是的口吻向她笑着说。雪鸿这才也正经地说道:

"已经是吃晚饭的时候,还到什么地方去走呢?况且我家里没有什么人,只剩了一个老妈子和龙儿,我也不放心。"

"那么我回家了,因为我原是送福根回儿童教养院里去的,在外面耽搁久了,母亲以为我们在外面闯了祸。"

阿文一面说,一面已是站起身子来预备要走的样子。雪鸿听了,忙问道:

"福根是什么人? 哦,我知道了,是不是你亲妹妹的弟弟吗?"

"你又来这一套了,因为我妈生了病,福根这孩子好多天不见我妈去教书,所以到我家来望望妈的,妈怕他在路上出了乱子,所以叫我送

190

他回院，谁知你听了，又引起你的醋罐子。"

阿文一面告诉，一面望着她嘻嘻地笑。雪鸿向他噘了噘嘴，方才又很关心地问道：

"不知妈生了什么病？有多少日子了？医生看过了没有？"

"差不多也有五六天光景了，医生是看了好几次，说我妈是操劳过度，身体亏弱的缘故，最要紧是静静地休养，不过我妈服务社会的精神是始终如一的，绝不肯有点儿偷懒的地方。唉，正是所谓鞠躬尽瘁，死而后已了。"

"像你妈这样年龄，有这样的思想，我觉得真是我们女界中的模范，但愿吉人天相，病占勿药，保佑她早日痊愈才好。那么我也不留你了，你就早些回家去吧。"

雪鸿方才用了祈祷的口吻低低地说，一面还催他早一些回家。阿文点了点头，在走到房门口的时候，忽然他又回过身子来。雪鸿奇怪地问道：

"做什么？还有话说吗？"

"不，我忘记了一样东西。"

"你忘记了一样什么东西？"

雪鸿的话还没有说完，谁知阿文冷不防地在她小嘴儿上吻了一下香去，说了一声再会，他便匆匆地逃到楼下去了。雪鸿待要嗔他几句，也已经来不及了，送忙回身走到楼窗旁边来，只见阿文正从会客室内走出，于是笑道：

"你这样顽皮，当心明天和我见了面，向你不依。"

"最多给你吻一个还。"

阿文抬起头来说，一面笑嘻嘻地跨出大门去了。

事情是非常凑巧，阿文在回家的路上，却又碰见了欧阳珠，只见她的神色很是不好。阿文问她到什么地方去，欧阳珠含了眼泪说道：

"我妈病得很危险，昨天才送她到广美医院，我此刻是到医院去的。"

　　阿文听了这个不幸的消息，心中自然代她十分地难过，遂问了病房的号码，说明天早晨来望她老人家。两人匆匆作别，阿文本来是很欢喜地回家，此刻又加重了一层悲哀，他迎着微微的晚风，全身感到有些寒意。

第十六回

　　欧阳珠含了一颗辛酸的苦心，急匆匆地踏上了广美医院的大门，找到了头等四号病房，推门进内，只见一个看护小姐正从房内悄悄地走出。欧阳珠要想问她母亲的病情怎么样了，看护小姐却摇摇手，拉她走到病房外面来，低低地告诉道：

　　"欧阳小姐，你妈的神色不大好，张医生说，恐怕一时里难以复原，所以你应该时常伴在她的身边才好。"

　　欧阳珠听她这样说，分明是病体很危险的意思，一时那眼泪扑簌簌地滚落下来，带了哀声的语气说道：

　　"爱丽小姐，那么我妈难道一点儿救星都没有了吗？请你可怜我，能不能和医生商量商量，救救我妈的性命呢？假使我妈能够不死的话，我总不会忘记你们的恩典。"

　　"欧阳小姐，你不要伤心呀，你妈并不是一点儿都没有希望了，但愿她吉人天相，那当然是再幸运也没有的事了。至于我们医院当局，对于无论哪一个病人，没有一个是不竭尽心力来救治他们的，所以你不必说这些话，只要看她今夜的情形怎么样，能够挨过了今晚，大概不会有什么变化。"

　　欧阳珠是个很聪敏的姑娘，她虽然觉得看护小姐是在安慰自己，不过看护小姐口中要说一个病人但愿她吉人天相的一句话，可见得她的病情已不是人力所能够救治了。要靠天的力量，这是多么渺茫，多么危险，她再也说不出一句什么话来，除了流泪之外，她是呆若木鸡般地怔住了。

正在这个时候，静华也匆匆地走来了。看护小姐另有别事，便自管地走开，这里欧阳珠见了静华，因为这一年来的日子，和他接触的日子太多了，而且受他帮助的地方也太多了，所以此刻见了他，也好像会见了什么亲人一样，不待静华问她母亲的病体怎么了，她掩着脸先是抽抽噎噎地哭泣起来了。这一来自然把静华吃了一惊，连忙很慌张地问道：

"欧阳小姐，你妈怎么了，你妈怎么了？"

"我妈……"

"你妈怎么了？欧阳小姐，你千万不要哭呀！"

静华听她只说了两个字，却哽咽着喉咙，再也说不下去，于是拍着她的肩胛，向她又低低地慰问。欧阳珠这才咽不成声地说下去道：

"我妈的病势恐怕是很危险的了。这……这……叫我怎样办才好呢？"

静华见她急得涨红了粉脸，眼泪像雨点儿一般地滚落下来，一时颇令人感到楚楚哀怜，这就拉了她的手，说道：

"你进去可曾见过你妈的情形怎么样了？她对你曾经说过些什么话？"

"我还没有进去见过她。"

"唉！你不要孩子气了，既然还没有进去望过她，你怎么知道她的病是很危险了呢？别哭，别哭，被你妈听见了要伤了她老人家的心。就是她真的很危险了，徒然伤心也是没有什么效力，有我在你的身边，总不会叫你感到一点儿为难的地方。欧阳小姐，我们还是快到里面去看看她吧！"

静华一面说，一面已拉了欧阳珠的手走进病房里去了，两人靠近床

194

边，只觉欧阳夫人静悄悄地躺在床上，她微微地合上了眼皮，虽然是睡着，却没有一些呼吸的声息，好像是很昏沉的样子。欧阳珠见了母亲枯黄的两颊，而且又是这样惨淡的情形，心中先觉得一阵子悲酸，只叫了一声妈，她的眼泪便又夺眶淌了下来。静华把她衣袖拉了一下，当然是叫她不要难受的表示。欧阳珠只好竭力又忍熬住悲哀的发展，收束了泪痕，继续又叫道：

"妈，你此刻觉得怎么样了？不知道肚子里可有些饿吗？"

欧阳夫人似乎听见女儿的叫声，她微微地睁开眼睛来，向欧阳珠脸上淡然地逗了那么一瞥，摇了摇头，却把眼皮又合了上来。从她这一点没有精神的样子看来，可见母亲确实已步入了最危险的阶段，她想到母亲一切后事的费用，以及今后自己凄凉的身世，她是痛苦到了极点，几乎熬不住失声哭了起来。静华这就把她悄悄地拉到了房外，对她认真地说道：

"欧阳小姐，你千万不要难过，事到如此，我也不顾你的伤心，只好向你说出这样不得已的话来了。我看你妈的病势，真的很是危险，恐怕朝不保夕，虽然生离死别，这是世间一件最伤心的事，何况她是你的母亲，骨肉天性，谁能免得了不痛心？不过年老之人，患病而终，这是古今皆然，绝非人力所能挽回，我们做子女的只要给她善理后事，也总算是尽一份的孝心了。"

"话虽这么说，但是值此物价飞涨的时期，叫我一个弱女子又有什么能力来负担这一项费用呢？"

欧阳珠泪眼盈盈地凝望着静华的脸，她是满面堆上着无限的忧愁。静华觉得这是一个绝好的机会，遂十二分诚恳的表情说道：

"欧阳小姐，我不是已经向你说过了吗？只要有我在你的身边，我总不会叫你感到一些困难。"

"可是我在这一年之中已接受了你不少的帮助，我怎么好意思一再地花费你金钱，叫我心里如何说得过去？"

195

欧阳珠红了脸，她心中除了感激之外，是只有感到一阵热辣辣的羞惭。静华很慷慨地说道：

"欧阳小姐，请你别说这些话，常言道，士为知己者死，我以为大家只要认为是知己，就是牺牲了性命，也不足为惜，何况是一点儿金钱问题呢？再说你的母亲和我的母亲一样，就是毫不相识，人类亦有应尽之义务，何况我们是朋友呢？所以你不必放在心上。这时你母亲也不会醒来，时候也不早了，我的肚子倒有点儿饿起来，我想到外面大家先去吃了饭，再来陪伴你的母亲可好？"

一个人在患难的时候，叫天不应，叫地不理，假使有个人来同情他、安慰他，这在对方的人的心里，所感到的恩惠，好像是雪中送炭，又好像是极度严寒的天气中，突然得到了一点儿暖意温存一样的感动。欧阳珠进大昌股票公司的时候，见了静华对自己那种献殷勤的举止，在起初她是存了厌恶的心理，所以每次和静华出外游玩，完全是勉强敷衍性质，不过自己的环境是这样恶劣，生活程度却又毫不放松地向上高涨，兼之近年来母亲的生病，十天之中倒有七天是睡在床上的，那么单靠她做一个女职员的薪水，怎么能够维持得下去？所以在当初对于静华的接济还怕他存了什么野心的启示，但到后来，为了自己的需要，而且见静华那种温存的情形，她也会自然而然地发生好感起来，这也是所谓日久情生的一句话。当时欧阳珠自然没有拒绝的力量，跟着他默默地走出了广美医院的大门，在一个小型的广东馆子里坐下。静华取过菜单，便开始点起菜来。欧阳珠阻拦他说道：

"樊先生，你不要点菜，叫两客客饭吃得了，因为我也吃不下，点了菜也是白白地糟蹋，挺贵的钱多可惜。"

"那么你要吃些什么客饭呢？其实点两只菜也花不了多少钱，客饭嫌肮脏，还是点菜的好。"

静华一度想答应她的意思，但他又有了一个感觉，遂坚持他自己的主意，点了两菜一汤，叫侍者匆匆地拿上。欧阳珠拿了筷子，挑着碗内的饭粒，可是并不送到她的嘴里去，她这时思绪是非常复杂，而且也十二分悲哀，因此她呆呆地简直有些木然的样子。静华抬头望了她一眼，遂温和地说道：

"欧阳小姐，你只管安安心心地吃饭，自己的身子千万要保重点儿，你母亲不是只遗下你一个独养女儿吗？那么你应该给你母亲还要好好儿争一口气做一个人。虽然你想着你以后的身世是十分伤心和忧愁，不过我是十分同情你的一个人，记得我们去年认识的时候，我对你就有了一个很深刻、很美丽的印象，更记得那天在舞厅里曾经和你谈过许多话，你说时间方面太短促，所以我是静静地等待着，直到今天也有一年多的时间了吧？我想一年的时间虽不能说长，但也不能说短，我想你的芳心里大概总可以知道我对你是这一份样儿的诚实吧？欧阳小姐，我实在不能再忍熬了，请你回答我，你是否能可怜我一片痴心而接受我的爱？你告诉我吧，欧阳小姐！"

在这一个时期里，欧阳珠的环境可说是陷于四面楚歌的情形，静华很聪敏地却向她问出了这几句话，在他心中至少是包含了一点儿要挟的成分，于是欧阳珠的芳心里便开始感到极度痛心起来。她不由暗暗地思忖了一会儿，我母亲的病总是凶多吉少，不但是风前残烛，可说是朝不保夕，那么死后的一切费用，除了静华有能力可以来帮助我之外，其他恐怕是没有什么人了吧。那么我若不答应静华的要求，他自然要十分生气，生气倒是小事，换句话说，他就不会再来帮助我的经济。当然权利与义务是相等的，假使他没有享受到相当的权利的话，他何必要来尽接济我的义务呢？虽然我每次受了他的恩典，在情理上说，似乎也应该有报答他的必要，不过叫我心中又如何对得住阿起呢？欧阳珠在这样左思右想之下，好像不答应他，这是不可能的事情了。但是爱情绝不是金钱买得到的，他的热心接济我，这是他的慷慨仗义之处，至于我嫁不嫁给他的问题，这是另外的一件事情，假使因我的不答应他婚事，他就立刻和我破裂，这样他的帮助我也显然不足为可贵的了。欧阳珠这么一想，她似乎也要试一试静华的本心，于是凝眸含睇地向他凝望了一会儿，低低地说道：

"樊先生，对于这一件事情，请你原谅我，因为我一时里不能够做准确的答复，你想我母亲病得这个样子，我做女儿的还有心思再来解决这个问题吗？"

"就是因为你母亲病得这样危险，对于你的终身似乎应该有一个归宿才好。"

静华想不到她会说出这样话来，因为是出乎意料之外的缘故，所以格外感到气愤一点儿，在他说这两句话的时候，脸色是相当的沉寂，显然他是多么的不快乐。可是欧阳珠也是个个性倔强的姑娘，虽然她是看得出静华的不喜悦，然而在意气用事之下，她会什么都不管的，于是也冷冷地说道：

"我以为还没有谈到这种事情的时候，樊先生，很对不起，请你特别地原谅。"

照静华的脾气，他几乎气得要暴跳如雷起来，然而他在女人家面前的忍耐功夫，到底有些涵养，遂微微地一笑，这笑当然是包含了苦涩的成分，低低地说道：

"欧阳小姐，你不要说这些原谅的话，其实我并没有生一点儿气，因为我知道男女间的爱情绝不能有丝毫的勉强，你不要以为我处处地方帮助你，就是因为我对你有着野心的缘故。你千万不要误会，就是你不肯答应我的婚事，我也绝不会放弃我对你帮助的责任。"

"不，樊先生，我知道你的心，请你也千万不要误会我才好。"

静华这几句话是很有力量的，刺激得欧阳珠心中感到无限的歉疚，也不知为什么缘故，她竟心酸得淌下泪来。经她这一淌泪，静华就看准了她的弱点，觉得女子的心到底容易感动的，当然他是十分的安慰，遂又温和地说道：

"这是我不好，累得你又伤心起来。欧阳小姐，我们把这些事撇开

198

了不谈，还是快点儿吃了饭，我们到医院里去正经。"

欧阳珠没有说什么，她低了头，只吃了半碗饭，便放下了筷子。静华劝她再吃一点儿，她摇了摇头，却不吃了。这里静华也匆匆吃毕，付了账单，和欧阳珠出了馆子。走到医院门口的时候，静华站住了步，说道：

"此刻我不进去了，我想今天晚上总不至于生什么变化，我明天一早来看你。"

"也好，那么明天再见。"

欧阳珠就这么简单地回答了一句，静华就匆匆地坐车走了。欧阳珠直待见不到他的影子后，才回身跨进了医院的大门，一路向病房里走，一路细细地思忖：看静华的神情，虽然是有些不高兴，不过凭良心说，这自然也怪不了他，一个男子，肯如此热心仗义地帮助，也无非因为我是一个女孩儿家，现在我不肯爽爽快快地答应嫁给他，在他自然要感到万分的失望了。一时又想到刚才遇到的司马文，他到底不是阿起，假使他是阿起的话，我也不需要静华的帮助，我想阿起总会给我想办法的吧。于是又想这次自己写给阿起的信，不知道他到底收到了没有，假使收到的话，为什么这许多日子却没有一个字的回信呢？难道他没有工夫写信吗？难道他已遭了不测而成仁了吗？想到这里，一阵子悲酸，泪水又掉落了满面。

欧阳珠神思昏昏地走向病房里去，这时走廊里暗沉沉的，虽然亮了几盏电灯，不过光线还是这般的暗淡。她泪眼模糊地忽然见前面走来一个男子，起初她倒并不注意，谁知和他擦身而过的时候，却觉得有阵阴森森的冷风吹袭得身子抖了一抖，她连忙回头去看的时候，谁晓得却已没有了这个男子。欧阳珠心里这一吃惊，顿时毛发悚然，不寒而栗，三脚两步地走到母亲病房里，只见母亲还是昏沉沉睡在床上，她觉得自己这一颗心好像小鹿般地乱撞，这时，方听她母亲在床上叫道：

"志华，志华，你等等我，你等等我，我们一块儿走吧!"

志华是父亲的名字，欧阳珠是知道的，当时她更加害怕起来，暗想：难道刚才那一个黑影子果然是我的父亲吗? 显然地我妈的病是不会好了。一时伏到床上去，拉了她母亲像枯柴似的手，带哭地叫道：

"妈，妈，你……你……在说什么话呀?"

"哦! 阿珠，你……在哪里? 我……我刚才做了一个梦。"

"妈，你梦见了什么?"

"我梦中看见你的爸爸，你爸爸和活着的时候一样，他对我笑着说，这个年头儿，他的生活比我过得好，不过他又说我就可以脱离很痛苦的生活了。"

欧阳夫人望着阿珠的粉脸，她颤抖地说出了这几句话，在她语气之中多少是包含了一些悲哀的成分。但是这几句话听在阿珠的耳朵里，不啻一个催泪弹，梨花样的面上立刻沾现了露水般的泪珠，她还有什么话可以说呢? 她是只有伏在妈的身上呜呜咽咽地哭泣起来。

"阿珠，你不要哭，你不要伤心，人老了，免不了要死的，何况这一个时代，穷人就怕的是苦长命，所以在别人家的心里也许把死当作一件悲哀可怕的事情看待，然而在我的心中却认为死是一件使穷人可以根本解决痛苦的归宿。但是话又得说回来，这个世界上，活着固然是难过日子，但死又何尝是一件容易的事情? 一具棺材最起码要一千多万。唉! 天哪! 穷人是活不得死不得的，我还有什么可说? 我还有什么可说……"

欧阳夫人上气不接下气地说着，她这一种语气可说是沉痛到了极点。欧阳珠的芳心好像有刀在割一般地疼痛，她几乎痛哭起来，说道：

"妈，你不要说这些话了，我的心全都碎了，可怜这是我做女儿的没有能力，假使早日给你老人家进院就医的话，你又何至于会病到这般地步? 唉! 妈，是我害了你，是我害了你……"

"孩子，我苦命的孩子，你不要这么地说，可怜自从你父亲死后，这几年来家中一切的负担真的也亏你维持的，我假使没有了你，我还有谁来奉养我呢？所以你没有害我，乃是我害苦了你。阿珠，为了我，使你没有一点儿积蓄，这一次我丢下你走了，我又得害你为我料理后事，但女儿的能力我是知道的，唉！这一副重担压在你的身上，叫我死了又怎么能够闭得下眼睛呢？唉！我想不到我们竟会这样的苦命。阿珠，最后我做娘的要劝你几句话，你也不要太以痴心了，我知道你是忘不了阿起，所以这一年来，樊先生虽然待你这样的好，你在背后还说他的不好。现在我是不能再来管你了，剩下你这么孤零零的一个弱女子，你若不找一个终身的归宿，你难道喜欢在社会上浪荡吗？阿珠，我希望你能听从娘的话，接受樊先生的爱，那么我虽然是死了，我也总算可以放下一条心了……"

欧阳珠听母亲说到这里，眼睛向上一翻，几乎要咽气了的神气，一时她又急得哭喊起来，说道：

"妈，你这些事情，千万不必再为我操心了，你还是静静地养息要紧，我想老天也绝不忍心让人间来发生这一幕惨痛的悲剧……"

"老天，唉！老天管得了这许多吗？"

欧阳夫人苦笑了一下，在说过了这一句话之后，忽然哇的一声，她却吐出一堆青黄颜色的水来，经此一吐，她就昏迷了过去，急得欧阳珠捏住了母亲的人中，连声地叫喊。看护小姐们闻声赶进来，一见这个情形，也不免吃了一惊，大家连忙去请值班的医生到来。医生用听筒在她胸口听了一听，又把手电筒在她眼睛上照了照，觉得她的眼珠已经停住了，这就摇了摇头，叹了一口气，说道：

"你们叫院役拿氧气筒进来吧！"

看护小姐匆匆到外面去吩咐了，不多一会儿，院役们抬进一只氧气筒，把皮套子覆在欧阳夫人的口鼻上，经过一刻多钟，方才慢慢地苏醒过来，其实这一种急救的办法，也无非暂时性质。欧阳珠见他们忙碌了一阵，母亲虽然是苏醒过来，但她两眼呆呆地望着自己，这回可怜她连说话的能力都没有了。欧阳珠叫她母亲,她也不会答应了,只向她有个凝视,表示理会的意思,她的眼角旁边,也会涌上一颗晶莹莹的泪水来。欧阳珠虽然明知母亲已步入了不可救的地步,不过做子女的总希望还有最后万一有个救星,所以向医生苦苦地哀求。医生也觉得没有什么办法,为了尽医者的责任而已,不得不给她老人家又注射了几枚针,可是这一种勉强的办法,徒然再多延迟几小时中使病人增加一重痛苦罢了,有了这几枚强心针的力量,欧阳夫人的生命总算延迟到东方发白。窗外一阵鸡啼的声音冲破了四周黑暗的时候,她一缕久经社会磨折的幽灵,也就缥缥缈缈地与世长辞了。

医院的规矩,病人死后,当即移入太平间。欧阳珠因为一夜未睡,而且这一夜之中,暗暗地啜泣了好多时候,所以此刻叫她哭,她的眼泪也已经哭干了,眼巴巴地望着母亲的尸体由院役移出到病房外面去,她的心像有人在摘一样,好像鲜血都已沾染了她的心房,她几乎要疯狂起来。

就在这个时候,静华匆匆地到来,一见病床上已经是空空的了,他这就失声地叫起来,说道:

"啊呀!老伯母她……真的死了吗?"

欧阳珠正在万分孤独之余,现在见静华果然一清早地赶了来,可见他对我昨天拒绝的话,真会没有生气,觉得他还不失是个真心帮助我的好人,所以在十分感激之下,她也说不出什么话来,望着他只会淌下泪来。静华在昨天分别的时候,确实有些不高兴,觉得自己这一年来的心血真是白费了一场,谁知道她是个这样无情无义的女子,所以他灰心得真的和阿珠有绝交的意思。后来他睡在床上,整整地想了一夜心事,觉得自己也不能太以性急,昨天的话仔细地想来,自己原有些不该说。因为人家母亲病得这样危险,做子女的心中真是充满着一万分的悲哀,假使抛弃了这个悲哀的事实,来和一个男子商议自己恋爱的事情,这似乎那做子女的也太没有心肝了吧!静华在这么感觉之下,他立刻又同情欧阳珠起来，不但不恨她了，而且还觉得她的可爱，一个对父母孝顺的子女，她一定是个多情的人，所以阿珠拒绝自己的婚事，这也许真是她多情的表示。左思右想地忖了一夜心事，第二天早晨就再也睡不着了，所以一清早的就匆匆地到医院里来了。

人究竟是感情动物，静华对于欧阳夫人果然会离别了世间，自然也有些悲哀，这就红了眼皮说道：

"我真想不到这样早地赶了来，你妈却竟等不及我来见见最后的一面……"

欧阳珠被他这么一说，方才忍不住哇的一声又哭泣起来。静华见她这一种痛心的样子，也不由落下泪来，遂竭力向她安慰道：

"欧阳小姐，事情已到这个地步，徒然痛哭还有什么用处？况且这时也不是哭泣的时候，我们要料理她的后事要紧，你们在上海不知有多少亲戚朋友，也该去报一个丧才好，所以第一步就是把老太太先车到殡仪馆去。"

"可是我的神志糊涂得很，连怎么样办事都茫然了。樊先生，承蒙你热心来帮助我，我实在是太感激你了。"

"欧阳小姐，千万不要再说什么感激的话，那么我们一同走吧。"

静华一面说，一面拉了欧阳珠的手，便匆匆地走到外面去了。事情是十分的巧，但也可说是十分的不巧，欧阳珠把母亲尸体移到殡仪馆去之后不到一小时，司马文却匆匆地来医院里望他们。医院当局告诉他老太太已死的消息，阿文呀了一声，心中也不由悲哀了一阵，遂又问道：

"请问欧阳太太现在送到什么殡仪馆？能不能告诉我吗？"

"这个我们倒不详细，你先生若早来一个小时，她们还没有走哩。我想你既然是她们朋友亲戚，说不定她们会来你家中报丧的。"

阿文听了这些话，心中暗想：这倒也很不错。于是就匆匆地作别，自管回到家里来。因为妈是有病之人，而且也是个年老之人，所以这种触耳惊心的消息，也不必去告诉飞霞知道，他还叮嘱陈妈，假使有人来报丧的话，你得偷偷地来告诉我，不要给母亲晓得。可是阿文这日在家中等了一整天，却不见有人前来报丧，于是也只得罢了。

原来，欧阳珠在上海本来没有什么亲戚朋友，所以她也一概不通知人家，这天一切事务，当然全靠静华一个人料理。直到下午五点敲过，方才入殓完毕，把灵柩暂寄四明公所，欧阳珠在寄柩处她是不肯离开了，伏在棺材上痛哭不已，直哭得声嘶力竭，几乎昏倒在地上。静华好容易把她劝住，带扶带搀地走出了阴森沉沉的殡仪馆，方才坐了汽车，送欧阳珠回到家里。

到了家里，天色已夜，静华劝欧阳珠早点儿休息，此刻阿珠已经精神提上了，所以倒也不觉十分疲倦了，遂望着他说道：

"樊先生，你也真够辛苦了，快坐下来息息，我弄饭给你吃吧。"

"你自己昨晚一夜未睡，而且今天又哭了一日，脸色很不好看。我的意思，你也不要烧饭了，还是早点儿休息，我到外面去喊两客饭来，或者买点心来吃一点儿也好，因为你再不休息，恐怕是要病倒的了。"

静华一面说，一面已匆匆地走下楼去了。欧阳珠在这一个时候，她对静华无形中增加了无限的好感。她暗暗地思忖了一会儿，心中自然说不出的感激，因为今天若没有静华以人力、财力来热心帮助的话，我母亲何以为殓？那叫我一个弱女子不是要上天无门入地无路了吗？不说欧阳珠心中感激，静华已匆匆地买来两听红烧牛肉、一听烧卖、两只奶油面包，他含笑说道：

"我看还是这样吃一点儿比较清洁一点儿。"

"樊先生，这次承蒙你帮忙，不足言谢，我只有心中感激你是了。"

欧阳珠一面把罐头牛肉等开了，一面拿刀片了面包，一面用了无限感激的口吻向他亲热地说。静华当然不好意思接受她的感激，说了许多应该帮忙的话，待吃好这一餐晚饭，又劝欧阳珠不要伤心，早点儿休息，他便自管回家去了。

这里欧阳珠睡在床上，左思右想地乱忖了一会儿，想起以后的身世，真是孤苦无依，万分的凄凉，因此又整整地哭了一夜。这正是积劳所以致疾，第二天早晨醒来，欧阳珠全身发热，头晕目眩的，真的也病倒在床上了。

第十七回

欧阳珠这晚神志是很昏沉，这是因为她热度非常盛的缘故，她做了许多梦，一会儿好像自己还在医院里陪伴母亲的病中，一会儿好像母亲病体好了而且出医院了，不过醒来的时候，在窗外月光淡淡的照映之下，觉得冷清清孤独的当儿，忍不住又哭泣了一会儿。到了第二天早晨，她的热度更加厉害，口里也渴得要命，要想拢一口茶来吃吃，可是叫谁去倒呢？她竭力挣扎着坐起床来，但头脑子好像劈开一般的疼痛，再也支撑不住地又倒了下来。在这个时候，欧阳珠的内心是够感到痛苦了，她不免想起三年前的一个秋天里，自己生了病，母亲急得什么般地磕头求神灵，请医撮药，晚上更是衣不解带地服侍我。在当初自己是不会体会到这许多的，现在母亲没有了，而自己又遭到这一种环境，方才显见得母亲的伟大真是无出其右的。欧阳珠含了眼泪，呆呆地思忖了一会儿，忽然她的肚子像绞一般地痛起来，好像是要泻一般的光景，这就急得没有了办法，因为自己是个好洁的脾气，所以她用尽了气力，猛可地跳起床来，跌跌冲冲地走到便桶旁边，还只刚坐下，就是一阵子狂泻。欧阳珠只觉满额角都冒上汗点儿来，她不禁暗想：这可不得了，身上已经有了热度，还要狂泻，这次的病势可不轻，这叫我孤零零的一个人真不知怎么呢。待她泻毕，已是精疲力竭，要想走回到床边去睡，这就觉得寸步难移了。她一手按了额角，一手去抚摸着梳妆台，可是离开床边还悬空着四五尺路，等她手一放妆台的时候，忽然一阵子头晕目眩，身子摇了一摇，便向后栽跌下去。事有凑巧，齐巧静华从房外推门进来，一见这个情形，立刻抢步上前，把欧阳珠的身子扶住了，叫道：

"欧阳小姐，你怎么了，你怎么了？"

"哦！樊先生，我竟病了。"

欧阳珠这时候也不知道是谁扶住了自己，她靠着静华的身子，闭了眼睛静静地过了一会儿。良久，才睁眸向他望了一眼，在她似乎也想不到会是静华，遂哦了一声，低低地告诉。静华见她穿了小衫小裤，全身都靠在自己的怀内，虽然此刻不是领略温柔滋味的时候，但到底总有些软绵绵的感觉，这当然是个机会，遂把她抱住了，很焦急地说道：

"啊！你好好儿的怎么会生起病来？既然身子有病，你为什么下床来呢？"

"因为……因为……我又泻起来了……"

欧阳珠虽然有些难为情，但自己没有能力来站住了，她气喘喘地回答，全身觉得每个细胞里都在出冷汗。静华这就带抱带扶地把她身子扶到床上去睡下了，还给她盖了被，伸手在她额角上一按，简直烫得火炭似的一团，这就皱了眉尖，说道：

"想不到你自己又会病得这样的厉害，这……这……便如何是好？"

"樊先生，对不起，劳驾你，给我弄一点儿开水喝吧。"

欧阳珠忍熬不住口中的干渴，遂向他低低地要求。静华遂在热水瓶里倾倒了一杯开水，挽起她的脖子，让她喝了半杯。欧阳珠乌圆眸珠向他转了转，表示无限感激的意思，但她一头躺倒的时候，却又闭上了眼睛，从她这一点子表情上看来，可见她是病得一点儿精神都没有的了。静华不免搓了搓手，沉吟了一会儿，说道：

"欧阳小姐，你的病势来得很不轻，家里住着，晚上白天谁来服侍你的要茶要水呢？所以我觉得这样子总不是一个办法，还是住到医院里比较妥当。"

"我想在家里睡上两三天也就好了……"

欧阳珠虽然觉得静华说的是正合着自己的意思，但自己是无能力的女子，哪里好意思答应他的提议？所以她口里还这么地表示不同意。静华说道：

"就是你要在家里养病，也得找个老妈子来服侍你才好，否则医生请来，谁煎药给你吃呢？况且一时里去找个老妈子来陌陌生生的也很不方便，所以我的意思，还是决定住到医院里去。我知道你的心中大概是为了舍不得钱，其实你可以不必放在心上，钱是身外之物，有了身体之后，那钱方才有用处，假使没有身体的话，就是有了千千万万的家产，恐怕也没有什么用处的了。欧阳小姐，你且躺一会儿，我马上打电话到医院里去，叫他们放一辆救护车来吧。"

静华一面说话，一面回身要走出房去。欧阳珠忙道：

"樊先生，你慢些，我也不是什么急病，还是自己坐车到医院去吧，因为医院里对于救护车是不肯轻易放出来的。"

"我怕你走不动路，那么你能下楼去吗？"

欧阳珠点了点头，表示还能够支撑的意思，她又挣扎着坐起身子，静华立刻给她递过了一件旗袍，她便匆匆地披上了，待扣齐纽子的时候，倒在床栏上又息一回力。静华看在旁边，只管搓手，要想给她帮忙，可是到底要避一些嫌疑。好容易待欧阳珠套上了一双鞋子，静华才拿了她的大衣，提了衣领子是给她披上的意思。欧阳珠这时候也说不出什么感激的话，好像很应该地让他扶了身子向房外走。好在房门上原装有司必令锁，所以只管关上了，就陪伴欧阳珠坐了汽车到克德医院里去了。

到了医院，经过医生的诊视，然后住到头等病房。静华在会计处付了房诊金，然后又到外面去买了许多病人可以吃的食物，只见看护小姐给欧阳珠在量热度喝药水，待看护小姐走出病房之后，静华方坐到床边的凳子上去，说道：

"你此刻可有饿了没有？我给你买了饼干，要不吃一些？假使你口渴的话，这里还有橘子。"

"不，多谢你，我一些也不饿，但嘴里倒真的有些渴，橘子我不要吃，但给我喝一些开水吧。"

欧阳珠见他温情蜜意地坐在床边，而且十分小心地服侍自己，在这一个处境之下，她内心是感激得无以复加，不管他对我究竟有无真心的爱，不过要一个男子在这样患难之中而尽了这样大的力量，怎不要令人感动得也激起爱的情苗来呢？所以她的明眸脉脉地凝望着他，表示无限情意的样子。静华给她喝过了一些开水之后，又取了一只挺大的蜜橘，剥去了皮，抽去了筋，一瓣一瓣地放在温开水里浸了浸，然后又亲自塞到她的口里去，低低地说道：

"这样子你吃下去，就不会妨害病体了。"

"樊先生，我真不知该说些什么话来向你表示感激才好，母亲身后的一切，已经花费了你许多的精神和财力，如今我忽然生了病，假使没有你来帮助我，我一个孤零零的弱女子，叫爹不应，叫娘不理，也不知要痛苦到如何地步呢。唉！所谓日久见人心，这句话我方才相信的了。"

欧阳珠想到了阿起的不忠实，同时又想到阿文到底和自己是普通朋友，所以那天在车站相遇之后，口里虽然说得好，事实上他当然是忘记了。那么到底又要说到静华了，在那夜馆子里自己照样地还拒绝他，可是他并不记一些恨心，结果还是用了最大的力量来帮助我，可见他对我确实并无有纯粹的私爱在里面，他至少是还包含了一些互助人类本应当的意义。欧阳珠在这样思忖之下，想起自己和静华在过去那种冷待的态度，实在有些不应该，因此这时候，她在说出了这几句话之后，她会情不自禁地落下眼泪来。对于欧阳珠这一种温柔的话，静华和她认识以来，实在还只有第一次听见，他觉得只要功夫深，铁条磨成针的古话真是一些也不错，他的脸上情不自禁地显了胜利的微笑，不过口里还是很大方地说道：

"欧阳小姐，这一点儿小事，你千万不要放在心上，那我不是早对你说过了吗？只要你的身体好起来，就是牺牲了我全部家产也不足为惜，那更何论其他的吗？欧阳小姐，常言道，人生最难得者，唯知己而已，现在我的心中认为你真是我生平第一知己，士为知己者死，一个人连死都不怕，用了几个铜钿，自然是不足为奇了，所以你不要胡思乱想，你要好好儿地静养。欧阳小姐，你为什么心中又难过起来了呢？"

"不，我并不是难过，因为……因为……我心中太感激你了。"

静华说到末了，又用手帕去拭她脸上的泪水。欧阳珠这才摇了摇头，红晕了两颊，低低地回答。静华听到在耳朵里，当然是喜欢得像吃了一块糖样甜蜜，因为时已不早，静华还要到市府里去接洽一点公事，方才匆匆地别去。

司马文对于欧阳珠的事其实也很关心，因为她是哥哥的知心好朋友，那么哥哥既然不在上海，我做弟弟的似乎也该尽个照料的义务，所以那天在家等了一日，到第二天下午又匆匆地到欧阳珠家中去探望。谁知房门关得紧紧的，敲了许多时候，不听有什么人来答应，他想问下面房东，偏房东太太也出去了，因此他只好怏怏不乐地回去。后来为了自己结婚的事情，天天地忙碌，所以把欧阳珠的事也就慢慢地淡然了。

匆匆过了三天，在这三天之中，欧阳珠的病可说有增无减，泻得成了痢疾，所以两颊瘦削得十分怕人。这天静华匆匆地来探望她，只见欧阳珠睡在床上，很迷糊的神气，静华不敢惊动她，坐在旁边沙发上，望着她憔悴的芳容，心中真有些难过，由不得暗暗自想了一会子：可怜我为了她一个人，也不知花费了多少金钱和心血，方才把她一颗心渐渐地向着自己了，万不料她的病势会一天一天地厉害起来，万一她的病不治而死，这……这不是叫我白费一番心血空劳碌吗？正在暗暗地忧愁，却听欧阳珠哇的一声哭了起来，而且还喃喃地不知在说些什么话，于是忙站起身子，走到床边，低低地唤道：

"欧阳小姐，欧阳小姐，你梦魇了，快醒醒吧，快醒醒吧！"

欧阳珠睁眼向他望了一眼，方知自己是在做梦，遂微微地叹了一口气，向静华点了点头，问了一声："樊先生，你多早晚来的？"静华见她眼角旁边涌上一颗晶莹莹的泪水，备觉楚楚可怜，遂也凄然地说道：

"我来了不多一会儿，欧阳小姐，你梦见了什么？不要难过，静静地休养，病体总会好起来的。我知道一个生病的人，她的思绪往往容易趋向于悲哀一方面去，其实这是错误的，你应该放开胸怀，常常想些快乐的事情，那么你的病体自然也更会好得快一点儿了。"

"樊先生，只怕我是辜负你一番热诚帮助的心血了……"

"欧阳小姐，你为什么要说出这样伤心的话来？那不是叫我太以沉痛了吗？我想一个人小病小痛是免不了的，所以你千万别说这些话，我相信老天绝不会给一个好姑娘陷入了悲哀的结局。"

"老天哪里管得了这许多，这次的病恐怕是不会好了。樊先生，你待我的好处，我都明白，今生我不能来报答你，也除非只有待来生吧。虽然我是不幸而死，但到底你已尽了最大的力量，所以好了是我的命，不好也是我的命，我也不恨天，也不怨地。总算有你这么一个知心人来赤心地帮助我，我就是死了，也很安慰的了，只不过在你的心里，未免是太感到一些痛苦罢了。不过你也得想明白一些，世界上的女子不是我一个人，比我好的真不知有多多少少，所以我劝你不必为我而伤心，保重你的身子，为你的前途多奋斗一下子吧！"

欧阳珠说到这里，她的眼泪便像断线珍珠般地直滚落下来。静华听了这些断肠的话，他的眼皮也由不得红了起来，叫了一声"欧阳小姐，你……"你字还只有吐在喉咙口，他的泪水也忍不住沾上了满颊，心中暗想：她直到今天才向我说出了这几句话，可见她这次病若痊愈之后，当然是很情愿地嫁给我了。一时在悲哀之中，倒又感觉得十分安慰，遂低低地说道：

"欧阳小姐，你再说这些话，我的心也为你碎了。我回头跟医生去商量，无论如何总要把你的病看愈了才好。"

欧阳珠这回没有说什么话，她把静华的手握紧了一阵，显然她是无限感激的表示。静华伏在床边，却把她手按在自己的颊边，默默地亲热了一会儿，两人在无限温情之余，却感到一阵凄凉的意味。说也奇怪，经过了他们这一次谈话之后，欧阳珠的病却日渐痊愈起来。静华心里的欢喜，真是难以形容。

光阴匆匆，不知不觉过了半月，在这半月之中，静华是没有一天间断地来陪伴欧阳珠，所以今天在病好之后，欧阳珠自己的芳心里也好像自己这个人是已经属于静华所有的了。

这天下午四五点钟的时候，太阳已渐渐地向西偏斜下去，病房里是冷清清的，尤其是秋季节里，更显得寂静一点儿。欧阳珠倚靠在床栏上，望着窗外淡淡秋阳下笼映的海棠花，更显得鲜丽而娇媚，手里拿了一面长柄的圆镜子，对着自己的脸照了一照，头发是那么蓬松，两颊虽然在病后几天中略为已恢复了过去的丰腴，但总不免带了几分没有血色憔悴的苍白。她放下了镜子，微微地叹了一口气，伸手在枕头下面又抽出一本《新约圣经》来，一面翻看，一面心中由不得暗暗地思忖：自己这次的生病，真可以说是死里逃生的。这里原本是教会医院，所以每天有年老的太太们拿了《圣经》来安慰病人，讲点儿耶稣的故事给病人们听，并且说耶稣的神力非常伟大，他是上帝的儿子，只要有人肯信仰他，无论什么人在遭到无论怎么危险的事情，也会平安地得救的。一班病人们听了她们的话，不知怎么的，心里也自然而然地会有一种深深的安慰，就是有许多的忧愁和烦闷，也会无形中而消失的。她们见病人们欢喜，又会送病人一个亮晶晶的十字架，叫病人们挂在胸口，表示可以赶走一切魔鬼的意思。欧阳珠小时候原也在教会学校里读书的，那时候她绝对不相信什么耶稣的，因为她的思想很好，认为外国人到中国来传教，根本就是宗教侵略，所以她认为绝对不能信仰，不过事到今日，为了环境的差别，她的胸口上居然也会悬挂了一个亮晶晶的十字架。此刻她抚摸着这个十字架，觉得自己的病确实是靠上帝的神力，我才能脱离了险境而慢慢地痊愈起来，假使没有上帝在暗中保佑的话，静华也许不会赤心忠胆地救济自己。想到这里，对静华自然地发生一种热情的好感。正在这时，房外走进一个少年来，这是静华，那当然不必再说的了。静华走到她的床边，因为有了很多日子的相聚，好像彼此都很随便而不用避一些嫌疑的了。他在床边坐下了，拉过她的手，微笑道：

"我见你今天的脸色更加好了，这是天父上帝的神力，我们是应该深深地表示感激的。欧阳小姐，你说对吗?"

"虽然说是上帝的神力，但到底还是靠樊先生的热心仗义，假使没有你来帮助我的话，只怕我的病也是不济于事，所以我得先向你深深地感谢才好。樊先生，你说我这个话也很对吗?"

欧阳珠好久不曾掀起的笑窝儿，她深深地又在颊上映现出来，乌圆眸珠在长睫毛里滴溜地一转，望着他很天真地回答，从她这几句话中可以知道她内心对静华热爱已增加到一百二十分的了。静华除了安慰之外，是只有感到无限的甜蜜，把她纤手抚摸了一会儿，却摇了摇头，微微地笑道：

"我说你这话不对，我的帮助你，不过是人类应尽的义务，至于你这样危险的病能够好起来，这当然完全靠天父上帝的神力了。欧阳小姐，说起你的病，我真为你也哭泣了好多天，尤其是那天你对我说了这种好像诀别的话，我真为你心都碎、肠都断了，可是老天可怜我们，所以使你又一天一天地痊愈起来。我当初也这么地想，像你这样一个美丽贤惠的好姑娘，老天也许不会这样的残忍而叫你步入幻灭的道路

213

吧！现在你果真地复原了，我是多么的欢喜，我是多么的兴奋。欧阳小姐，假使当时你真的遭到不测的话，说不定在那时候我真的也会痛不欲生吧！"

静华后面这一句话虽然有些过分肉麻的感觉，然而此刻欧阳珠听起来，也会不觉得怎样的讨厌，她用了温情而柔和的目光凝望着静华的脸，说道：

"照我这病势看起来，我也自以为必死无疑，想不到我在九死一生中得到了救星。樊先生，我不知应该将拿什么来报答你好呢?"

"欧阳小姐，我们都是年轻之人，以后的日子长哩，难道说就没有什么可以报答了吗？再说我将来也许穷的时候少不得也要朋友们帮助帮助，那时候你发了财，不是也可以帮我的忙了吗?"

静华听她说"报答"两个字，在一个女子的口里说这一种话，显然在她芳心之中已有了十二分热爱，不过静华此刻却故意装出十二分大方的态度，索性不说儿女之情的话了，免得给欧阳珠心里猜想自己的帮助原是有目的性的成分。可是欧阳珠却红了脸，微微地叹了一口气，说道：

"樊先生，请你别说这些话，倒叫我心中感到有些难过。"

"咦！这个……你又为什么要难过呢?"

欧阳珠说到难过的时候，也不知打哪儿来的一股子辛酸，眼泪却夺眶流了下来。静华这就咦了一声，却故作不解地向她追问，但欧阳珠不说什么，低了头，在那本放在胸怀的《圣经》书上已沾湿了一大堆。静华从她这一份楚楚可怜的意态中已看准了她的弱点，遂把纤手拿到鼻上来闻了闻，柔和地说道：

"欧阳小姐，你不要伤心呀，假使你此刻要伤心的话，那么我的心中就会比你更要伤心十倍哩！"

"你为什么要伤心呢?"

欧阳珠在泪眼盈盈中绕过媚意的俏眼儿，向他逗了那么的一瞥，遂低声儿问。静华觉得她心中至少是要我再向她有个明白的表示，那么她才可以接得上说我已答应了话，在一个女子的心中，这自然是为了怕难为情的缘故，所以他沉吟了一会儿，方才用了感叹的口吻，说道：

"欧阳小姐，你不要以为一个有钱的人就没有伤心的事情了，不过各人有各人的痛苦，外人又哪里能够知道呢？比方拿我来说，我的年龄也不算小了，照古时男子弱冠之年而娶的话，说不定我的儿子、女儿都已很大的了，不过为了我的眼界太高，所以直到现在，还是找不到一个对象。虽然我的心目中现在已经有了一个十全十美的姑娘，可是那姑娘偏偏又不爱自己，你想世界上的事情，有什么东西再比单恋痛苦呢？你想，说起我的难过，不是伤心得要痛哭起来吗？"

这几句话虽然是兜了那么一个大圈子，但欧阳珠的芳心里如何会有个不明白的道理？这时候和那时候的情形有些不同，所以欧阳珠此刻对静华心中至少是有些抱歉的成分，不过她含了眼泪，却显现了娇媚的微笑，低低地问道：

"可是我不知道你心中所爱的姑娘到底是哪一个呢？"

"唉！欧阳小姐，你还要问这一句话，那我是更感到伤心，你难道到现在还不明白我的心吗？"

"樊先生，你不要难过，我明白你的心，在过去我确实太对不起你，可是现在总要请你原谅我才好。"

"欧阳小姐，你也不必说什么原谅的话，总而言之，我为你情愿永生永世抱一辈子的独身。"

"樊先生，想不到你对我竟有这样的痴心，那真是叫我太以感激了。假使你不嫌我是个贫贱而庸俗的女子，那么我当然可以答应你的……婚事。"

欧阳珠的心灵到底是软弱的，她被情感激动得再也忍熬不住了，这就在苍白的两颊上也会浮上了一层桃花的色彩，厚了面皮，向静华说出了这几句话。

静华和欧阳珠认识以来，他虽然和欧阳珠天天在一处，然而他心中是苦涩的，今天才算像吃到了一块糖样的甜蜜。他有些情不自禁地猛可把她身子抱住了，爱在他心底下激起了斗胆，低下头，在欧阳珠的嘴唇皮上接了一个紧紧的长吻。

在已经答应下的欧阳珠，这还有什么拒绝的理由可说呢？经过良久的时候，才把静华身子狠狠地推开了，秋波逗给他一个娇嗔的白眼，她却又慢慢垂下了蝉首。

"欧阳小姐，不，我该叫你一声阿珠了。阿珠，我实在太感激你了，同时我也实在太兴奋了。"

欧阳珠听了这阿珠的呼声，虽然有点儿感触，不过此刻的欢悦也已经浓过于一切的了。静华见她低了头不说话，遂伸手去抬她的下巴，轻声儿笑道：

"阿珠，我在叫你，你为什么不理我？是不是你又懊悔了吗？"

"唉！我既然答应了你，我还懊悔什么呢？这次我的生病，假使没有你帮助，说不定我早已步入了灭亡的道路，换句话说，你也就是我的救命恩人一样，那么受恩于人，理该有所报答。不过你是一个有钱的人，外界接触的女子当然不在少数，好的自然还有好的，所以我希望你能够爱我的人，不是爱我的色，就是等我色衰的时候，你也不会将我抛弃，那我就生生死死感激着你的恩典的了。不过话又得说回来，即使你有讨厌我的时候，我也不会有一丝一毫的怨恨，因为譬如我这次生病死了，不是连做人的希望都没有了吗……"

欧阳珠说到这里的时候，她一颗芳心又激动了莫名的悲哀，眼角旁又涌现了一颗晶莹莹的泪水。静华沉静了脸色，一面给她拭泪，一面很认真地说道：

"阿珠，这是你的思虑过度了，其实你是只管一百二十个地放心，我是绝不会有抛弃你的时候，除非直到我临死的时候。阿珠，你听了我这样话，你难道还信不过吗？"

"不，我当然相信你，你对我是十二万分的忠实。"

欧阳珠摇了摇头，说了一个"不"字，她的娇躯便趁势倾斜到静华的怀内去，仿佛是一头柔软的绵羊一般的驯服。静华在这一个情形之下，自然又低下头去，少不得和她默默地温存了一会儿。

从此以后，欧阳珠的一颗心是已经属于静华所有的了。在出院前的第三天，静华来对欧阳珠说，他已租下了两间公寓房子，而且买舒齐了一堂卧房家具与一堂会客室的家具，统统已搬入新室，只要欧阳珠一出医院，就可以住到那边新居去了。欧阳珠听了，虽然很是欢喜，不过她还考虑到旧宅中的家具和一切物件，问静华预备怎么样。静华说你出院之后，去整理一些细软应用的物品，其余家生可以连房屋一齐出让，现在房子很有人需要，你若报纸一登载出去，保险不到三天就被人物色去了。欧阳珠听了，也就由他去办理。

光阴匆匆，不知不觉到了出院的日子。静华用汽车来接欧阳珠先到旧宅整理衣箱，然后再到新屋里去，一面由静华办理出让房屋事务。新屋原在马斯南路的一个白雪公寓里，那边房子是够清洁了，静华开了司必令锁，把钥匙分一管给欧阳珠。当欧阳珠步进外面一间会客室的时候，是已经很感到富丽幽雅了，待到了里面一间卧房里，她是喜欢得跳了起来，回身向静华跳了跳脚，含笑叫道：

"静华，这两间全给我住的吗？"

"是的，你还感到满意吗？"

"嗯！我觉得是太舒齐了，不过这样花费了你，叫我怎么好意思？"

"你这话不是太奇怪吗？我们已经成了夫妇，还有什么不好意思？况且我将来不是要和你住在一块儿的吗？"

静华两手按着她的肩胛，望着她玫瑰花朵般的粉颊，笑嘻嘻地回答。欧阳珠在当初她原也有个感觉，就是静华预备得这么舒齐，难道要和我实行同居吗？对于同居，这当然是自己所不愿意的事情，现在听静华这么一说，方知是给自己一个人先住起来的，这当然使她芳心中格外感到欢喜了。

　　不过静华的心里是计远思长的，在一个酒后的夜里，欧阳珠还是逃不过他的手掌之中，在已经达到了目的之后，静华方才告诉她自己在家里确实有了妻子，要结婚恐怕是难以实行的。欧阳珠虽然感觉到自己是上了他的当，但事情已到这个模样，还有什么可说？也只怨自己的命苦罢了。不过静华对欧阳珠还算不错，因此欧阳珠的心里还没有过分悲哀。这天使欧阳珠感到很伤心的，就是在报上看见一则司马文与张雪鸿的结婚启事。因为自己做人一生没有结婚的希望了，她倒在床上忍不住一个人哭泣了一会儿。

第十八回

八月一日是司马文大好的日子，假座在静安寺路康乐酒家举行结婚典礼。狄飞霞的病体虽然没有十分复原，不过为了儿子的婚事，少不得要料理料理。好在她患的本是肺病，有时候热度盛了，有时候热度退了，所以心中欢喜，勉强还能支持着身体起来。在结婚前一日，飞霞与阿文也商量过了，她曾经很抱歉的神气，对阿文婉和地说道：

"阿文，现在物价是那么飞涨，'结婚'两字，谈何容易？不过常言道，穷做亲，富做生，比我们再穷一些人家，照样也在娶媳妇嫁女儿，所以我也就放大了胆子开始与你做亲了，只不过可省则省，有些地方只好马虎一些。阿文，你大概也会原谅你的母亲，只好受一些委屈的了。"

"妈，你怎么说出这些话来？那不是叫我做儿子的太感到惭愧一些了吗？可怜妈为了我们儿女，受尽千辛万苦，有了病体的身子，还要天天到外面去服务，像我这么长的儿子，却无一点儿能力可以来帮助母亲，给母亲安安闲闲地享半世清福，所以母亲今日的受罪，这是我们做子女的罪恶。唉！妈，你叫我怎么能够对得住你老人家呢？"

阿文说到这里，觉得母爱的伟大，真是天无其高，地无其深，他在极度不安的谴责之下，一面说，一面忍熬不住地滚下眼泪来了。飞霞对于儿子这些话，似乎也相当地感到安慰，遂微微地笑了一笑，说道：

"好孩子，你不要发傻劲了，一个青年在未到社会之前，当然是没有生产的能力，只要你到了社会上的时候，不要像你哥哥的行为在外面荒唐不检，那我已经是够欢喜的了。唉！这次你做事情，想不到阿琴会没有看到，阿起、阿英又远在他乡而且不知道是生是死，所以我才觉得有些凄凉罢了。"

飞霞起先还含了微微的笑容，直到说完这些话，方才微微地叹了一口气，她的眼皮也有些红润。阿文说不出什么安慰的话，他却是呆呆地愕住了一会儿，幸而这时，智仙匆匆地回家来了，她见了两人，先弯了弯腰，含了笑容道喜。飞霞道：

"你此刻怎么倒有空闲的工夫回到家中来？"

"我想明天是二哥大喜的好日子，所以在医院里请了假，先回到家里来看看，有什么事情要做的话，我也好给母亲做一个帮手。妈，你这几天身体好一些了吗？"

智仙一面说，一面又问到她的病体上面去。飞霞点了点头，可是却又咳嗽了一阵，方才说道：

"说也奇怪，前两天身子还是那么有气无力的，大概它也知道明天是阿文的婚期，所以在今天先给我好起来。"

"这是妈心中有了事情，提上了精神才硬撑起来。其实妈的身子是绝对不能再操劳心力，我劝妈还是静静地休养要紧。"

阿文在旁边微皱了眉毛，低低地说。智仙插嘴笑道：

"二哥，你这话也说得有趣，家里有了这样欢喜的事情，还能叫妈静静地睡在床上休养吗？我说欢喜的事情，就是忙了一点儿也不觉得什么吃力的。"

"智仙这话就说得对了，哎！我倒又想起一件心事来了。今天晚上，阿文是要有个小孩子陪他睡的，这也是古来的老规矩，我见了智仙，心中就想到了你的弟弟。智仙，费你的心，你此刻给我到儿童教养院里去陪他走一趟，同时再向沈院长请一声，因为明天请他做证婚人，我和他

220

虽然已经接洽过了，但你见了他，再和他说一声，明天下午两点钟，叫他等在那边，我会派人去接他的。"

飞霞点了点头，忽然想到了这件事，遂又对智仙这样叮嘱。智仙答应了一声，便要向房外走。飞霞道：

"你坐车子来去，不要节省钱，又走来走去，车钱我那儿拿了去。"

"不用，我身边有车钱。"

智仙说着话，身子已向外面走出去。在大门口的时候，阿文匆匆地赶出来，说道：

"三妹，你别忙，我给你讨了车子坐去吧。"

"二哥，我本来不要叫你讨车，但这是你的事情，所以我现在也不和你客气了，因为二哥心里火热，自然是愈快愈好的，你说对不对？"

智仙回头望了他一眼，微微地笑着说。阿文见她虽然是含了笑容，这也许是他心理作用的缘故，他觉得智仙在这笑的意态中，至少是包含了一些凄凉的意味，一时倒反而感到难受起来，遂说道：

"本来你和我自己兄妹，还用得了什么客气吗？三妹，好多天不见你，你倒丰腴得多了。"

"真的吗？这也许因为有了工作做，吃饱饭没心事的缘故。"

智仙表面上更显出毫无难过的神情，乌圆眸珠一转，很快乐地说。阿文这时已给她讨了一辆街车，直待智仙跳上车子，拉远了后，阿文的心坎上似乎有件笨重东西镇压着似的，忍不住微微地叹了一口气，方才拖着脚步回进屋子里去。

智仙坐在车上，一路暗暗地思忖，想起自己的身世，自然是十二分伤心，尤其是黄昏的秋阳淡淡地晒在身上，更有一种莫名的凄凉。车到儿童教养院，匆匆地进内，只见院子里有许多的小孩子在游玩，原来他们已经放学，所以应该有一刻钟的活动。智仙一时里瞧不到弟弟的人，这就在假山旁站住了，向他们每个小脸上巡视了过去，却不见有福根在内，一时倒不免暗暗地奇怪，正欲拉了一个孩子询问的时候，忽然瞥眼见到那边大树下的一张石凳上坐着一个孩子，手里拿了一本书，似乎很用心地在看着。智仙仔细一认，不是别人，正是自己的弟弟福根，这就欢欢喜喜地走了上去，在他肩胛上拍了一拍，笑着叫道：

"弟弟，你真的也太用功了，应该游玩的时候，为什么不跟他们一同去拍拍皮球、跳跳绳子呢？这样子老是用功看书，小小的年纪，是容易伤脑筋的。"

"啊呀！我道是谁，原来是姊姊，你今天怎么倒有空来看望我呀？姊姊，我们好久不见了，快坐下来，我们姊弟俩大家谈谈吧。"

福根抬头一见智仙，便立刻站起身子来，亲亲热热地拉了她的手，含了笑容叫着，一面又拉她在石凳上坐下，他说话的语气，总是包含了大人的气度。智仙见弟弟斯斯文文的，竟然文雅得这个模样，因为在他这样年龄真应该是玩耍的时候，所以在她芳心之中反而感到他的可怜，遂望着他脸，在他头上抚摸了一会儿，说道：

"弟弟，你这几天身体还好吗？胃口怎么样？现在是入秋的天气了，你晚上睡觉的时候，冷热千万小心一点儿。"

"这些我全都知道的，姊姊只管放心是了。哦！姊姊，我听说狄老伯母的少爷明天不是要结婚了吗？不知道你明天也去吃喜酒吗？我想狄家妈妈平日待我这样好，我们至少要送一些礼品才好，你说是不是？"

福根说到这里，忽然又想到了什么似的，向姊姊问出了这几句话。智仙听他似懂非懂，这到底还是小孩子，于是笑道：

"弟弟，你姊姊是过房给狄家妈妈做女儿的，因为我们还没有成家，所以这个礼不送也可以，至于吃酒帮忙做事情，那当然是分内的事情。弟弟，我今天到来，原是陪你到狄家妈妈家中去的，因为阿文二哥明天结婚，今晚是需要一个男孩子给他陪床的，狄家妈妈叫我来喊你的，你听了不知道欢喜吗？"

"真的吗？只要他们不嫌我身子肮脏，我为什么不喜欢呢？"

"那么时候不早，我们该到院长那里去说一声，而且明天还得请院长做证婚人呢!"

智仙说着,拉了福根的手站起身子,姊弟两人匆匆地到院长室,只见沈院长戴着呢帽,正预备走出去的样子。智仙很恭敬地向他鞠了一个躬,说道:

"沈院长,您要出去了吗?我本来要和您商量一件事情。"

"哦!丁小姐,不知你要和我商量什么事情?"

院长和智仙原是认识的,因为上次飞霞和他们曾经介绍过的,所以沈院长也脱下呢帽,很客气地回答。智仙遂把飞霞叫弟弟去陪床的话意思说了一遍,并且又说道:

"狄家妈妈还说,这次请沈院长证婚,礼节方面十分不周到,好在大家是知交,所以还请沈院长特别地原谅才好。明天下午两点钟,请沈院长等在这里,他们会派人来接沈院长到康乐酒家,所以我也预先向您说一声。"

"哦!这些事情我全都知道了,因为狄先生在上星期就和我接洽好了,她真也太客气了。其实明天下午我自己也会到康乐酒家来的,自己老朋友,这样欢喜的事情,还不是理应帮忙的吗?"

"狄家妈妈说,已经是很不恭敬了,还能请沈院长自己来吗?那么准定这样吧。弟弟,你快向沈院长鞠躬。"

"沈院长,我走了,再见。"

福根听了,向他鞠了一个躬,很小心地说。沈院长含了笑容,在他头上抚摸了一会儿,口里还叫了一声好孩子。这里姊弟两人辞别出来,福根要到房里去换一件衣服,智仙遂陪了他去,只见里面一间卧房足足铺了二十来张双层小铁床,床上的被都折得整整齐齐。福根走到一张床边,在床底下的衣箱里取出一件爱国布的单长衫,智仙给他穿上了。福根又在枕下取了那只半新旧的火车表,这只表还是丁兆良遗下的东西,司马文在昆山带到上海,本来是已经坏了,他修理好了之后,送给智仙,智仙因为自己已经有了阿英送她的一只手表,所以她就来送给弟弟

223

看时刻。福根知道这是父亲的遗物，所以特别珍爱，此刻智仙见了那只表，不免又想到了父亲，这就叹了一口气，说道：

"可怜爸爸死得这样凄凉，人死了是再也看不见了，只有遗下来的东西是永远存在的。弟弟，你要好好地藏在身边才好。"

"这个当然，我见了这只表，就和见了爸爸的脸一样。唉！爸爸确实是太可怜了，只怪我们太贫穷，没有养亲的能力，所以我觉得真对不起爸爸。"

福根拿了这只表，呆呆地凝望着一会儿，他一面说，一面已是忍熬不住淌下眼泪来。智仙听弟弟这么说，她的眼泪也夺眶而出，遂低低地说道：

"所以弟弟应该要好好地做一个人，切不要随俗浮沉。我想只要弟弟有志气，将来长大之后，替父亲争一口气，在社会上做一个有用之人，那么爸爸虽然死在九泉之下，他老人家的心中也很感到安慰的了。"

"这个当然，我们今天有这样日子过，真是前世修来的福气，假使再不向上努力地前进，不但对不住爸爸，而且也对不住我自己的良心，这还能算是一个有心肝的人了吗？"

"弟弟，你真是一个好孩子，姊姊总算也很安慰的了。"

智仙拭了拭泪痕，她粉脸上又浮现了妩媚的微笑。姊弟两人这才匆匆地出房，坐车到阿文家中去了。

飞霞见智仙陪了福根到来，心里很是欢喜，叫陈妈备了几样好菜，就此晚饭。晚饭后，飞霞颇有倦意，手按着嘴巴，不住地打呵欠。智仙遂说道：

"妈还是早些休息吧，明天在康乐酒家要忙一整天事情哩！"

"我也想睡了，那么你们也早些休息了。智仙本来可以和我一张床上睡，但我是有了肺病的人，只怕传染了你，所以你还是睡到阿英旧时的房中去吧，被回头叫陈妈搬过来。"

"妈，你不用操心，我回头自己会料理的。"

224

智仙点了点头回答。这里飞霞自管地到上房去睡了，福根在教养院里原是睡得很早的，所以此刻不免连连打呵欠。智仙笑道：

"弟弟，你也去睡了吧，我见你呵欠倒也打得不少了。"

"三妹，还是一同到我房中去坐一会儿吧。"

阿文向智仙低低地说。智仙遂拉了福根的手，三人到了阿文的卧房，只见里面家具原是旧有的，不过摩擦了，重新油漆了一番，所以倒和新的有些差不多。智仙给福根脱了衣服，福根望了望床上的绣花被，笑道：

"这样好的被，我能睡到床上去吗？"

"为什么不能？原是请你来陪二哥睡的，今天夜里可是你的福气了。"

智仙笑了一笑回答，但她不知有了一个什么感觉之后，忽然又悲哀起来，忍不住微微地叹了一口气。福根似乎并没有理会到这许多，自管地跳进被窝内睡下了。智仙回身过去的时候，阿文已倒了两杯开水放在桌子上，望着智仙说道：

"三妹，我们坐下来谈谈，睡觉的时候到底还太早。"

智仙虽然有些不愿意在这里房中留恋，但阿文既然这样地向自己招呼，似乎不好意思立刻又退出去，因此微微地一笑，在桌边坐下了，却呆呆地出了一会子神。阿文见她进房来的时候似乎很高兴，但此刻却又显出闷闷不乐的样子，虽然她脸上是含了笑容，不过这笑的意态可以看得出是十分的勉强。阿文不是一个木然无知的人，他在眸珠一转的时候，当然也明白了她所以不快乐的原因了。这在阿文的心中，对智仙不但是表示十二分的同情，而且还觉万分的抱歉，在抱歉之中更有层莫名的凄凉，然而两人相对地呆望着默默无语，这也不是一个道理，阿文于是又开始搭讪着说道：

"三妹，这几天里医院的事务忙不忙？二妹不知道可有信寄给你吗？"

"说忙也不忙，说空也不空，总是这个样子。说起二姊，自从分别以来，一共只接到她一封信，所以我也时常地担心着。唉！在这腥风血雨之中工作着，到底是一件危险的事，不过话又得说回来，假使已经到了这个环境里，那当然也会不觉得怎么一回事了。所以仔细地想起来，自然是很有意义，当初我就想跟二姊一块儿走，可是二姊她却不答应，留在这纸醉金迷的上海，到底也是觉得太无聊了。"

阿文见她说这几句话的神情，显然是相当灰心，一时当然也很明白她所以消极到这般的原因，遂感到她楚楚可怜了。不过不回答她，这也不对，只好劝慰她几句说道：

"我想你在医院里服务，为病者造福，这也是一件很有意义的事情，那不是不会感到无聊了吗？"

"唉！我怎么能和二哥相提并论呢？"

智仙说了这句话，几乎要盈盈泪下的神气，但仔细一想，别人家的新房里，我怎能显出伤心的样子？那不是太不识相一些了吗？于是立刻又忍熬住了悲哀的发展，她情不自禁地站起身子来，说道：

"时候不早，明天二哥还得做新郎要辛苦一日，所以还是早些休息吧。"

一面说，一面已向房门外走了。阿文觉得智仙这一走，至少是有些难过的意思，这就跟着站起，追上去拉她的手，说道：

"三妹，为什么？难道我说的这些话，动了你的气吗？"

"二哥，你这是什么话？我干吗要动气？晚安吧！"

智仙被他这样问，心中更有一阵莫名的酸楚，她勉强挣扎出这些话，挣脱了他的手，就匆匆地走。阿文扶了门框子，呆呆地望着她奔远了的后影，猜想她今晚在床上至少要哭泣了半夜，他的心头也充满了悲哀的成分，在眼眶子里已贮满晶莹莹的热泪了。

第二天一早，大家起身，智仙虽然眼皮有些红肿，但经过胭脂香粉的化妆，所以还能遮掩过去，她自然不敢显露痕迹，还是装出特别高兴的样子。阿文自然也不敢再追究昨夜的事，大家跟了飞霞，预备下午结婚的事情。

为了酒菜的昂贵，那是没有办法的事情，所以今天在康乐酒家备的是茶点。雪尘也赞成节省用途，不必过事铺张。经双方同意，两家合并在一处，那当然可以更热闹了一点儿。男方的亲戚很少，就是朋友方面，除了飞霞从前学校里做教授时的几个同事外，是只有阿文几个同学了，至于阿文父亲生前的朋友，大都是疏散了。女方的亲戚朋友也不多什么，两家一共吃去茶点约三百客左右。

结婚的时候，音乐悠扬而起，众宾都分坐两旁，他们的男女傧相都是学校里的同学，听说他们原是一对未婚夫妻，大概下个月就要结婚的，这时四个人分作两对，跟了音乐的节拍之声，慢步向礼堂上走去。智仙站在人丛内，望着这两对佳人，她除了无限羡慕之外，更有说不出的难受，因为在自己当初的意思，总以为阿文是爱上了自己，然而万万也料不到事到今日，阿文却和别个女子在结婚了，自己所心爱的人和别人去结婚，而且那种结婚的情形还在自己眼前表演，啊！天哪！这是多么痛苦，多么伤心！智仙听了这音乐的声音，声声地刺痛了她的心弦，她眼眶子里的热泪在四面汇拢来，几乎要盈溢到外面来了。不过别的人脸上都在笑，自己总不好意思流下泪水来，所以她竭力镇静了自己悲痛的思潮，回过身子，意欲悄悄地退到盥洗室中去。谁知道旁边还有一个女子，拿了手帕，好像也在暗暗地伤心，这就有些奇怪，可是她此刻已无暇去顾及人家，她低了头匆匆地走了。

这一个在伤心的女子到底是谁呢？聪敏的读者当然可以想得到，这就是雪鸿的姊姊雪尘了，她为什么要伤心？不用再说，还不是为了触景生情，而流起身世的泪来吗？可怜她近月来的咳嗽是更加厉害了，而且痰中还带有丝丝的血水，可知雪尘确实也已患上了肺病。她此刻见了妹妹和阿文结婚的情形，心中自然也会想起了阿起，想着同样是娘亲生下来的女儿，为什么一个这样的幸福，一个偏有这样的苦命？你想，在这样环境之下，如何不要叫她流泪伤心？雪尘虽然很难过，不过妹妹有今天这样幸福的一天，这到底也是我们苦苦奋斗挣扎所得的代价，假使不和娘亲反抗的话，妹妹的终身还不是和我姊姊同样地要遭到不幸吗？所以她此刻是只有挂着眼泪微笑。

"雪尘，为什么你妹妹结婚，你却在伤心呀？"

"不，因为我眼睛有些发酸，不知怎么的，前日生了病就做成了这个毛病。"

雪尘回头去看，谁知不是别人，却是樊克华。克华是自己的舞客之一，不过在最近期间中，他是追求得最热烈的一个，他既然时常在雪尘家里走动，对于雪鸿结婚的日子，他自然也知道的，所以他送给雪鸿许多衣料，还送了四十万的礼金。在他意思，大半还是为了帮助雪尘的意思，雪尘再三推却不得，因此也只好受之有愧了，此刻他见了雪尘似乎在揩泪的样子，便走到她身后来低低地问。雪尘慌忙显出毫不介意的神情，摇了摇头回答。

这时，新郎、新娘已站在证婚人的面前，司仪的高喊着结婚的仪式，大约有了半小时之久，方才礼成，当司仪的喊到新郎、新娘送入洞房的时候，众宾大家把彩纸向他们两人头上乱抛乱掷。新郎、新娘连傧相也都向房中逃进去了，害得大家都忍不住笑起来。

时间悄悄地在热闹声中溜走了，众宾却欢然散去，剩下的是几个至亲好友。飞霞预备在康乐酒家开几桌酒筵，所以把知交的都留下了。新人在下装之后，换上了便服，先祭祖先，然后挨次地见礼，见到智仙的时候，却找不到她的人，阿文遂亲自去寻，好容易在外面把智仙拉进来，三人见了礼。飞霞见了，心中想起阿琴、阿英、阿起，自不免又伤心起来。见礼完毕，时已六点左右，于是摆席，这一晚当然是十分的热闹，直到十点敲过，才一切舒齐。智仙向飞霞说道：

"妈，那么我回医院里去了，现在大概也没有什么事情了吧？"

"时候不早，你也辛苦了，还是再回家里去住一夜吧。明天家中说不定还有许多亲友要来，你也给我做一个帮手。"

"不错，三妹，你还是和我们一同回家去吧。"

阿文不等智仙回答，也在一旁先急急地相劝。智仙因为飞霞要自己做帮手，这是义不容辞，于是也就答应了。

这晚大家到家里，将近十一时了，有飞霞妯娌间的叔伯母也都住在她们的家里，还有几位小堂兄弟，少不得又在新房里吵了一回房，后来，在瓷罐子里翻出许多喜果，方才欢然退出。这里阿文关上了房门，方才轻轻地叹了一口气，回头见雪鸿却坐在床边，还是那么羞涩的样子，这就走上去笑道：

"鸿妹，你辛苦了吧？"

"没有……"

雪鸿抬起粉脸，轻轻地说了两个字，俏眼斜乜了他一下，忍不住嫣然地微笑。阿文在那融融花烛燃烧之下，望到雪鸿那白净的脸蛋，更映现得像海棠花般的鲜艳，这就伸手在嘴上打了一个呵欠，笑道：

"可是，我倒真有些累了。"

"那么你就脱衣睡吧。"

雪鸿说着话，把身子在床边站起来，秋波逗了他一瞥羞意的目光，在她这一瞥目光中至少是包含了一些神秘的意思。阿文挨近了她一点儿身子，两手搭在她的肩胛上，低低地笑问道：

"那么你呢？"

"我……"

"嗯，你也脱了衣服一同睡吧。"

阿文低下头去，挽住她的脖子，在她红红的嘴唇皮子上紧紧地吻住了。雪鸿闭了眼睛，没有拒绝的勇气，默默地接受他的温存，经过了好一会儿，雪鸿这才推开他的身子，在万分娇羞之余却逗给他一个妩媚的白眼。阿文笑了，雪鸿也赧然地笑了。

"鸿妹，你为什么不脱衣服？难道还不倦吗？"

阿文自管脱了衣服，在钻进被窝儿内的时候，又向雪鸿低低地催促。雪鸿被他一催，那颗芳心愈加跳跃得厉害起来，她回头说了一声忙什么，便走到窗口旁边，拉拢了绿纱的窗幔，然后又关熄了室中的电灯，可是房中还有那一对花烛，所以光线还是那么明亮。阿文微探了头，当然是看得很清楚，雪鸿身上是只剩了一件绝薄的丝衫和丝裤了，这就心儿一阵子荡漾，仿佛是吃了一块糖样的甜蜜。可是雪鸿那颗处女的芳心更感到极度紧张，当她身子和阿文身体偶然碰了一下的时候，她的心几乎要从口腔里跳到外面来了。

"为什么你的心跳得这样剧烈？"

"我自己也不知道，而且我每个细胞都觉得起了异样的变化，也许……是因为我害怕的缘故。"

阿文觉得她说话都有些急促的成分，这就在她颊上吻了一下，笑起来道：

"你怕什么呢？我却一些也不怕。"

"谁像你有经验？大概你在亲妹妹那里已经很惯常的了，是不是？"

这似乎给雪鸿有了一个很好说话的机会，这就噘了噘嘴，俏皮地说。阿文呀了一声，说道：

"鸿妹，你不能红口白舌地糟蹋人家，这是罪过的。"

"罪过？看着我明天会犯天打死，假使没有意思的话，为什么不肯见礼？你何必又亲自去找寻？我是冷眼旁观，从种种地方看起来，事情总有些蹊跷。"

雪鸿哼了一声，低低地说出了这些话。她别转粉脸去，显然有些生气的成分。阿文却扳回她的脸，本来要向她责备几句，可是她已沾上了无数的眼泪，因为想到她的所以吃醋，多少总是为了爱我专一的缘故，所以把责备的话又缩了进去，只好柔软地安慰她说道：

"鸿妹，你这又何苦来呢？我对你一而再、再而三地声明解释，你难道还信不过我吗？况且今日我们已到了洞房花烛之夜，我们可以说已达到了胜利的目的，你再要和我说这些话，你凭良心地说，究竟是谁的不好？"

雪鸿也觉得自己未免是太过分了一点儿，于是不再说什么，低头无语。阿文恐怕她心中尚有余恨，遂吻着她温和地又说了许多好话。雪鸿默默地承受他柔软的轻怜蜜爱，两小口子才恩恩爱爱地入梦乡去了。

这倒是出乎意料的事情，第二天红日满窗的时候，忽然像元旦早晨一般乒乒乓乓爆竹之声不绝于耳，而且满天空飘扬着青天白日满地红的旗帜。阿文连忙叫人去一打听，方知日本已经投降，我们中国在八年困苦的抗战之中到底是得到最后的胜利了。

第十九回

　　阿文一听到我们中国已经得到了最后胜利的消息，他心里这一快乐，不禁跳了起来，因为雪鸿躺在床上还熟睡未醒，他情不自禁地把她身子摇撼了一阵，叫道：

　　"雪鸿，雪鸿，你快醒醒呀，你快醒醒呀！"

　　"啊！阿文，做什么？做什么？"

　　雪鸿被他从梦中惊醒过来，因为阿文喊得这样急促，所以倒大吃了一惊，也不禁一骨碌翻身坐起，一面揉着眼皮，一面急急地问他。阿文笑道：

　　"你不知道吗？我们已经达到胜利目的了，日本他们已经向我们投降了。你听，你听，这不是放爆竹的声音吗？"

　　"呀！真的吗？我们真的胜利了吗？"

　　雪鸿侧耳一听，果然外面噼噼啪啪的声音响个不停，这就扬着眉毛，也无限兴奋地说着。阿文见她那种睡眼惺忪的意态可人，这便情不自禁地把她纳入怀里，在她小嘴儿上紧紧地吻住了。雪鸿被他吻得有些透不过气来，挣扎着推开他身子，娇嗔道：

　　"这算什么意思？"

　　"咦！我们庆祝胜利呀！"

　　雪鸿听他这样说，秋波恨恨地白了他一眼，也忍不住嫣然失笑起来了，遂说道：

"时候不早，不要顽皮了，快起来吧，我们该到妈那儿请安去了。"

阿文点了点头，两人匆匆地起身。陈妈送上面盆水来，给他们梳洗完毕，两人送到上房来请安。不多一会儿，伯母、叔母等也都起来，雪鸿给他们倒了茶，这时，智仙从厨房里做好了点心出来，向阿文笑道：

"二哥，你知道了胜利消息吗？我真是高兴极了。"

"这是普天同庆、薄海腾欢的事情，我怎么会不高兴？妈，你现在是不用再忧愁了，起哥、英妹他们是都可以重回上海来了。"

阿文说到后面，又向飞霞笑嘻嘻地安慰。飞霞也乐得笑容没有平复过。智仙接着说道：

"我早晨也对妈说过了，只要世界和平，得到了最后胜利，大哥、二姊也都可以回来了。那时候一家团圆，我们也要好好地来庆祝一下子哩！"

"不过阿琴……唉！她是永远不会再回来了。"

飞霞又想到了大女儿，她叹了一口气，眼皮几乎又要润湿起来。智仙忙又打岔开去，说了些笑话，总算把飞霞又回过笑脸来。这时，陈妈端上猪油白糖汤团给大家当点心吃，飞霞笑道：

"这是智仙亲手做的，她做得又圆又小，里面馅子也不少，比从前雪园里叫来的还好吃。"

"这味道果然不错，你收了这么一个聪敏的好干女儿，真也是你的好福气了。"

伯叔母等也都附和着赞美，飞霞望着智仙很得意地笑。智仙却被她们说得有些不好意思，低了头，却有些赧赧然的样子。阿文笑道：

"明天我开一家吃食馆子，请三妹做大菜师傅，而且她还烧得一手可口的好小菜，伯母、叔母，你们也得多留心点儿，假使有什么好的小官人，你们也给三妹找一份好婆家。"

"二哥，你这人就说不上三句正经话，又来取笑我了，你自己新婚

233

之乐多去享受享受，也别来管人家的闲事吧！"

智仙红了脸，秋波白了他一眼，又嗔又恨的，但她脸上却是含了微微的笑容。飞霞等众人听了，也都笑了起来，说道：

"阿文的话虽然是近乎取笑性质，不过这也是很实在的话。况且现在胜利了，在胜利之后，一个国家最要紧的是在建设方面，那么多产生小国民，当然也是强国之本，所以智仙确实是急于要嫁人，而你们婚后更应该努力于制造小国民方面才好。"

"哈哈！阿文，你伯母这几句话倒是说得好极了。"

飞霞这回忍不住笑出声音来，倒把雪鸿的两颊也像玫瑰花朵般地红晕起来了。

婚后三朝，阿文陪了雪鸿回娘家去拜望岳母。智仙因为飞霞身子不适，晚上总有些热度，遂劝飞霞到兄嫂慈善医院里去休养，说反正一切医药费都可以不必付的。飞霞是很要面子的人，因为阿英、士英都不在上海，虽然他们也不会来算医药费用，但到底很不方便，所以不肯答应。智仙因为家里客人都已回去，于是也自到医院里服务去了。

雪尘在妹妹回门这一天，家里也备了一席酒菜，还请了几个朋友来做陪客，热闹了一整日，晚上方备了汽车送他们回家。谁知没有过了两天，阿文得着雪尘的电话，说她吐血病倒，现在兄嫂慈善医院里医治。当时阿文大吃了一惊，告诉了雪鸿，两人便急急坐车到医院里去看望。

再说雪尘如何会吐血了呢？原来她本来是患了咳嗽之症，而且痰中带血，已经是初期的肺病，为了雪鸿的婚事，她也吃力了好多日子，所以晚上也时常地有了热度。这天下午她睡了一会儿午觉，五点钟的时候，樊克华来了电话，请她到皇后咖啡室来游玩，雪尘因为这次妹妹亲事花费了不少的钱，对于外界是没有办法不去应酬应酬的，所以只好起身，懒懒地薄施了脂粉，坐车到皇后咖啡室。在门口的时候，克华先在那里迎接她，笑道：

"雪尘，我在这里已恭候你多时了，我今天在新雅饭店请一位从重

234

庆回来的朋友吃饭，他听到你的芳名，很想和你见见，所以我特地来请你做一个陪客。"

"这几天我的精神不大好，要不如你打电话来叫我，我也不高兴到外面来了。"

"这样说来，我的面子可真不小。"

雪尘为了环境关系，她只好含了微微的笑容，向他讨好了几句。听到克华的耳朵里，自然十分的欢喜，他耸了耸肩膀，全身骨脊好像会轻了几分，一面和雪尘走到那边一张座桌旁。只见桌边有三个男子也都站起来，表示相迎的意思。克华遂很兴奋地介绍说道：

"这位章士铭先生，是重庆刚回来的，他现在市府任要职，将来我们还有许多地方要请章先生指教。这位是我的弟弟静华，还有那位……我也不用介绍了，原是我的朋友，你们也时常见面的陆根宝先生。这位就是张雪尘小姐了。"

雪尘听了，含笑向他们三人弯了弯腰，是行了一个全体的鞠躬礼。章士铭点了点头，于是大家在桌旁坐了下来。静华自从世界和平以来，他是没有好好儿定心过一天，似乎有件什么笨重的东西在心坎上镇压着一般地难受，虽然他几次三番要离开上海到别的地方去，但是整个的中国到什么地方去好呢？所以他是只好听其自然的了。士铭和克华是从小同学，这次士铭重来上海，当然是有任务的，但克华利用他们是老同学的交谊，所以竭力来奉承士铭，以为联络感情第一步的计划。士铭为了私人的交情起见，似乎旧雨重逢，应该有一番联欢才是，所以免不了也敷衍他一回。静华见了雪尘之后，他把忧愁会忘记了一半，觉得欧阳珠虽然美丽，但到底还及不上雪尘的娇艳。其实这也未必，无非是喜新厌旧人之常情罢了，于是在袋内取出烟盒子来，递到雪尘的面前，笑道：

"张小姐，吸烟吗？"

"哦，对不起，我是不会吸烟的。"

静华在碰了一个钉子之后，自觉没趣，遂把烟盒又递到根宝和哥哥面前去，因为士铭他吸的是雪茄烟，雪尘伸手划了一根火柴，给他们燃了火。这时，音乐之声悠扬而起，克华对士铭很恭敬地说道：

"士铭，这曲音乐很好，你和张小姐舞一次好吗？"

"好久不弹此调了，恐怕我已不会跳了。"

士铭吸了一口雪茄，摇了摇头，微微地一笑。克华用了怂恿的口吻说道：

"没有关系，不妨试一试，我们张小姐是很和气的，你就是踏破了她的真丝袜，她也不会发一些脾气。"

大家听了，都笑起来。雪尘露着雪白牙齿，秋波向士铭斜乜了一下之后，也嫣然地笑了。士铭望着雪尘那种国色天香的姿容，一颗心似乎也微微地在摇荡。克华原是坐在雪尘的身旁，他见了士铭的神态，遂把手暗暗地向雪尘推了一推，雪尘自然明白他的意思，遂只好站起身子来，笑道：

"章先生，我也跳得不好，没有关系的。"

"那么张小姐请你不要见笑。"

士铭说着话，又向众人点了点头，遂和雪尘携手到舞池里去了。两人在跳舞的时候，士铭在她耳边低低地问道：

"张小姐，你和樊先生认识已有好多日子了吧？"

"说多也不多，只不过一年多的日子吧。"

"那么你们时常在一块儿游玩吗？"

"一星期之中，大约总有两三次的。"

雪尘一面回答，一面由不得暗暗地思忖了一会儿，觉得士铭之所以向我一步一步地探问，其中多少含有些神秘的作用，不过到底是什么用意，却没有这样细心再去思索。正在这时，士铭低低地说道：

"一星期中有两三次的会面，那么你对于他的环境一定也很熟悉吧？听说樊先生过去在上海是很有地位，而且办的事情也很多，不知道张小姐也都详细吗？"

"我只知道他是在银行里做经理的，对于其他的工作，我却不大详细，即使他们有秘密工作，自然也不肯轻易地向别人告诉，你说是不是？"

雪尘是个聪敏的姑娘，她在听到士铭这几句话之后，芳心之中似乎已经有了七分明白，虽然她也知道克华时常和日本人在一起的，不过自己和克华到底没有仇恨，她也不愿打落水狗。但是在她这几句回答的话中猜想，士铭已经知道克华多少是带有些关系的了，那么他今天对我这样地奉承，自然也是有很深刻的作用了。士铭心中这样地想，口里当然是不说什么。一会儿音乐停止，两人遂归座，根宝说道：

"章先生的舞步很熟路，你真也太客气了。"

"哪里哪里？你倒问问张小姐，她那双高跟皮鞋的头几乎也被我踏坏了呢！"

士铭说着，雪尘忍不住又笑了。克华拿了咖啡壶，亲自给士铭斟咖啡，并问要不要吃些牛排或是炸八块。士铭说中饭的菜还在喉咙里，哪里吃得下？克华也只好罢了。在六点左右的时候，士铭起身告别要走，克华留他到外面晚餐，士铭再三道谢，说改天再约，匆匆自去，根宝另有他事，也分别去了。这里克华付了账单，兄弟两人和雪尘一同步出皇后咖啡室大门，克华向静华问道：

"弟弟，你此刻到什么地方去？"

"我……我也回去。"

静华见哥哥并无邀自己同去的意思，遂也只好这么地说，一面向雪尘点头说再见，便坐车走了。克华于是和雪尘走到金谷饭店吃晚饭去了。

在金谷饭店的时候，克华拿了纸笔点菜。雪尘不住地咳嗽，她喝了一口茶，低低地说道：

"你不要点了太多的菜，其实我腹内有些不舒服，一点儿东西也吃不下。"

"我知道，你看，我只点一只贵妃鸡、一只糖醋排骨、一只凤爪汤，我们两个人吃大概也差不多的了。"

克华一面说，一面交给侍者拿下，他又向雪尘望了望，用了十二分关切的口吻，说道：

"雪尘，我见你老是这样地咳嗽下去，这也不是一件好事情，所以你应该快点儿去医愈了才好。"

"我何尝不是这么地想，可是像我这样的环境……唉！也不必再提起的了。"

雪尘轻轻地叹了一口气，她不免感到人海茫茫无知音的悲哀，眼泪水几乎要从她眼眶子里流下来了。克华似乎十分地同情她，他取了烟卷，一面吸着，一面挨近了一点儿身子，低低地又道：

"雪尘，你的环境，只有我是十分地同情你、可怜你，像你这样能干的女子，我觉得真是难得，所以我在同情你之外更有说不出的敬佩。这次你妹妹的出嫁，也够你负担了，所以对你自己身体的健康，好像是再没有能力来顾及的了。不过我是你的朋友，我不能袖手旁观地让你步入到幻灭的道理，所以我非帮助你不可。"

克华说到这里的时候，他在袋内取出一本支票簿来，用自来水钢笔写上了一千万元的字样，交到雪尘的面前，说下去道：

"雪尘，这里一千万元钱，你只管拿去用，最好把身体去休养休养，在最近期间，顶好不要到舞厅内去伴舞了，你说我这话对不对？"

雪尘平日对克华本来没有什么好的感情，所以跟他敷衍，也无非为了他有金钱的缘故，不过此刻自己在万分孤单的境遇之下，他居然这样地关怀自己，因此心中也不免感动起来。她红了眼皮，泪眼盈盈地望着克华，当然表示有说不出感谢的意思。克华却竭力又向她安慰几句，这时，饭菜便也都送来了。在吃饭的时候，克华慢慢地又向雪尘说道：

"雪尘，我想也有一件事情要请你帮助，不知你肯不肯给我尽一点儿力量吗？"

"只要我能力及得到的话，这当然是我应尽的义务。"

"我想只要你肯答应的话，在你当然是不费吹灰之力的容易。"

"樊先生，那么到底是什么事？你就只管说吧。"

雪尘虽然觉得他说的话不免有些蹊跷，不过在没有完全明白之前，她还是竭力地镇静着态度，向他低低地问。克华似乎有些支支吾吾的样子，最后，他才微红了脸，说道：

"现在我们是得到了最后的胜利，在最后胜利的上海，像我们过去做过事业的人，恐怕就有性命的危险。章士铭是重庆派下来的要员，我知道他平日绝无嗜好，而只不过性喜女色，所以我要借重你的力量去联络他的感情，假使我们能安然无事的话，我情愿把全部的家产分一半给你。雪尘，你……能不能给我尽一点儿力量吗？"

雪尘听了这一番话，她心中方才有了一个恍然，暗想：我想他有这样的好良心对待我，原来是想借我的身体，去给他保全罪恶的行为。哼！这真是在做梦了！雪尘此刻把一点儿感激的意思完全都消失了，她只觉得有股子怒气在心坎儿里冲上来，这就把她两颊都涨得绯红起来。但仔细一想，我犯不着跟他翻脸，只要好言向他拒绝，也就是了。于是淡淡地说道：

"樊先生，并不是我不肯替你去尽力，只不过事情也要看轻重而论，要我牺牲自己的生命，我倒很情愿，然而要我牺牲清白的身体去给人家作为玩物，这是我绝不情愿的。况且章先生既然是市府要员，他是负了使命而来，岂能为了我一个女子而就此误了国家大事吗？那你似乎也太理想一点儿了。樊先生，说起来我自然很对不起你，你屡次地帮助我，我却连这一点儿事情都不能给你尽力，所以我自己想想也很觉惭愧，这一千万元支票，现在我是不好意思再接受你了，还是请你收回去了吧。"

克华听她说一句，自己心里就不受用一句，直等她说完的时候，他觉得雪尘这些话中多少包含了一点儿轻视的意思，一时怒火中烧，立刻翻下脸皮，冷笑了一声，说道：

"哦！原来把清白的身体比你生命还看得重要，你真是一个闺阁千金的身份。哼！真是不知羞耻的东西！你忘记了你自己是个做舞女的人，什么清白不清白？只要钞票叠起来，还不是就会跟人跑吗？黄熟梅子还卖什么青？哼！哼！真是笑话！"

"樊先生，你……嘴稍为清爽一点儿，我们做舞女的人，倒是以气力去换饭吃的，平日倒也很知道'廉耻'两字的，比不得人家做强盗汉奸，丧失天良，不知祖宗是哪一个国家的人，这才不知羞耻哩！"

雪尘见他一翻脸就不认人，一时也气得铁青了粉脸向他说出了这几句话。克华听她放着和尚骂贼秃，这种尖刀似的话句句刺在自己的心灵上，他恨得忘其所以地伸手就是啪的一记，量了雪尘一下子耳光。雪尘万不料他会动手打人，一时又气又急，哇的一声，吐出一口血来，一面连叫："好好，你打人，你打人，你这不要脸的汉奸，你……还要耀武扬威吗？你难道不知自己已经到死无葬身之地的时候了吗？"一面又叫大家来评评道理。在这世界和平的今日，一班民众平日受汉奸们狐假虎威地凌辱，大家都是切齿地痛恨，现在被雪尘这么一叫喊，而且也有人看见克华动手打人，所以动了公愤，大家拥了上来，把克华打倒在地，你一拳我一脚，几乎把克华的人要打成了肉酱的样子。雪尘趁他们混乱之时，便匆匆地走出了金谷饭店，跳上车子，叫他拉回家中去了。

雪尘回到家里，跌跌冲冲地从扶梯走上楼来，一路吐着狂血，因为她本来患有肺病，现在气愤交并，从她心坎上直涌上来，所以待她奔到房中，跌在地上，再也动弹不得的了。张太太一见这个情景，真是大吃了一惊，抱起雪尘的身子，只见她早已昏厥过去，因此张太太也急得大哭起来。倒是奶妈有主意，说快点儿把她送医院救治，一语提醒了张太太，遂急急地叫了汽车，把雪尘送到兄嫂慈善医院里去了。待雪鸿、阿文接到消息，是已经第二日早晨了。

再说阿文、雪鸿急急地赶到医院，在医院门口，只见一个卖报小孩子一面奔，一面叫喊着道：

“要看到金谷饭店，大打汉奸，流血而死，要看到汉奸下场，没有好死。”

阿文心中奇怪，遂买了一张报纸，一面看，一面和雪鸿匆匆到了病房。只见雪尘脸无血色，张太太陪在床边，只管扑簌簌地落眼泪。雪鸿奔了上去，叫了一声妈，说道：

“姊姊，她……她怎么了？”

一面问，一面眼泪已跟着滚了下来。张太太见了雪鸿，先哭出声音来，说道：

“阿鸿，可怜你姊姊竟吐狂血了。”

“姊姊，姊姊，你……唉！这都是你平日操劳过度，是我做妹妹的累害了你，姊姊，你叫我怎么能够对得住你呢？”

雪鸿伏在床边，抚着雪尘的脸，十二分悲痛的神情说着。雪尘摇了摇头，很凄凉的口吻说道：

“妹妹，你不要说这些话，害我的不是你，是这可恶的环境。唉！这是我生成太苦命了，所以才会有这样的遭遇呀。”

“尘姊，你……你难道又受了谁的欺侮了吗？”

阿文站在床边，见了雪尘那样可怜的模样，他也十分地伤心，遂哽咽着喉咙，向她低低地问。雪尘似乎没有精神多说话，她向母亲望了一眼，张太太似乎懂得女儿心中的意思，遂代为告诉道：

“昨天下午樊克华请你姊姊去吃咖啡，同座的还有他的弟弟，并一个市府要员。后来六点钟的时候，大家分别，樊先生和你姊姊在金谷晚餐，谁知克华要求你姊姊牺牲色相去迷恋那个市府要员，原因是克华在过去和日本人也有密切关系，现在日本投降，他自然难免有杀头的危险，所以他要利用你姊姊和那个要员去联络感情。你姊姊不答应，于是大家便吵了起来，可怜你姊姊本来身患疾病的人，因此一气之下，她就吐血了。”

“啊！樊克华吗？呀！这真是痛快极了，痛快极了……”

阿文因为在报上已经见到这一段消息，里面叙述汉奸樊克华被民众打死在金谷饭店，想不到就是雪尘认识的这一个人，这就情不自禁地连喊痛快起来了。雪尘有些莫名其妙地望着阿文出神，雪鸿也急急地追问他为什么，阿文把报纸交给雪鸿，说你看了这一段消息就可以知道了。雪鸿看完之后，遂很欢喜地把这事告诉给姊姊听。雪尘这时的脸上，忍不住浮上了一丝欣慰的微笑，说道：

"这是一个国民不爱自己国家的结果，死得好，死得好。"

正在说时，只见智仙匆匆地进来。原来昨晚雪尘进院，智仙在医院里也知道的，她此刻走进来是非常兴奋的样子，一见阿文也在里面，遂叫道：

"二哥，大哥和二姊都回来了，我告诉他张家大姊病在医院的话，他们也都来看望了。"

"啊！真的吗？阿起回来了？"

雪尘突然听到了这个消息，好像是绝处逢生一般的快乐，她情不自禁地在床上仰起身子来，急急地问。就在这时，房外已走进两个西服少年、一个年轻姑娘，那一个脸色黝黑的少年三脚两步地奔到床边，叫了一声雪尘。雪尘这时也不知是悲是喜，倒在阿起的怀里，已忍不住呜呜咽咽地哭了起来。

这里阿文和阿英握住了手，兄妹俩也喜欢得流下泪来，一面又和士英握手问好。雪鸿也上来和阿英招呼，阿英笑道：

"三妹已告诉我们，二哥在前星期结婚了，那么我该叫你一声二嫂子了。"

雪鸿听了，红了两颊，似乎有些难为情。这儿士英和雪鸿打趣了几句，一面向张太太问好，因为阿起和雪尘还在伤心，所以士英走上去劝道：

"你们不要伤心了，今天在最后胜利的日子，我们能够在上海再会安然地相逢，照理是应该多么的快乐呢！"

阿起听士英这样说，才收束了泪痕，因为雪尘有些不胜支撑的样子，于是扶她躺了下来。阿英见他们柔情绵绵的神气，遂向大家丢个眼色，都悄悄地退到外面去谈话，因此房中就只剩了雪尘和阿起两个人。大家默默地望了一会儿，阿起才说出一句话来道：

　　"想不到三年没有看见，你竟会瘦削得这个模样。尘姊，我真觉得太对不住你了。"

　　"可是三年不见你，你到底变成一个勇敢有为的青年了，虽然我的病已到了最危险的时期，但我还能够见到你的脸，听到胜利的消息，纵然我已不可救了，我也感觉到十二分安慰的了。"

　　"尘姊，你不要说这些话，我相信你的病慢慢地会好起来的。"

　　"能够好起来，这当然是再好也没有了，假使不救的话，这也是我的命该如此。起弟，在这三年之中，我把妹妹与弟弟结婚了，我觉得这是尽了我唯一的责任，同时在这样艰苦的环境之中，我还能给你保守着清白，这所以我到死都觉得坦然无愧。"

　　"尘姊，我对你还说什么好呢？"

　　阿起的心像刀在割一般的痛苦，他流着眼泪，伏在雪尘的旁边忍不住又哭起来了。过了一会儿，雪尘给他抹着颊上的泪水，又低低地安慰道。

　　"阿起，不要难过，我想老天也许会可怜我们吧。你到上海之后，可曾回家去望过你的妈妈？"

　　"我和妹妹先到医院里来视察事务，所以还没有回家过。"

　　"那么你此刻快先回家去吧！阿文告诉我，你妈近来的身子也不大好。"

　　阿起听了，点头答应，遂走到外面来，只见弟弟、妹妹等都在外面一间说话，遂说我们该回家去见母亲了。阿英点头说对的，于是除了张太太在院陪伴雪尘，士英也先回家去探望父母。这里阿起、阿文、阿英、雪鸿、智仙等五人都匆匆地回家去一家团圆了。

飞霞这几天是在家里休养病体，因为听说雪尘吐了血，病倒在医院，所以一个人在家里倒也代她暗暗地焦急，在她心中万万也料不到阿起、阿英都会翩然地回家，所以在骤然见面之下，真喜欢得忍不住涕泗横流。阿起是跪在地上，向母亲只会连连地叩头，说不孝该死。飞霞又欢喜又伤心，一面忙不迭地扶起，一面却呆呆地说不出什么话。智仙见大家只管伤心，遂在旁边插嘴笑道：

　　"我们现在家里又可以热闹起来。妈，你不要伤心了，我们还是庆祝胜利吧！你们大家也别引起妈的难过，你们看妈今天的病都好了呢！"

　　飞霞听了，不禁破涕为笑，于是众人也不敢伤心，大家说些三年中的事情，不知不觉已到中午。飞霞叫陈妈特地在馆子店里叫了桌酒筵，表示庆贺胜利并合家团聚的意思。在吃酒的时候，飞霞提起了阿琴，由不得伤心了一会子。谁知正在这时，忽然医院里来了电话，说雪尘吐血过多，病已危险，这好像是晴天中一声霹雳，把全座的人们都吃惊得叫了起来。

第二十回

阿起突然听到了这个消息，心里又悲又痛，他也说不出什么话来，竟是木然地呆住了。雪鸿是骨肉情深，她已急得哭出声音来了。飞霞瞧了这个情形，她是一个明白的人，遂开口说道：

"既然你姊姊病已危险，雪鸿是应该快些去看望看望的，阿文也陪了你哥哥去一同走一次，说不定有什么帮忙的地方，你们兄弟两人自然还得出一份力量。"

三人是巴不得母亲有这一句话，这就不约而同地站了起来。阿英、智仙因为和雪尘比较生疏一些，况且家里人都走完了，只剩母亲一个人也不好，所以没有一同去。

这里三人匆匆到了医院，走进病房的时候，只听张太太先在呜呜咽咽地哭泣。大家都吃了一惊，以为雪尘已经是咽了气，雪鸿奔进房中，问了一声姊姊怎么了，她也哭了起来。阿文看清楚雪尘的两手还在捣动着，这就把雪鸿身子拉了拉，说道：

"不要哭，不要哭，你们一哭，姊姊听了不是更要悲痛伤心吗？"

"雪鸿，你姊姊刚才又吐了狂血，虽然注射了好几枚针，却再也止不住它，你看她已病得这个模样，她……她……恐怕是完的了。"

张太太一面告诉，一面不住地流眼泪。阿起这时站在床边，虽然他心中有泣血似的痛心，不过为了房中有着这许多人在着，他自然是不好意思显形于色，愈是要把悲哀竭力地抑制下去，这在内心的痛苦自然更会激增了一倍。他低下头去，忍熬不住地向她轻轻地叫了一声雪尘。雪尘的眼睛本来是微微地合上着，对于房内的哭泣之声虽然隐隐约约地也听到了一些，不过她此刻的神志有些模糊，好像没有精神再去管到旁的事情，但经阿起在耳边这一声叫唤，她觉得是怪熟悉的声音，这就心神一提，慢慢地睁开眼睛。当她望到阿起的脸，在她毫无血色像纸一样白的粉颊上，也会浮现了一丝淡淡的苦笑。她把嘴唇皮慢慢地掀动了一下，在喉咙底里叫出一声阿起，说道：

"这次病我怕是不会好了，阿起，我们今生……是难以再相叙在一处了，不过我在临死之前，总算还能够和你见到一面，我已经是很心满意足的了。唉！我到底是一个平庸的人，经不住势利淫恶的社会的磨折，我究竟像暴风雨下的梨花，被摧残得凋谢了……"

雪尘说这几句话的时候，费了不少的气力，她说到这里，早已上气不接下气，几乎是喘气得非常厉害。阿起这时除了淌泪之外，捧了雪尘的手，却再也说不上话来。良久，才低低地说道：

"尘姊，我觉得太对不起你了，假使我不荒唐的话，我也不会入狱，既不入狱，也不会到外面去过三年流浪的生活，那么你也许不会被社会磨折得这样的憔悴。唉！说起来还不是我害了你吗？"

"不，你别说这些话，这岂能怪得了你？我只恨我自己命太苦，为什么要生长在这乱世的社会上做人？虽然你曾经犯了法，但你到底也步入了光明的大道，现在你像一盏闪烁的明灯，所以我心里非常安慰，因为我早已和你说过，一个罪恶的人并不是永远有罪恶的，只要他能自新，他能奋斗，他当然还是世界上一个完全的人。"

"唉！尘姊，我觉得我之所以能有今日，完全是你谆谆善诱的力量，不过……你为我郁郁在心，而使你成了这个不救之症，这是我的罪恶，我的良心怎么能够安呢？"

阿起听她这样说，偎着她的脸，忍不住流泪不已。雪尘却把他身子推了推，低低地说道：

"阿起，你不要靠近我，为了你的前途，你应该忘了我，而且不要太留恋我，因为我怕这个肺病会传染给了你。"

"不，不会传染的，就是传染给了我，我想你至少也可以减轻一半病势，那我不是也很快乐吗？"

"阿起，你有这两句话，我虽然是死了，也很瞑目的了。"

雪尘脸上微微地也掀起了一丝苦笑，点了点头，表示无限欣慰的意思。她好像又觉得疲倦了样子，闭上了眼皮，不再说话了。阿起回头向后面望了一眼，谁知弟弟等都不在房中了，一时倒觉奇怪了，走到房外一看，却见雪鸿和她母亲在相对伤心，遂问道：

"我文弟到什么地方去了？"

"刚才看护对我们说，姊姊的病恐怕是难以好的了，所以……阿文他……是办姊姊后事去了。"

雪鸿在万不得已的情形之下，她是只好向阿起说出了这几句话，可是她的脸上是沾满了晶莹莹的眼泪。阿起对于这些话，仿佛是尖刀在割一般的痛苦，他只觉得鲜血一点点地已染上了他整个的心上了，因为病房里没有了人，阿起叫大家到里面去陪伴。四点钟的时候，智仙和阿英也匆匆地走来，一见雪尘神色愈加不对了，她们也暗暗地伤心了一会儿。雪尘见了她们，还会点了点头，表示感谢她们来看望的意思。这时，阿文也匆匆地来了，阿起问他备齐了什么，阿文向他低低地告诉了一会儿，只听雪尘在床上低低叫道：

"文弟，文弟！"

"哦！姊姊，你叫我有什么事情？"

"你到什么地方去的？"

"我……我是出去买些东西的。姊姊，你此刻觉得好些了吗？"

"好些？唉！我恐怕是不会好的了。文弟，我在临死的时候，很想和你谈几句话，不知你肯不肯听从我吗？"

"我自然肯听从你的，姊姊，你只管说吧！"

阿文虽然是竭力压制悲哀的发展，但他的颊上情不自禁地也会沾上了一点儿泪水。雪尘这才哽咽着说道：

"文弟，我的病看来是不会好了，这当然使你们是一件很伤心的事情，不过人死不能复活，那是人力所不能挽回的事情，所以你也不用为我难过。不过我最后要托付你的，就是这个苦命的娘，妹妹是已经做了你的妻子，那么你就是女婿了。常言道，女婿有半子之职，那么我的妈妈，当然需要你来照顾她，假使你能不给她在社会上受冻饿，我就是在九泉之下也很感激的了。"

"姊姊，你千万不要说出这样令人断肠的话来，你的病当然慢慢地会好起来的，况且你的妈原是和我的妈一样，我怎么会给她老人家在社会上吃苦呢？"

阿文在无可奈何的情形之下，只好向她安慰了这几句话。雪尘似乎深深地得到了安慰，点了点头，忍不住微微地苦笑了一下。阿起这时站在旁边，见了雪尘将要垂死的样子，他是多么沉痛，他的脑海内想起和雪尘永远不可磨灭的一幕，他的泪像断线珍珠一般落下来。他虽然有千言万语要想对雪尘说，但雪尘此刻神情更涣散，纵然你对她说了，她也不会来向你回答了，她是只有连连地叹气。从下午五点钟起，直到晚上十一时敲过，雪尘可怜她叹完了最后一口气之后，一缕幽洁的芳魂也终于向天空中飞向西方世界去了。

雪尘死后，阿起向飞霞恳求，给她一个未婚妻的头衔。飞霞知道儿子和雪尘的交情不浅，遂也答应他了。智仙见了雪尘死后，她的心中更加灰暗，所以想起身世，愈加同情，在雪尘入殓的那一天，她是第一个哭得伤心。阿起和智仙虽然在过去并没见过面，但彼此也曾听到过，今日阿起见这个干妹妹哭得这样伤心，一时在奇怪之中也不免对她有了一层好感。飞霞的心中似乎早有了一个成见，倘然阿起同意的话，她想联成他们这一头姻缘，因为她是十分欢喜智仙，不过在眼前她当然暂时不再提起。

韩老太知道儿子的意思，再说士英这次回上海之后，她老人家自然不肯再放儿子到外面去，所以急忙地差人来做媒。飞霞根本知道女儿和士英的爱情，当然一说便成的了，拣定国庆日那天，而且还是全中国庆祝胜利的日子，他们假座美华酒家举行订婚典礼。这天的热闹情况，自然难以笔述，不过只有阿起的心中是包含了悲哀的意味，原来他也曾经到过欧阳珠的家里，但是已经人去楼空，不知去向了。在热闹的音乐声中举行订婚礼式的时候，阿起匆匆地走出了美华酒家的大门，他想到马路上巡视一周，或可避免自己心中的难受。谁知到了日暮的时候，他怕家中人找寻他，急急赶回美华酒家的路上，却遇见了一个少妇，腹部微隆，分明是有了身孕，虽然她的姿容不凡，但却是憔悴不堪，仔细一瞧之下，这真是应着了不看犹可的一句话。他不禁呀了一声叫起来，猛可走上前去，握住了她的手，叫道：

"阿珠，阿珠，你还认识你的阿起吗？你在什么地方？你真是把我找得太苦了。"

"啊！你……你……是阿起？你是什么时候回上海的？"

欧阳珠突然地看到了司马起，她也不知是悲是喜，说完了这一句话，眼泪早已夺眶流了下来。原来克华被人打死之后，静华非常胆寒，遂乔装逃避杭州，却被宪兵队捉住，解送司令部，现在生死未知，可怜欧阳珠得此消息，感觉身世茫茫，不知如何结局。况且自己腹中已有身孕，虽然无意做人，但小生命岂能无幸受累？所以还勉强挣扎着活在世上，谁知此刻会见到了阿起，你想叫她这一颗芳心中如何不要像刀割一般的痛苦呢？阿起握住了她的手，却紧紧不放，问她道：

"阿珠，你为什么会弄成这个样子？难道你已嫁人了吗？"

"是的，我在万不得已之下，我已嫁了人，我负了你。阿起，过去之事，我不想再说，总而言之，我太对不住你了。"

"不，你别说这些话，我知道你的苦衷，这不是你负了我，原是我负了你。阿珠，你的母亲呢？你在这三年中做些什么事情过生活呢？"

欧阳珠听他这样说，自然格外心痛，遂叹了一口气，说道：

"我的妈死了，我在这三年中没有什么事情做，在这样生活高潮之下，即使有了事做，也不能度一个温饱。阿起，你也不必说这些话，只要你明白我处境的苦，那我就是死了，也很安慰的了。人生本来是做梦一样，过去是过去了，我们也无非把它当作一个梦罢了。好在你已变成一个有为的青年了，自然将来不难找到一个好夫人。我在这里，唯有祝祷你永远地得到幸福。"

"阿珠，你能不能告诉我一个详细？你到底嫁给谁？我们是否还有挽……"

"不，不，我们不用再说这些话了，我不愿谈这种认为无聊的事。阿起，你还是把我当作死了吧，再见。"

欧阳珠不让他再说下去，她含了泪水，说完了这两句话，挣脱了司马起的手，身子已向前面匆匆地走了。阿起待要叫住她，可是她走得很快，一会儿已穿向对马路去了。

阿起眼望着她的身影在人丛内消失了，他想起了过去的种种，只觉得是春梦一样的，只剩下辛酸的回忆。夜已降临了人间，深秋的阳光更显得凄凉了。阿起泪眼模糊地抬起头来，瞥眼见得薄暮的天空中飘满天的青天白日满地红的旗帜，他觉得什么痛苦都忘记了，想到胜利后的中国，是还需要无数的青年担负起建设新中国的使命，于是他的思绪又转变到另一个环境里去了，好像有光明的火把在他眼前展开了。

附　　录

从鸳鸯蝴蝶派谈到冯玉奇小说

裴效维

《民国通俗小说典藏文库·冯玉奇卷》将收录冯玉奇的百余种小说作品，此举极其不易。现在，我愿以这篇文章给出版者呐喊助威。尽管我人微言轻，但我毕竟是一个中国文学的研究者，为鸳鸯蝴蝶派说些公道话是我的责任。

冯玉奇是一位鸳鸯蝴蝶派作家，因此我们要想了解冯玉奇，必须首先厘清有关鸳鸯蝴蝶派的一些问题。

一、何谓鸳鸯蝴蝶派

鸳鸯蝴蝶派作家平襟亚在《关于鸳鸯蝴蝶派》（署名宁远）一文中对鸳鸯蝴蝶派的来历说得很清楚：

> 鸳鸯蝴蝶派的名称是由群众起出来的，因为那些作品中常写爱情故事，离不开"卅六鸳鸯同命鸟，一双蝴蝶可怜虫"的范围，因而公赠了这个佳名。

——载香港《大公报》1960 年 7 月 20 日

可见鸳鸯蝴蝶派并不是一个有组织有宗旨的小说流派，而是因为当时流行的言情小说多写一对对恋人或夫妻如同鸳鸯蝴蝶般相亲相爱，形影不离，因而民间用鸳鸯蝴蝶小说来比喻这种言情小说，那么这种言情小说的作家群当然也就是鸳鸯蝴蝶派了。这种说法应该是可信的，因为民间常用鸳鸯和蝴蝶来比喻恋人或夫妻，很多民间文学作品中不乏其例。这一比喻非常形象生动，但并无褒贬之意，因此不胫而走。

传到新文学家那里，便加以利用，并赋予贬义，作为贬低对手的武器。但新文学家对鸳鸯蝴蝶派的界定并不一致，大致有两种看法。

一种看法认同民间的比喻说法，即将鸳鸯蝴蝶派小说局限为通俗小说中的言情小说，将鸳鸯蝴蝶派局限为言情小说作家群。鲁迅是这种看法的代表，他在1922年所写的《所谓"国学"》一文中说："洋场上的文豪又作了几篇鸳鸯蝴蝶派体小说出版"，其内容无非是"'卿卿我我''蝴蝶鸳鸯'"（载《晨报副刊》1922年10月4日）。又于1931年8月12日在社会科学研究会做了《上海文艺之一瞥》的长篇演讲，其中对鸳鸯蝴蝶派小说更做了形象而精辟的概括：

> 这时新的才子+佳人小说便又流行起来，但佳人已是良家女子了，和才子相悦相恋，分拆不开，柳阴花下，像一对蝴蝶、一双鸳鸯一样。

——连载于《文艺新闻》第20、21期

此外，周作人、钱玄同也持这种看法。周作人于1918年4月19日在北京大学文科研究所小说研究会做《日本近三十年小说之发达》的演讲中，就说现代中国小说"还有《玉梨魂》派的鸳鸯蝴蝶体"（载《新青年》第5卷第1号）。次年2月，周作人又发表《中国小说里的男女问题》（署名仲密）一文，认为"近时流行的《玉梨魂》，虽文章很是肉麻，（却）为鸳鸯蝴蝶派小说的鼻祖"（载《每周评论》第5卷第7号）。与周作人差不多同时，钱玄同在1919年1月9日所写的《"黑幕"书》一文中也说："人人皆知'黑幕'书为一种不正当之书籍，其实与'黑幕'同类之书籍正复不少，如《艳情尺牍》《香闺韵语》及'鸳鸯蝴蝶派小说'等等皆是。"（载《新青年》第6卷第1号）这种看法后来被人称之为"狭义的鸳鸯蝴蝶派"看法。

另一种看法却将鸳鸯蝴蝶派无限扩大，认为民国年间新文学派之外的所有通俗小说作家都是鸳鸯蝴蝶派，他们的所有通俗小说都是鸳鸯蝴蝶派小说。这种看法的代表人物是瞿秋白和茅盾。瞿秋白从小说的内容方面来扩大鸳鸯蝴蝶派小说的范围，他在《财神还是反财神》一文中说，"什么武侠，什么神怪，什么侦探，什么言情，什么历史，什么家庭"小说，都是鸳鸯蝴蝶派小说（见人民文学出版社1953年10月版《瞿秋白文集》）。茅盾则从小说的形式方面来扩大鸳鸯蝴蝶派小说的范围，他在《自然主义与中国现代小说》一文中认定鸳鸯蝴蝶派小说包括"旧式章回体的长篇小说""不分章回的旧式小说""中西合璧的旧式小说""文言白话都有"的短篇小说（载1922年7月《小说月报》第13卷第7号）。这种看法后来被人称之为"广义的鸳鸯蝴蝶派"看法，而且逐渐成为主流看法，以致后来的文学研究者都接受了这种看法。

新文学家不仅在鸳鸯蝴蝶派的界定问题上分成了两派，而且在鸳鸯蝴蝶派的名称上也花样百出。如罗家伦因为徐枕亚等人好用四六句的文言写小说，便称其为"滥调四六派"（见署名志希的《今日中国之小说界》，载1919年《新潮》第1卷第1号），但无人响应。郑振铎因为《礼拜六》杂志为鸳鸯蝴蝶派的主要刊物之一，便称其为"礼拜六派"（见署名西谛的《新文学观的建设》一文，载1922年5月21日《文学旬刊》第38号）。这一说法得到了周作人、茅盾、瞿秋白、朱自清、阿英、冯至、楼适夷等人的响应，纷纷采用，以致使用频率越来越高，知名度越来越大，终于成为鸳鸯蝴蝶派的别称了。于是"鸳鸯蝴蝶派"和"礼拜六派"两个名称便被新文学家所滥用。如郑振铎在《新文学观的建设》一文中称"礼拜六派"，而在《〈文学论争集〉导言》一文中却称"鸳鸯蝴蝶派"（见上海良友图书公司1935年10月出版的《新文学大系·文学论争集》卷首）。还有人在同一篇文章里既称鸳鸯蝴蝶派，又称礼拜六派。如阿英在1932年所写的《上海事变与鸳鸯蝴蝶派文艺》一文中说：张恨水的所谓"国难小说"，与"礼拜六派的作品一样，是鸳鸯蝴蝶派的一体"，"充分地说明了鸳鸯蝴蝶派的作家的本色而已"（见上海合众书店1933年6月出版的《现代中国文学论》）。

茅盾在20世纪70年代觉得统称鸳鸯蝴蝶派或礼拜六派都不合适，于是提出了一个折中的看法，他在《紧张而复杂的生活、学习与斗争（上）——回忆录（四）》中说：

> 我以为在"五四"以前，"鸳鸯蝴蝶派"这名称对这一派人是适用的。……但在"五四"以后，这一派中有不少人也来"赶潮流"了，他们不再老是某生某女，而居然写家庭冲突，甚至写劳动人民的悲惨生活了，因此，如果用他们那一派最老的刊物《礼拜六》来称呼他们，较为合式。

——载1979年8月《新文学史料》第4辑

事实是该派在"五四"前后没有根本变化，都是既写言情小说，又写其他小说，将其人为地腰斩为两段，既显得武断，又无法掩盖当时的混乱看法。

这些混乱的看法导致后来的文学研究者无所适从：或沿用"鸳鸯蝴蝶派"的说法（如北大本《中国文学史》和《中国小说史稿》、复旦本《中国文学史》和《中国近代文学史稿》等）；或沿用"礼拜六派"的说法（如山东师院本《中国现代文学史》等）；或干脆别出心裁地称之为"鸳鸯蝴蝶—礼拜六派"（见汤哲声《鸳鸯蝴蝶—礼拜六小说观念的价值取向及其评价》，载《苏州大学学报》1992年第2期）。这可真算是中国小说史上的一出有趣的滑稽戏了。

二、如何评价鸳鸯蝴蝶派

鸳鸯蝴蝶派的开山作品是1900年陈蝶仙的言情小说《泪珠缘》，因此鸳鸯蝴蝶派应该是指言情小说派，这也就是后来的所谓"狭义的鸳鸯蝴蝶派"，但被新文学家扩大为"广义的鸳鸯蝴蝶派"，实际上也就是民国通俗小说派。

鸳鸯蝴蝶派与同时期的"南社"不同，既没有组织，也没有纲领，而是一个在思想倾向和艺术风格上大体相同或相近的小说流派，连"鸳鸯蝴蝶派"这一招牌也是别人强加给它的。然而客观地说，鸳鸯蝴蝶派确实是一个产生过巨大影响的小说流派。在"五四"以前的近二十年间，它几乎独占了中国文坛；在"五四"以后的三十年间，虽然产生了新文学，但新文学只是表面上风光，而鸳鸯蝴蝶派却一派兴旺发达景象。我对"广义的鸳鸯蝴蝶派"做过不完全的统计：该派作家达数百人，较著名者有一百余人，所办刊物、小报和大报副刊仅在上海就有三百四十种，所著中长篇小说两千多种，至于短篇小说、笔记等更难以计数。在此前的中国文学史上，还没有哪个文学流派有过如此宏大的规模，产生过如此巨大的影响。

鸳鸯蝴蝶派由于规模宏大，又处在历史的一个巨变时期，其成员的确鱼龙混杂，其作品也良莠不齐，但总体来说，它形象地记录了中国二十世纪前五十年的历史，为中国读者提供了丰富的精神食粮，对中国小说的传承起过积极作用，因此应该给予充分的肯定。

鸳鸯蝴蝶派小说已经不是中国传统通俗小说的复制，而是一种改良的通俗小说。在形式方面，它既采用章回体，也采用非章回体，甚至采用了西洋小说的日记体、书信体等，至于侦探小说则更是完全模仿自西洋小说。在艺术手法方面，受西洋小说的影响非常明显，如增加了人物形象和景物描写，结构与叙事方式也趋于多样化，单线和复线结构并用，第三人称和第一人称叙述法兼施，还采用了倒叙法和补叙法。在内容方面，鸳鸯蝴蝶派小说已经扩大了描写范围，反映了当时社会生活的各个方面，甚至已经紧跟时事，及时反映当前的社会现实，被称为"时事小说"。如李涵秋的《广陵潮》描写辛亥革命，而他的《战地莺花录》则描写五四运动，这种及时反映当时发生的重大政治事件的小说，与多写历史故事的古代小说完全不同，显然是一大进步。鸳鸯蝴蝶派的言情小说，也不同于古代的才子佳人小说，而是一种新才子佳人小说。古代的才子佳人小说因面对森严的封建礼教，只能写才子与佳人偶尔一见钟情，以眉目传情或诗书传情的方式进行交流，最后皆是有情人终成眷属的大团圆结局。而这种大团圆结局完全是人为的：或出于巧合，或由于才子金榜题名，皇帝御赐完婚，这就完全回避了封建包办婚姻的问题。而民国年间的封建礼教已经在一定程度上松绑，尤其像上海、北京等大城市得风气之先，恋爱自由和婚姻自主思想已经渐入人心。因此有些鸳鸯蝴蝶派的言情小说也突破了古代才子佳人小说的窠臼，才子佳人已经敢于"相悦相恋，分拆不开，柳阴花下，像一对蝴蝶、一双鸳鸯一样"。其结局也不再全是有情人终成眷属的大团圆，而是"有时因为严亲，或者因为薄命，也竟至于偶见悲剧的结局……这实在不能不说是一个大进步"（鲁迅《上海文艺之一瞥》，连载于1931年7月27日、8月3日《文艺新闻》第20、21期）。言情小说由大团圆结局到悲剧结局的确是一个大进步，因为前者是回避封建包办婚姻礼制，而后者是控诉封建包办婚姻礼制。而这一进步的开创者是曹雪芹和高鹗，他们在《红楼梦》里所写的婚姻差不多都是悲剧。因此胡适称赞《红楼梦》不仅把一个个人物"都写作悲剧的下场"，而且最后"作一个大悲剧的结束，打破了中国小说的团圆迷信"（《〈红楼梦〉考证》，见 1923 年亚东图书馆版《胡适文存》）。可见鸳鸯蝴蝶派的言情小说在一定程度上继承了《红楼梦》开创的爱情婚姻悲剧模式，因而具有相当的反封建意义。我们可以徐枕亚的《玉梨魂》为例加以说明，因为该小说被新文学家指为鸳鸯蝴蝶派的代表性作品。

《玉梨魂》的故事很简单——清末宣统年间，小学教员何梦霞与年轻寡妇白梨影相爱，但两人均认为他们的这种行为是不道德的。为了得到感情的解脱，白梨影想出个"移花接木"的办法，即撮合何梦霞与自己的小姑崔筠倩订了婚。然而何梦霞既不能移情于崔筠倩，白梨影也无法忘情于何梦霞，结果造成了一连串的悲剧——白梨影在爱情与道德的激烈冲突下郁郁而死；崔筠倩因得不到何梦霞之爱而离开了人世；白梨影的公公因感伤女儿、儿媳之死而一病身亡；白梨影的十岁儿子鹏郎成了孤儿。何梦霞为排遣苦闷，先赴日本留学，继又回国参加了辛亥武昌起义（即辛亥革命），壮烈牺牲。

《玉梨魂》不仅描写了一个爱情婚姻悲剧，而且不同于一般的爱情婚姻悲剧。一般的爱情婚姻悲剧都是由封建势力造成的，即由包办婚姻造成的；而《玉梨魂》所写的爱情婚姻悲剧，其原因却是何梦霞和白梨影自身的封建道德。他们既渴望获得恋爱自由和婚姻自主的权利，又不能摆脱封建道德和封建礼教的束缚，两者激烈冲突，造成三死一孤的惨剧。从而揭露了封建道德和封建礼教的影响力是多么巨大，它已深入人们的骨髓，使其不能自拔。因此，它的反封建意义比一般的爱情婚姻悲剧更为深刻。

其实，新文学阵营也不是铁板一块，虽然大多数新文学家对鸳鸯蝴蝶派全盘否定，但也有少数新文学家态度比较客观，他们对鸳鸯蝴蝶派也给予一定的肯定。鲁迅是其中最突出的一位，他不仅认为某些鸳鸯蝴蝶派的悲剧言情小说是"一大进步"，而且不同意某些新文学家对鸳鸯蝴蝶派消极影响的夸大其词。他说：

至于说他流毒中国的青年，那似乎是过虑。倘有人能为这类小说所害，则即使没有这类东西也还是废物，无从挽救的。与社会，尤其不相干，气类相同的鼓词和唱本，国内非常多，品格也相像，所以这些作品也再不能"火上添油"，使中国人堕落得更厉害了。

——《关于〈小说世界〉》，载《晨报副刊》

1923 年 1 月 15 日

这种客观的观点与前述周作人无限夸大鸳鸯蝴蝶派作品能使国民生活陷入"完全动物的状态"乃至"非动物的状态"的观点形成了鲜明对比。当抗日战争爆发后，鲁迅更提倡文学界的抗日统一战线，主张团结鸳鸯蝴蝶派一起抗日。他说：

我以为文艺家在抗日问题上的联合是无条件的，只要他不是汉奸，愿意或赞成抗日，则不论叫哥哥妹妹，之乎者也，或鸳鸯蝴蝶都无妨。但在文学问题上我们仍可以互相批判。

——《答徐懋庸并关于抗日统一战线问题》，

载《作家》月刊第 1 卷第 5 期

鲁迅不仅提倡团结鸳鸯蝴蝶派一起抗日，而且主张新文学派与鸳鸯蝴蝶派在文学问题上"互相批判"，这种平等对待鸳鸯蝴蝶派的度量，也与那些视鸳鸯蝴蝶派如寇仇，必欲置诸死地而后快的新文学家形成了鲜明对比。

对鸳鸯蝴蝶派给予肯定的不只鲁迅，还有朱自清和茅盾。朱自清认为供人娱乐是中国传统小说的特点，因此不赞成将"消遣"作为罪状来批判鸳鸯蝴蝶派小说。他说：

> 在中国文学的传统里，小说……更是小道中的小道，就因为是消遣的，不严肃。不严肃也就是不正经，小说通常称为"闲书"，不是正经书。……鸳鸯蝴蝶派的小说意在供人们茶余酒后的消遣，倒是中国小说的正宗。

——《论严肃》，载《中国作家》创刊号

茅盾也承认鸳鸯蝴蝶派小说也"写家庭冲突，甚至写劳动人民的悲惨生活"。他还从艺术性方面对鸳鸯蝴蝶派小说给予一定肯定。他认为鸳鸯蝴蝶派的有些长篇小说"采用西洋小说的布局法"，如倒叙法、补叙法，以及人物出场免去套语、故事叙述"戛然收住"等等，这一切是对"旧章回体小说布局法的革命"。还认为鸳鸯蝴蝶派的有些短篇小说学习了西洋短篇小说"截取一段人生来描写，而人生的全体因之以见"的方法："叙述一段人事，可以无头无尾；出场一个人物，可以不细叙家世；书中人物可以只有一人；书中情节可以简至只是一段回忆。……能够学到这一层的，比起一头死钻在旧章回体小说的圈子里的人，自然要高出几倍。"（《自然主义与中国现代小说》，载1922年7月10日《小说月报》第13卷第7号）

鲁迅、朱自清、茅盾毕竟属于新文学派，因此他们对鸳鸯蝴蝶派的肯定是有限的。我们应该摆脱成见与束缚，从中国文学史的角度，对鸳鸯蝴蝶派做出客观公正的评价。

三、如何看待冯玉奇的小说

我们澄清了以上有关鸳鸯蝴蝶派的三个问题，等于为介绍冯玉奇的小说提供了一个坐标，也等于为读者提供了一把参照标尺。读者用这把标尺，就可自行评判冯玉奇的小说了。

冯玉奇于1918年左右生于浙江慈溪，笔名左明生、海上先觉楼、先觉楼，曾署名慈水冯玉奇、四明冯玉奇、海上冯玉奇。据说他毕业于浙江大学（一说复旦大学）。1937年九一八事变后寄居上海，感山河破碎，国事蜩螗，开始写作小说以抒怀。其处女作为《解语花》，由上海春明书店出版。出版后旋即由东方书场改编为同名话剧，演出后轰动一时。那时他才十九岁。由此一发而不可收，至1949年7月《花落谁家》出版，在短短十来年时间里，他创作的小说竟达一百九十多种，平均每年近二十种，总篇幅应该不少于三千万字，只能用"神速"来形容。这时他只有三十一岁。近现代文学史料专家魏绍昌先生（已去世）所编《鸳鸯蝴蝶派研究资料（史料部分）》（上海文艺出版社1962年10月出版）开列的《冯玉奇作品》目录只有一百七十二种，也有遗珠之憾。不过我们从这一目录中仍可确定冯玉奇是一位以写言情小说为主的通俗小说作家，因为在一百七十二种小说中，言情小说占有一百二十二种，其他小说只有五十种：社会小说三十四种、武侠小说十四种、侦探小说两种。

冯玉奇不仅是一位写作神速且极为多产的通俗小说作家，还是一位热心的剧作家和剧务工作者。早在他二十六岁（1944年）时，就担任了越剧名伶袁雪芬的雪声剧团的剧务，并为之创作了《雁南归》《红粉金戈》《太平天国》《有情人》《孝女复仇》五大剧本，演出效果全都甚佳。在他二十七到二十八岁（1945~1946）时，又与他人合作，前后为全香剧团和天红剧团编导了《小妹妹》《遗产恨》《飘零泪》《义薄云天》《流亡曲》等二十多个剧本，演出效果同样甚佳。可见冯玉奇至少写过十几个剧本。

冯玉奇一生所写的小说和剧本总计不下两百五十种，总篇幅可能达到四千万字以上，是名副其实的"著作等身"，是当之无愧的中国最多产的作家，号称多产的同派小说家张恨水也难望其项背。当时的文学作品已是一种特殊商品，冯玉奇的小说如此畅销，其剧本演出又如此轰动，这足可以证明其受人欢迎，这就是读者和观众对冯玉奇的评价，它比专家的评价更为准确，也更为重要。遗憾的是，我们无法看到他的剧作和三十岁以后的作品，也不知其晚景如何，卒于何年。

从冯玉奇的生活年代和创作时段来看，他显然是鸳鸯蝴蝶派的后起之秀，所以尽管他作品如此之多，影响如此之大，而同派的老前辈却很少提到他，这也是"文人相轻"的表现之一。

按说要介绍冯玉奇的小说，应该将其全部小说阅读一遍，但我没有这么多时间，也没有这么大精力，因而只向中国文史出版社借阅了《舞宫春艳》《小红楼》《百合花开》三种，全都是言情小说。因此我只能以这三种言情小说为例加以介绍，这可能会犯以偏概全的错误，因此只能供读者参考。

《舞宫春艳》写了两个纠缠在一起的爱情婚姻悲剧故事：苏州富家子秦可玉自幼与邻居豆腐坊之女李慧娟相恋，由于门第悬殊，秦可玉被其父禁锢，二人难圆成婚之梦。不幸李慧娟生下了一个私生女鹃儿，只好遗弃，自己则郁郁而死。鹃儿被无赖李三子收养，长大后卖到上海做伴舞女郎，改名卷耳。中学生唐小棣先是爱上了姑夫秦可玉家的婢女叶小红，不料叶小红失踪，于是移情于卷耳，但无钱为卷耳赎身，两人感到婚姻无望，于是双双吞鸦片自尽。

《小红楼》的故事紧接《舞宫春艳》：曾经被唐小棣爱过的叶小红的失踪，原来也是被无赖李三子拐卖为伴舞女郎，小棣、卷耳自杀后，小红才被救了回来，并被秦可玉认为义女。经苏雨田介绍，与辛石秋相

263

识相恋而订婚。同时石秋的姨表妹巢爱吾也爱石秋，但石秋既与小红订婚在先，便毅然与小红结婚。爱吾为了摆脱难堪的地位，离家出走，下落不明。石秋奉父命赴北平探望二哥雁秋，在火车站被人诬陷私带军火，被军人押到司令部。可巧爱吾此时已成为张司令的干女儿兼秘书，便设法救了石秋一命。但张司令强迫石秋与爱吾结婚，二人既不敢违命，又固守道德，便以假夫妻应付。后来石秋回到家里，终于与小红团聚。

《百合花开》写了两个紧密相关的爱情婚姻故事：二十岁的寡妇花如兰同时被四十二岁的教育家盖季常和十八岁的革命青年盖雨龙叔侄俩所爱，而盖季常的十六岁侄女盖云仙又同时被三十六岁的银行家杨如仁和十九岁的革命青年杨梦花父子俩所爱。经过许多曲折后，终于两位长辈让步，盖雨龙与花如兰、杨梦花与盖云仙同场结婚。

由以上简单介绍可知，冯玉奇的这三种小说共写了五个爱情婚姻故事，其中两个是悲剧结局，三个是有情人终成眷属。这正如鲁迅所说："有时因为严亲，或者因为薄命，也竟至于偶见悲剧的结局……这实在不能不说是一个大进步。"其次，这三种小说的五个爱情婚姻故事，倒有四个是三角爱情婚姻故事，但它们的情况并不雷同。唐小棣、叶小红、卷耳的三角恋是一男爱二女，辛石秋、叶小红、巢爱吾的三角恋是两女爱一男，而盖季常、盖雨龙、花如兰和杨如仁、杨梦花、盖云仙的三角恋更为异想天开，竟然都是两辈嫡亲男人（叔侄、父子）同爱一个女子。可见冯玉奇极有编故事的才能，从而使作品更具吸引力和娱乐性。又次，这三种言情小说的描写极为干净，没有任何色情描写。除了秦可玉与李慧娟有私生女外，其他人都非礼勿言，非礼勿行。如辛石秋与叶小红因婚礼当天石秋之母去世，为了守孝，新婚夫妻在百日之内没有圆房。而辛石秋与姨表妹巢爱吾为了对得起叶小红，虽被张司令强迫成亲，却只做了几天假夫妻。

从表现形式和艺术手法来看，我觉得冯玉奇的小说与当时新文学的新小说都受了西洋小说的影响，基本相同。譬如：两者都突破了传统小说书名的套路，不拘一格，尤其采用了一字书名和二字书名，如冯玉奇有《罪》《孽》《恨》《血》和《歧途》《逃婚》《情奔》等；而巴金有《家》《春》《秋》，茅盾有《幻灭》《动摇》《追求》。两者的对话方式也突破了传统小说的套路，灵活自如：对话既可置于说话者之后，也可置于说话者之前，还可将说话者夹在两句或两段话之间。至于小说的结构法、叙述法与描写法，更是差不多的。譬如人物描写不再是"沉鱼落雁""闭月羞花""倾国倾城"之类的千人一面，景物描写也不再是"落红满地""绿柳成荫""玉兔东升"之类的千篇一律，而加以具体描绘。这里随便举一个例子：

> 小红坐在窗旁，手托香腮，望着窗外院子里放有一缸残荷，风吹枯叶，瑟瑟作响。墙角旁几株梧桐，巍然而立。下面花坞上满种着秋海棠，正在发花，绿叶红筋，临风生姿，可惜艳而无香，但点缀秋色，也颇令人爱而忘倦。

这是《小红楼》对莲花庵一角的景物描绘，虽然算不上十分精彩，但作者通过小红的眼睛描绘了院中的三样东西——风吹作响的"枯荷"、巍然挺立的"梧桐"、正在开花的"海棠"，从而衬托出莲花庵幽静的环境，曲折地表明了时在秋季。频繁使用巧合手法是冯玉奇小说的显著特点，可以说把所谓"无巧不成书"用到了极致。巧合手法有助于编织故事，缩短篇幅，增加作品的吸引力等，但使用过多则时有破绽，有损于作品的真实性。冯玉奇的某些小说也采用了章回体，但只是标题用"第×回"和对偶句，"却说""且听下回分解"之类的套语已不再经常出现，因此并非章回体的完全照搬。况且章回体并非劣等小说的标志，它在我国小说史上发挥过巨大作用，产生过杰出的四大古典小说。因此用章回体来贬低冯玉奇的小说，也是毫无道理的。

冯玉奇的小说也有明显的缺点。它们与其他鸳鸯蝴蝶派小说一样，主要注重小说的娱乐性，而忽视小说的社会性和艺术性，因此没有产生杰出的作品。他是南方人而小说采用北方话，加之写作速度太快，无暇深思熟虑，导致语言不够流畅，用词不够准确，还有许多错别字和语病。还有使用"巧合"法太多，有时破绽明显，这里不再举例。

总而言之，冯玉奇既不是"黄色"和"反动"小说家，也不是杰出小说家，而是一位勤奋多产、有益无害的通俗小说家，他应在中国小说史尤其是中国现代小说中占有一席之地。

2017 年 6 月 4 日于北京蜗居

图书在版编目(CIP)数据

霄／冯玉奇著. — 北京：中国文史出版社，

2018.3

(民国通俗小说典藏文库·冯玉奇卷)

ISBN 978 - 7 - 5205 - 0057 - 9

Ⅰ. ①霄… Ⅱ. ①冯… Ⅲ. ①长篇小说 - 中国 - 现代

Ⅳ. ①I246.5

中国版本图书馆 CIP 数据核字(2018)第 010335 号

点　　校：清寒树　　旷　野
责任编辑：蔡晓欧

出版发行：中国文史出版社
网　　址：http://www.chinawenshi.net
社　　址：北京市西城区太平桥大街23号　邮编：100811
电　　话：010 - 66173572　66168268　66192736（发行部）
传　　真：010 - 66192703
印　　装：廊坊市海涛印刷有限公司
经　　销：全国新华书店
开　　本：720 × 1020　1/16
印　　张：17.25　　字数：217 千字
版　　次：2018 年 7 月第 1 版
印　　次：2018 年 7 月第 1 次印刷
定　　价：52.00 元